CUENTAS CLARAS

CUENTAS CLARAS

EDISION CONMENORATIVA DEL VEGISIMO ANIVERSARIO

LA HISTORIA VERDADERA DE UN BARON DE LA DROGA QUIEN
TUVO PODER, PLACER Y RIQUEZA ESPECTACULAR – Y UNA
SENSACION INTERIOR DE CORRUPCION DE LA QUE NO PODIA
ESCAPAR

Jorge L. Valdés, Ph.D.
con Ken Abraham

CONTENIDO

TERCERA PARTE: 1980-1987

CUARTA PARTE: 1987-1995

INTRODUCCION

NUEVA INTRODUCCIÓN AL VIGESIMO
ANIVERSARIO DE CUENTAS CLARAS.

Es tan difícil de creer que han pasado veinte años desde que Cuentas Claras se publicó por primera vez. Durante estos veinte años he experimentado y visto cosas que nunca hubiera imaginado. He vivido y superado muchos desafíos en el camino, algunos gloriosos y otros extremadamente dolorosos. Me he dado cuenta de que Dios perdona nuestras elecciones, pero en su infinita justicia vivimos con sus consecuencias.

He visto muchas vidas impactadas y cambiadas como resultado de leer el libro. y ahora a la edad de sesenta y tres miro hacia atrás y veo que mi vida no era más que una serie de períodos de veinte años en los que Dios estaba tratando de hablarme, pidiendo que me, detuviera y diera de vuelta, o sea cambiar de rumbo. Desde el día en que nací, hasta el día en que me fui de Cuba a la edad de diez años, y hasta que me uní al Cartel a la edad de veinte años, veo a Dios tratando de que yo lo escuchara, me detuviera para ver que Él es realmente real.

Por muchos años estaba totalmente convencido de que Él no era más que una invención fabricada por personas débiles para de alguna manera darles significado a sus vidas. Sin embargo, nunca lo escuché, ni paré, sino que seguí adelante. Desde los veinte a los cuarenta años viví los años más difíciles de mi vida. Disfruté de gran poder, al igual que experimenté torturas en prisiones extranjeras, experimenté lo que sería ganar una grande riqueza y también perderlo todo en un instante. Dios me estaba pidiendo que parara, e incluso cuando me alejé del cartel, cambié mi entorno y tres años después entregué mi vida a Cristo, esta vez si escuche Su voz, pero no me detuve para poder dar de vuelta y cambiar mi vida. Aprendí algo misterioso y radical. Creía que ahora que estaba "haciendo" todo bien, mi vida comenzaría a tener sentido. Sin embargo, en menos de noventa días, después de mi conversión, a la edad de treinta y cuatro años, le entregue al gobierno toda mi riqueza, millones de dólares; me fui a la prisión por segunda vez; unos días después me dijeron que mi padre tenía cáncer y que tenía menos de un año de vida, y que, para colmo, mi exesposa desapareció con mis hijos y pasarian más de dos años antes de que los encuentre.

No podía entender por qué en medio de todo este horror finalmente comencé a encontrar la paz y el significado. Sí, cuando Dios finalmente hizo que me detuviera, y lo escuchara, esta vez finalmente le di de vuelta a mi vida. Cinco años después fui liberado de la prisión para comenzar una nueva, vibrante, dolorosa pero gloriosa etapa de veinte años de vida.

En el transcurso de esta etapa, escribí *Cuentas Claras*, solo porque estaba cansado de tener a mi exesposa amenazándome con que, si no le daba lo que quería, les diría a mis hijos y al mundo quién yo había sido. Así que decidí que sería mejor dar el salto profundo, escribir *Cuentas Claras* y yo decirles a mis hijos y al mundo que sí, que yo había sido el peor ser de la humanidad, que con razón las consecuencias de las elecciones que había hecho en mi pasado me perseguirían toda mi vida, pero no necesitaban definir mi futuro. Años y ahora he comenzado a escribir de nuevo; para escribir sobre la redención, para escribir sobre matrimonios rotos, pero más importante para escribir sobre cómo salvar a nuestros hijos.

Como ven en la película El Patriota, Mel Gibson, la estrella principal, dice que no quiere ir a la guerra, ¿por qué? Le pregunta el pueblo. Él le dice, "esta guerra será diferente. Se peleará en nuestras calles. Nuestros hijos la verán". Mel Gibson podría haber estado describiendo la batalla de hoy en día contra la cultura de las drogas. La guerra ahora está en tu patio trasero, en tu escuela, en tu iglesia, en tu vecindario.

Padres que dicen: "Mis hijos son buenos hijos. Nunca se involucrarían en algo como las drogas", necesitan despertar y darse cuenta de que nadie está protegido de los horrores de nuestra sociedad actual. Yo era el "sueño americano" en vivo, cortés, recibía buenas notas, no un punk de ninguna manera. Conseguí un trabajo con el Banco de la Reserva Federal a los 16 años, nunca bebí alcohol ni usé drogas, pero en muy poco tiempo pasé de ser el sueño americano a ser la pesadilla de Estados Unidos.

Amigos, estamos en una guerra por el alma de nuestros hijos. Necesitamos ganar la guerra contra las drogas en nuestros hogares, vecindarios, escuelas y calles. Necesitamos volver a lo básico y empoderar a cada padre para que sea el zar de las drogas en su hogar. Los padres deben ocupar el lugar que les corresponde en el hogar, y lo más importante, estar presentes en la vida de sus hijos.

Es por esta misión que dedicaré el resto de mi vida a escribir sobre ella, pero para hacer justicia a cómo comenzó todo, ahora presento el vigésimo aniversario de un libro que comenzó a transformar mi vida.

El nuestro es un Jesús que sangra. . . es decir, un Jesús hecho de carne y sangre como nosotros La sangre en su rostro, costado, manos y pies son los signos de su humanidad; no el resumen [humanidad] de los filósofos y teólogos, sino la humanidad de carne y hueso de los que se atreven a besar sus heridas.

Roberto S. Goizueta

Caminemos con Jesus: Toward a Hispanic/

Latino Theology of Accompaniment Orbis Books, 1995

LA LUCHA

Desde mi silla ubicada en la plataforma observaba nerviosamente mientras los integrantes de las pandillas se reunían en la iglesia alojada en un espacio originalmente destinado para una tienda. La sección Blue Island de la zona urbana deprimida de Chicago era conocida por la actividad de pandillas. Matones de la localidad habían incendiado el edificio original de la iglesia; este nuevo «santuario» era de características sencillas, hecho de bloques de cemento pintados de color beige y placas de yeso y cartón. En lo alto, dando forma al cielo raso suspendido, se alternaban paneles de luces fluorescentes titilando y placas acústicas.

Varios jóvenes hispanos descansaban en las sillas plegadizas azules acomodadas en hileras frente a mí. Con los brazos cruzados sobre el pecho, transmitían un mensaje claro: «Adelante. Impresióneme ... si puede.»

Muchos de los muchachos y muchachas vestían ropa o símbolos que identificaban la pandilla particular a la que estaban afiliados. La mayoría de ellos, hombres y mujeres por igual, tenía cicatrices en el rostro, las manos o los brazos, marcándolos como veteranos en las guerras de las pandillas de Chicago. Y habían venido a escucharme a mí, Jorge Valdés, quien fuera uno de los barones de la droga más poderoso del mundo, un hombre que introdujo toneladas de cocaína a los Estados Unidos y que podía ganar un millón de dólares en cualquier día dado, y a menudo lo había hecho.

Ese fue el antiguo Jorge. Ahora, mientras observaba al público de aspecto rudo, estaba preocupado. *¿Qué puede decirles el nuevo Jorge Valdés a estos muchachos… a decir verdad, qué es lo que le puede decir a cualquiera?*

Vi enojo en algunos de los rostros. El cinismo reflejado en sus ojos, durante muchos años se había reflejado también en los míos. Sin duda muchos de estos jóvenes estaban airados ante lo que les había tocado en suerte en la vida. La mayoría de ellos, me constaba, estaba de una forma u otra involucrada en drogas. Muchos las usaban, por estar adictos a la cocaína que en alguna época yo había importado; otros eran traficantes que arriesgaban su vida a diario para ganar un poco de dinero para sí y un montón de dinero para otro.

Antes creía que la cocaína que vendía en cantidades masivas era meramente un artículo de lujo para los ricos y famosos. Esa era la mentira del diablo. Estos muchachos conocían de primera mano y por transmisión el efecto de la mercadería que yo había vendido a sus madres y padres, destruyendo de este modo muchas de sus familias. Algunos de sus padres estaban muertos, y la mayoría de los que quedaban estaban divorciados. Algunos de los muchachos habían nacido adictos a drogas. La mayoría vivía en pobreza. Muchos ya habían pasado tiempo en la cárcel.

Por mi culpa.

Por culpa de lo destructor de mis productos completamente devoradores y dominantes. ¿Qué podía decirles en una sola hora que pudiera revertir el papel que yo había cumplido en las horribles tragedias que les consumían la vida?

Sabía que, a pesar de su aspecto de dureza, muchos de estos hombres y mujeres jóvenes estaban lastimados por dentro. Para algunos, el dolor se expresaba en odio y venganza; para otros en firme determinación: «Obtendré lo que quiero cueste lo que cueste.» Me era posible sentirme identificado con ese deseo insaciable de poder y dinero y todo lo que podía comprar.

Conocía, también, la poderosa atracción que ejercían las ilusiones de grandeza que colgaban tentadoras ante su vista.

¡Para qué esforzarme por otra cosa cuando es posible ganar mucho dinero vendiendo drogas? No estoy perjudicando a nadie. No tomo a mis clientes de la nariz para obligarlos a aspirar cocaína. ¡Ellos quieren lo que yo ofrezco!

Ah, sí, por cierto que podía identificarme con estos jóvenes, pero seguía estando preocupado. No se trataba del típico grupo de feligreses del domingo por la mañana. ¿Acaso me prestarían atención? ¿Escucharían la verdad que tanto anhelaba contarles? ¿O le harían caso omiso, de la misma manera que yo había rechazado las palabras de tantas personas que me habían ofrecido un camino mejor?

Ya casi era hora de empezar. Sumergí intencionalmente mi ansiedad bajo la victoria que me había esforzado por alcanzar más temprano ese día.

Me había despertado antes del amanecer a fin de preparar mi corazón y mente para este acontecimiento. Solo había dormido cinco horas, pero mi descanso había sido en paz. Eso en sí era algo nuevo para mí. En mis días de barón de la droga había dormido de manera intermitente, a menudo con una pistola Beretta de nueve milímetros al lado de mi cama, preguntándome, *¿Será esta la noche en que acabe mi vida?* El más mínimo ruido me llevaba a levantarme de un salto, pistola en mano, mientras recorría con la vista la oscuridad en busca de los asesinos a sueldo que sabía que a la larga vendrían.

En mi apogeo como barón de la droga no le había temido a nada. Con mis agallas a toda prueba había sobrevivido a un accidente de avión en la selva y soportado tortura implacable a manos de matones centroamericanos… tortura que me afectó la salud durante años pero nunca logró vencer mi determinación de no dar información a mis torturadores. Sin embargo, años después, ataques imaginados perturbaban la oscuridad de mis noches.

Mediante un cambio que nunca consideré posible, sobreviví a ese tiempo de tortura emocional y perdí mi temor a ser asesinado. Como ya no me protegía una comitiva de guardaespaldas armada de un arsenal, ahora era un blanco fácil para cualquiera que buscara venganza. Y me di cuenta que el mero hecho de revelar algunas de las cosas que sabía pudiera algún día costarme la vida o, aun peor, poner en peligro la vida de mi esposa e hijos. Pero ya no le temía a la muerte.

Esta mañana había luchado contra un temor diferente: el temor a ser inepto para la tarea imponente que tenía por delante, temor de poder de alguna manera decepcionar a Aquél responsable de mi vida transformada. Sabía que hablar a los integrantes de las pandillas sería a la vez una oportunidad emocionante y una experiencia dolorosa.

En estos días, las personas con frecuencia me dicen: «Jorge, si Dios te puede cambiar a ti, puede cambiar a cualquiera.» Sabía que eso era verdad. Pero ¿qué pasaría si las cosas escandalosas de mi historia sin querer hicieran que se exaltara mi pasado en lugar de señalar al Dios que me había redimido de él?

Allí en mi biblioteca, caí de rodillas.

En oración pedí sabiduría; pedí fortaleza; oré por los miembros de las pandillas que esa noche me oirían. Si bien me había convertido en un disciplinado y entusiasta estudiante de la Biblia y la teología durante los últimos años, habiendo obtenido tanto una maestría como un doctorado en estudios neotestamentarios, sabía que los jóvenes a los que dirigiría la palabra esa noche no se interesaban en puntos teológicos ni en cuestiones filosóficas. Estaban demasiado ocupados con la tarea de sobrevivir. No les interesaba cómo llegar al cielo; solo deseaban sobrevivir una noche más.

Me corría sudor por la cara. En mi corazón crecía una pasión por ayudar a personas sufrientes en el lugar donde se encontraban, lejos de los pasillos silenciosos de las casas de estudios superiores. *Dios, ¿es esta tu voluntad para mí?* oraba yo. *¿Debo llevar el evangelio a las pandillas y a las calles?* Quizá esta noche proporcionaría una respuesta tanto para mí como para mi público.

Esta sería la primera vez que se reuniría este grupo de pandillas hispanas de manera pacífica (eso esperábamos) en una misma habitación. Peter Contreras, que durante más de veinte años había sido el pastor de esta iglesia en una zona urbana deprimida, se había ganado la reputación de ser un buen samaritano en el vecindario de Blue Island. Con frecuencia había tomado bajo su cuidado a muchachos que habían recibido puñaladas o heridas de bala y habían sido dejados agonizantes sobre los escalones de entrada a la iglesia.

Si el pastor Contreras decía que algo valía la pena, las personas de su parroquia tomaban debida nota de ello. De modo que durante tres meses había trabajado con energía para comunicar la noticia de mi conferencia. Él y su personal habían usado todos los métodos imaginables para desafiar a la comunidad de la zona urbana deprimida, incluyendo los miembros de las pandillas, a presentarse para oír no solo un mensaje sobre inmoralidad, dinero y excesos relacionados con drogas, sino también un mensaje de esperanza.

Muchas de estas personas estaban intrigadas por lo que habían escuchado acerca de mí. Algunos querían saber cómo un pobre muchacho cubano pudo haber crecido hasta encabezar en Estados Unidos un poderoso cartel colombiano de drogas y convertirse en lo que un periódico rotuló de «el cerebro de la mayor conspiración de drogas en la historia de Centroamérica». Otros estaban fascinados con las sumas exorbitantes de dinero que había ganado… y perdido. Otros más querían saber cómo era posible que alguien como yo cambiara.

Por todos estos motivos y muchos más, las pandillas rivales estarían presentes, y la atmósfera estaría cargada de electricidad. Una chispa pudiera hacer estallar una explosión que sacudiera a todo el vecindario.

Dios mío, oré, *¿con cuánta frecuencia ocurre que se reúnan estos muchachos, con un fin que no sea el de pelear, mutilar o matarse unos a otros?* Me detuve en seco. *Matarse unos a otros.* Exactamente eso hacían mis compatriotas hispanos. Algunos lo hacían con armas de fuego, otros con drogas, pero el resultado final era el mismo: Mi gente se moría.

Por favor, Dios, oré. Permíteme que pueda poner fin a todas estas matanzas sin sentido. La enormidad de la misión que Dios había puesto delante de mí era abrumadora.

Mientras oraba, Dios estaba realizando dentro de mí un juego de tira y afloja con el enemigo. El Espíritu Santo de manera suave y a la vez firme, me tiraba en una dirección, asegurándome que había sido perdonado, que las cosas viejas habían pasado, que mi vida era nueva. Pero, trayendo recuerdos de mi pasado pecaminoso, el enemigo de mi alma seguía tironeándome en dirección opuesta. La encarnizada batalla se seguía prolongando. Me corrían grandes gotas de sudor por el rostro.

«¡Dios mío!», exclamé. «Estoy muy arrepentido por todo lo que hice. ¿Cómo pude ser tan desgraciado? ¿Cómo pude ser un cerdo tan egoísta, inmoral y egocéntrico? ¿Cómo pude lastimar a tantas personas inocentes? ¿Cómo podrás alguna vez usar a alguien como yo?»

Ahora estaba gritando a voz en cuello. «¿Qué quieres de mí? ¿Por qué yo, Señor? ¿Por qué me salvaste? ¿Qué he hecho yo aparte de profanar tu nombre y tu pueblo? ¿Por qué te interesas en alguien como yo, alguien que ha llevado una vida tan horrible?»

En medio de mis preguntas, el Espíritu Santo de Dios de repente ganó el tira y afloja. Me envolvió una enorme sensación de paz, y tuve la seguridad de su presencia y de su amor.

Levanté mi Biblia y volví a leer: «No te he dado un espíritu de cobardía, sino de poder» (véase 2 Timoteo 1:7). Al filtrarse el sol por mi ventana, me embargaba una extraña emoción. Comprendí nuevamente que no era mi bondad, ni mi horrible maldad, lo que Dios usaría; él solo quería mi disponibilidad. El resto lo haría él.

Lágrimas de gozo me corrieron por el rostro al renovar mi compromiso de hablar esa noche a esos muchachos.

Estaba listo. Se había terminado la lucha.

Más tarde esa noche, cuando me puse de pie en la plataforma, empecé por decirles a los integrantes de la pandillas: «Yo fui todo lo que ustedes alguna vez han deseado… y nunca llegarán a ser. No obstante, hoy soy todo lo que ustedes necesitan ser.»

La multitud ruidosa se acalló. Unos pocos se codearon unos a otros, como diciendo: «¡Y este, qué se cree!»

«He tenido todo lo que ustedes buscan», seguí yo. «He logrado todo lo que sueñan. Y también he vivido sus peores pesadillas. Sin embargo, hoy mi vida está más llena de amor de lo que jamás me imaginé posible.»

La historia que les conté, el relato de cómo pude tener las cuentas claras tras una vida de horrenda corrupción, es la historia que ahora quiero relatarle a usted.

PRIMERA PARTE

1956–1978

En este momento de nuestra vida, un momento que se suponía estuviera pleno de gozo con una vida nueva en una tierra nueva, ¿por qué se había producido un revés tan terrible?...

Fue el principio de una convicción horrible, un concepto cada vez más profundo y desesperante que tendría durante muchos años: No había Dios.

DOS

HUIDA DE FIDEL

Nací luchador: luchando por la vida.

A poco de nacer el 29 de febrero de 1956, en Santiago de las Vegas, Cuba: una pequeña aldea rural en las afueras de La Habana, contraje difteria aguda, una enfermedad frecuentemente fatal que causa inflamación del corazón y del sistema nervioso central. Mi madre me llevó a la clínica de la aldea, pero al cabo de una semana de tratamiento los médicos dijeron que no podían hacer nada más. Mi estado siguió deteriorándose. Mi madre oró fervientemente y me llevó a un hospital a muchos kilómetros de mi casa donde me trataron otros médicos. Finalmente, después de casi un mes de lucha, pude recuperar la salud.

Yo era la versión cubana del bebé Gerber, de cabellos largos, oscuros y ensortijados. En realidad me fotografiaron para hacer publicidad de alimentos para bebés en Cuba, pero mi carrera de modelo quedó truncada por otra lucha, una de ramificaciones internacionales.

En 1959, un joven abogado cubano, hijo de un obrero sembrador de caña de azúcar, Fidel Castro Ruz, y su banda de revolucionarios tomaron el poder del gobierno de mano de hierro de Fulgencio Batista, el dictador opresivo.

Dos años más tarde, Castro empezó a expropiar todas las empresas en Cuba de propiedad de los Estados Unidos. Estados Unidos reaccionó cortando relaciones diplomáticas con el gobierno de Castro. Más tarde, ese mismo año, la administra-

Jorge L. Valdés, Ph.D. con Ken Abraham

ción del presidente Kennedy proveyó de armas a un grupo de exiliados cubanos y, con la ayuda de la CIA estadounidense, intentó llevar a cabo la invasión de Bahía de Cochinos, una ensenada en la costa cubana. A mediados de la invasión, Estados Unidos se echó atrás en su compromiso de apoyar a los invasores. El ataque resultó ser un fracaso desastroso, dejando como saldo casi mil doscientos exiliados prisioneros.

A continuación del fiasco de la Bahía de Cochinos, Castro anunció que Cuba había pasado a ser un país comunista; se alió a la Unión Soviética e implementó un programa económico marxista-leninista. Para mis padres, Hidalgo y Ángela Teresa Valdés, el anuncio de Castro solo significaba una cosa: Los comunistas pronto los despojarían de todo lo que habían conseguido con tanto esfuerzo.

Mi padre ganaba un excelente sueldo de la fábrica de muebles de la que era dueño. Si bien no éramos adinerados, vivíamos cómodamente en una casa grande de patio espacioso, adornado por un despliegue fabuloso de flores tropicales que mi madre cuidaba con amor. Éramos dueños de un automóvil y de la mayoría de las comodidades comunes a las familias cubanas de clase media acomodada de esa época.

Más allá del potencial de pérdida de posesiones materiales, mi padre y mi madre detestaban la idea de que sus hijos se criaran en una sociedad reprimida, adoctrinados por las ideas de Castro, que los nuevos «docentes» de la revolución ya estaban inculcando a la fuerza a los niños en edad escolar. Empezaron a forjar un plan para dejar atrás todo por su propia voluntad, huir a Estados Unidos y empezar una vida nueva a la edad de cuarenta años.

Temprano por la mañana el día 11 de octubre de 1966, mi madre me despertó con su urgente insistencia. «Jorge, despiértate. ¡Apresúrate! Hoy nos vamos a Estados Unidos!» Yo tenía diez años, mi hermano, J.C., tenía nueve y mi hermana, María, cinco.

El entusiasmo de mi madre era contagioso. «Tu tía y tu tío nos están esperando en Miami. Nos encontraremos con ellos allí y viviremos con ellos hasta que nos sea posible costear nuestra propia vivienda. ¡Estados Unidos es un lugar donde todos tus sueños pueden convertirse en realidad!»

En el aeropuerto, mi hermano, mi hermana y yo seguíamos a nuestros padres de cerca al atravesar varios puntos de control de seguridad. De repente, ante un mostrador, vi que el rostro de mi madre se volvía pálido. Un oficial hizo un gesto de negativa con la cabeza y empezó a discutir con mi padre. Mi padre empezó a discutir con mi madre, y en poco tiempo ella rompió en llanto. No podía entender mucho de lo que estaba ocurriendo, pero aparentemente había un error en el pasaporte de mamá, allí se indicaba que ella tenía cincuenta y cinco años, y las autoridades no le permitían abandonar Cuba hasta que se corrigiera el error. El resto de la familia podía partir, pero mamá debía quedarse.

—¡No, no! —dijo mi padre—. Si tú no puedes viajar, ninguno de nosotros lo hará.

—Bebo, no seas tonto —imploraba mi madre—. Lo único que importa son nuestros hijos. ¡Vete, por favor, vete!

—¡No lo haré!

De repente, mi madre se dirigió a mí:

—Jorge —dijo ella, mientras ponía las manos de J.C. y de María en mis manos—. Lleva a tu hermano y a tu hermana y vete. No quiero que se queden aquí ni un rato más.

No podía creer lo que escuchaba, pero mamá insistió:

—Apúrate, Jorge. ¡Corre! Debes subirte a ese avión —dijo y empezó a empujarnos hasta trasponer el área del portón entrando a un largo pasillo que conducía a la pista.

Prácticamente me encontraba en estado de choque mientras los niños aturdidos recorríamos el pasillo, y el dolor y la confusión de ese momento quedaron grabados en mi memoria para siempre.

—¡Ay, Teresa! —era inconfundible el dolor en la voz de mi padre—. Está bien —escuché que decía—. No podemos permitir que vayan solos. Iré, pero debes venir tú en cuanto te sea posible. Por favor.

—Lo haré, lo haré, —prometió mamá—. ¡Vete ya!

Los pasos de mi padre retumbaban en el corredor al correr para alcanzarnos.

Me volteé para ver a mi madre de pie en el área del portón, despidiéndose con la mano. Me recorrió un dolor emocional. Tuve la sensación de que era el fin del mundo. Lloramos todos, hasta mi padre.

Pero no había tiempo para despedidas prolongadas. Nos apresuramos a subir al avión y con rapidez ubicamos nuestros asientos justo antes de que comenzara a desplazarse. Me quedé con la vista fija mirando por las ventanas mientras los enormes motores del avión rugían al despegar. Pensamientos confusos me invadieron la mente. En este momento de nuestra vida, un momento que se suponía estuviera pleno de gozo con una vida nueva en una tierra nueva, ¿por qué se había producido un revés tan terrible? Habíamos dejado atrás casi todas nuestras posesiones terrenales: nuestra casa, nuestro automóvil, nuestros alimentos, nuestro dinero, nuestros juguetes, todo excepto la ropa que llevábamos puesta. Estábamos abandonando nuestra patria... y nuestra madre.

Fue el principio de una convicción horrible, un concepto cada vez más profundo y desesperante que tendría durante muchos años: No había Dios. El Dios de la Biblia, el Dios al que siempre oraba mi madre no existía. Si existiera, ¿por qué permitiría que le sucediera esto a mi familia? ¿Por qué no se interesaba por nosotros? Con seguridad los comunistas tenían razón. El cristianismo era una broma cruel y enfermiza.

Ese día fueron sembradas en mi interior las semillas de una nueva y dominante determinación: *Debo hacerme fuerte. Debo ser mi propio dios.*

Al arribar a Miami, nos bajaron precipitadamente del avión y nos condujeron a las filas de inmigración como si fuéramos ganado. Formábamos parte de un influjo masivo de refugiados cubanos que buscaban liberarse del puño cada vez más apretado de Castro, de modo que el aeropuerto estaba atestado de gente, muchos de los cuales no podían hablar ni leer inglés, y que sin duda se sentía tan atemorizada e insegura como me sentía yo.

Luego de controlar rápidamente nuestros documentos de viaje, nos aplicaron vacunas, que me dejaron enfermo durante unos cuantos días. Luego, nos permitieron salir del área de inmigración. Después de eso, cuánto gusto nos dio en este lugar extraño ver los rostros afectuosos y sonrientes de nuestros parientes que nos esperaban, aunque la mayoría de ellos me eran desconocidos, por haberse ido de Cuba cuando yo era menor. Los abracé y escuché con entusiasmo mientras nos daban un curso instantáneo sobre las maravillas de la vida en Estados Unidos.

Sin embargo, al desplazarnos en automóvil al apartamento de mis parientes, me empezaron a entrar dudas sobre esta tierra de oportunidades. Por lo que veía por la ventanilla del automóvil, los barrios eran ruidosos, sucios y deprimentes.

Nuestros parientes vivían en un apartamento de un dormitorio en un sector sobrepoblado de Miami conocido como La Pequeña Habana. Bajo el mismo techo vivían mi tía (la hermana de mi madre) y otro tío con su esposa y dos hijos. También estaba allí la abuela de mi mamá. Nuestros parientes nos recibieron en su hogar, a los cuatro, con los brazos abiertos, y les estábamos profundamente agradecidos, pero teníamos la sensación de estar viviendo uno encima de otro. Nueve de nosotros dormíamos en el piso. *Bienvenido a Estados Unidos.*

Todo lo que sucedía en la ciudad que se arremolinaba a mi alrededor me producía una sensación extraña, no solo el idioma desconocido. La prosperidad estadounidense en particular me asombraba a la vez que me intrigaba. Un día mi primo Albert pasó conduciendo un hermoso Pontiac Le Mans, de color rojo manzana con el tapizado interior blanco. Al mirar asombrado el símbolo estadounidense de posición social, pensé: *¿Qué deberé hacer para poder algún día acceder a algo* *así?* Rápidamente me estaban atrayendo las extravagancias estadounidenses: todas las cuales parecían estar fuera de mi alcance.

Mi padre consiguió trabajo de repositor de mercadería en el depósito de una gran tienda. Se trataba de un descenso bastante pronunciado para un hombre que había sido dueño de una fábrica, pero papá nunca se quejó. Al darme cuenta que era necesario que ayudara a mantener a nuestra familia, conseguí un trabajo repartiendo periódicos por la mañana antes de ir a la escuela. Solo ganaba unos pocos dólares por semana, pero cada centavo ayudaba.

Cada día, después de repartir mis periódicos, J.C. y yo caminábamos aproximadamente unas diez cuadras hasta la escuela Silver Bluff Elementary. No entendíamos muy bien el inglés, y otros niños se burlaban de nosotros constantemente. Teníamos poco dinero para los almuerzos escolares y con frecuencia había poca comida en nuestras alacenas en casa, de modo que teníamos hambre gran parte del día.

La escuela pronto se convirtió en un campo de batalla para J.C. y para mí. Casi todos los días nos enredábamos en otra pelea a puño limpio. Peleábamos con casi cualquiera que nos mirara mal o nos insultara. Amenazamos a algunos de los niños más ricos: «¡Danos tu dinero para el almuerzo o te daremos una golpiza!»

Mi padre era demasiado orgulloso para aceptar ayuda de beneficencia o cualquier otra asistencia brindada por el estado. Sencillamente trabajaba arduamente y esperaba poder costear él mismo sus gastos. En ocasiones escuchábamos que golpeaban la puerta, anunciando una visita de nuestros amigos Gloria y Manolo Magluta. Este matrimonio generoso había huido de Cuba antes que nosotros, y ahora eran dueños de una pequeña panadería en Miami. Al cabo de un día de trabajo Gloria y Manolo ocasionalmente nos traían recortes de pastel para que los comiéramos. Por estar saturados de azúcar quizá no hayan constituido la dieta más nutritiva para nosotros, pero temporalmente nos calmaban las punzadas de hambre en el estómago.

Lo peor de nuestra situación era el hecho de estar separados de nuestra madre. Siendo el hijo mayor, me esforzaba por ser fuerte por el bien de mi hermano y mi hermana como también por el bien de mi padre. Pero cada noche los cuatro llorábamos hasta quedar dormidos.

Al fin, en diciembre, justo antes de Navidad, ¡recibimos la noticia de que nuestra madre viajaba a Estados Unidos! Finalmente, todo estaría bien. Estados Unidos se convertiría en la tierra de las oportunidades.

Al descender mamá del avión en Miami, nuestro entusiasmo se vio truncado de inmediato. Sus pasos eran tambaleantes y se la veía enferma.

Estando aún en Cuba, se le había diagnosticado un tumor en la garganta, que le dificultaba seriamente la respiración. Ahora apenas podía funcionar. Por consiguiente, después de clases yo hacía la mayor parte del aseo, la limpieza y el trapeado de nuestra vivienda. Dos veces por semana, caminaba doce cuadras hasta un lavadero automático autoservicio, cargando nuestra ropa sucia. Era el único niño de diez años que hacía el lavado de la ropa de la familia, y captaba sonrisas que expresaban curiosidad y al mismo tiempo compasión de muchas de las mujeres que estaban en el lugar.

Cuando no estaba haciendo el aseo de la casa, realizaba tareas a destajo en el vecindario, intentando ganar dinero para colaborar en la supervivencia de nuestra familia. Uno de mis tíos me dio una cortadora de césped descompuesta, y por unos cinco dólares la hice arreglar y la pinté yo mismo. Así se inició y se puso en funcionamiento el Servicio de Mantenimiento de Jardines Jorge Valdés. Convencí a J.C. para que se me uniera, y recluté a varios otros muchachos vecinos que necesitaban dinero y estaban dispuestos a trabajar arduamente. Cobraba a mis clientes tres dólares por jardín, de los cuales le pagaba un dólar a mi hermano o a quienquiera hiciera el trabajo en sí. Mientras tanto, entraba a la casa y hablaba con los clientes y bebía una limonada. Con mi ganancia de dos

CUENTAS CLARAS: EDISION CONMENORATIVA DEL VEGISIMO ANIVERSARIO

dólares por jardín me sentía como un gran empresario. Entregaba cada centavo de mis ganancias a mis padres.

Con el tiempo, mi familia logró ahorrar suficiente dinero para comprar un televisor, que rápidamente pasó a ser el punto focal de nuestra vida familiar. Como en muchos hogares estadounidenses, la TV fomentó fascinación, asombro y, por supuesto, la ambición de adquirir más cosas. Esa ambición algunas veces me metió en dificultades.

Un día mientras volvíamos a casa de la playa, vistiendo aún nuestros trajes de baño, mi primo Eddie y yo nos detuvimos en un negocio. En el interior vimos un par de patas de rana. Me moría por tener esas patas de rana... las deseaba con desesperación.

—¡Vaya, Eddie! Míralas. Ojalá tuviéramos dinero suficiente para comprar estas patas de rana.

Los ojos de Eddie brillaron con picardía:

—No nos hace falta dinero, Jorge.

Enseguida capté lo que estaba insinuando.

—¿Por qué no te robas una —le dije—, mientras yo robo la otra?

Planificamos nuestra estrategia con cuidado: Eddie se escaparía por uno lado, mientras yo me deslizaba hasta otro pasillo. Luego nos movimos con decisión. Me metí la pata de rana en mis pantalones cortos y me dirigí hacia la salida caminando de manera despreocupada, a mi parecer.

Cerca de la puerta de entrada, el gerente del negocio notó algo fuera de lo común. No es fácil caminar con rapidez con una pata de rana asomando por arriba de los pantalones cortos.

Me agarró y comenzó a gritar:

—¡Deténte allí mismo, ladronzuelo!

De inmediato empecé a elaborar una historia.

—Ah no, señor. Estaba a punto de pagársela, de verdad. Es un regalo para mi primo y no se lo quería decir porque es su cumpleaños y...

En ese momento vi que otro empleado agarraba a Eddie del cuello y le asomaba la pata de rana por encima del pantalón.

El gerente del negocio llamó a mi padre, que dijo que vendría de inmediato.

No sabía qué esperar al llegar mi papá. ¿Estaría enojado? ¿Me daría una bofetada? (Casi deseaba que lo hiciera.) Pero no hizo nada por el estilo. Mi padre me miró y literalmente se fue a llorar de vergüenza mientras el gerente le explicaba el ardid que Eddie y yo habíamos intentado concretar. La vergüenza y el dolor en los ojos de mi padre fueron más insoportables que cualquier castigo que me pudiera haber impuesto. Nunca olvidé esa mirada.

Después de vivir en Miami durante casi un año, J.C. y yo nos unimos a la tropa local de los Niños Exploradores [Boy Scouts], que era tan pobre como sus integrantes. La mayoría de nuestras carpas tenían agujeros, nuestros uniformes estaban viejos y emparchados, y viajábamos a actividades de campamentos en un viejo y destartalado autobús. En un viaje de campamento observamos a otro grupo de Exploradores que estaban descargando cerca de nosotros. Ellos viajaban en grandes automóviles de último modelo, y sus uniformes y equipos se veían de primera. Pronto descubrimos que esta tropa era de Coral Gables, una de las ciudades más adineradas de Florida.

A principios de nuestra semana de campamento, los exploradores de Silver Bluff (conducidos por J.C. y por mí) añadieron una resolución al juramento de los Niños Exploradores: concretamente, que los niños ricos debían dar a los niños pobres. Luego amenazamos con dar una golpiza a la tropa de Coral Gables todos los días si no nos entregaban todo su dinero, y dio resultado.

También les dijimos que no podían salir de sus carpas después de las diez de la noche. Por la noche, la cantina del campamento bullía de actividad, sirviendo un refrigerio a los hambrientos Exploradores de Silver Bluff que de otro modo les hubiera sido imposible costear. Nos sentíamos como Robin Hood y sus compañeros alegres. Además, pensé que a esos niños ricos les hacía falta perder un poco de peso.

En el camino de regreso a Miami, nuestra tropa se detuvo en un restaurante. A esas alturas estábamos pelados, habiendo gastado en el campamento todo el dinero obtenido de los niños de Coral Gables. «No se preocupen», les dije a nuestros muchachos. «Pidan lo que quieran. Yo pago, y tengo bastante dinero», mentí, sabiendo que no tenía ni diez centavos.

Mientras la tropa de Silver Bluff consumía el festín inesperado, tracé un plan.

Desde el teléfono público de la esquina, llamé a la policía y les dije donde estaba. «Acabo de plantar una bomba en este lugar», dije, disimulando mi voz de niño de doce años. «Estoy enamorado de una de las camareras y ella me dejó, ¡así que voy a volar el lugar!» Colgué el teléfono, limpié mis huellas del receptor, volví a mi mesa, y con toda tranquilidad consumí mi comida.

Algunos de mis amigos me echaron miradas furtivas al empezar las camareras a repartir las cuentas. «No se preocupen», les aseguré a los muchachos mientras seguía comiendo con tranquilidad.

De repente varios patrulleros entraron rugiendo a la playa de estacionamiento. La policía entró de golpe por las puertas del restaurante e irrumpieron hacia adentro, gritando: «¡Despejen el edificio! Todos afuera. ¡Aquí adentro hay una bomba en alguna parte!»

Las personas salieron disparando hacia las salidas. Con calma tomé un último sorbo de mi bebida, me limpié la boca con una servilleta, y luego salí corriendo para alcanzar a los otros Exploradores de Silver Bluff, que ya se dirigían hacia el autobús. Nos alejamos sin haber pagado un solo centavo, y descubrí la emoción que acompañaba al poder, el respeto y una apariencia de riqueza.

En esa época, mi padre estaba ganando ochenta centavos por hora, y nuestro alquiler costaba ochenta dólares por mes. Sin embargo, mis padres eran sumamente orgullosos y descartaron la posibilidad de pedir asistencia a quien fuera. Una y otra vez nos decían a nosotros, los niños: «Vinimos a este país para darles la oportunidad de crecer en libertad y de obtener una educación. No vinimos aquí para pedirle nada a nadie ni para tomar nada de nadie.»

Los sacrificios de nuestros padres valían mucho para nosotros. Sin embargo, yo luchaba con el contraste entre los valores que mamá y papá me enseñaron y los valores que se desplegaban en la sociedad. Evaluaba el conflicto en mi mente y corazón. *¿Tienen razón mamá y papá? No, no tienen razón. Observa las personas que avanzan. No son necesariamente las más inteligentes ni los trabajadores más esforzados; lo más frecuente es que sean los más astutos o los más dispuestos a ir en pos de lo que anhelan sin importarles a quién deban pisotear.*

Mi cinismo creciente se veía reforzado por el hecho de que, por mucho que trabajáramos, nuestra situación financiera seguía deteriorándose. Apenas dos meses después de que se le practicara una cirugía para extirparle el cáncer, mamá volvió a trabajar, metiéndose de lleno en cualquier trabajo que pudiera encontrar. Trabajó en fábricas, trabajó de costurera, hasta cosechó tomates sobre sus manos y rodillas en una granja de Homestead. Nada parecía ser de ayuda; sencillamente no nos era posible avanzar.

Finalmente, en el otoño de 1969, mi madre dijo basta. Cuando una prima que vivía en Nueva Jersey la llamó comunicándole la noticia de mejores oportunidades en el norte, mamá quedó convencida de que debíamos mudarnos. Nuestra abuela, la mamá de mi papá que recientemente había venido de Cuba para unirse a nosotros, también vendría.

El largo viaje en tren subiendo por la costa este fue emocionante, pero sufrimos un impacto al bajar del tren en Nueva Jersey. El clima de octubre se presentaba frío y deprimente; todo parecía estar oscuro, húmedo, feo y sucio.

Nuevamente vivimos con parientes, la prima de mi madre y su esposo e hija. Ellos tres y los seis de nosotros nos amontonamos en un apartamento de un dormitorio en un barrio hispano pobre en Union City. Otra vez dormimos en el piso.

Un mes después mi familia se mudó a nuestro propio apartamento en el peor barrio que había visto jamás. Cuando nos mudamos, literalmente debimos raspar las paredes para quitarles lodo y suciedad.

Más allá de las paredes de nuestro pequeño apartamento había una zona de guerra. En el piso de arriba se vendían ametralladoras; otro apartamento albergaba un sitio de inyecciones donde se vendía heroína y los adictos venían a probar la mercadería. Una banda de prostitución también operaba en el edificio.

El clima invernal hacía que la vida resultara aun peor. Por un milagro de su fe, mamá había podido matricularnos a J.C., María y a mí en una escuela católica que estaba a diez cuadras de casa. Por lo general caminábamos a la escuela, pero en ocasiones hacía un frío tan atroz que mi madre contrataba un taxi para que nos llevara. Sin embargo, no era algo que pudiéramos hacer con frecuencia, porque el dinero no nos alcanzaba para pagar la tarifa de un dólar. Soñaba con el día en que ganara el dinero suficiente para que esto ya no representara un tema de preocupación. *Y en lugar de viajar en taxi*, pensaba, *viajaré en limusina*.

TRES

SER ALGUIEN DE VERDAD

De adolescente, uno de mis primeros empleos fue en un depósito donde trabajaban muchos otros hispanos. Por ser bilingüe (mi inglés había mejorado notablemente), me ascendieron a gerente de la noche al cabo de estar una semana en el depósito. Mi capacidad organizadora había sido observada. El ascenso también significaba un sueldo mayor, pero seguía entregando a mis padres dos tercios de mis ingresos.

Durante este período de mi vida, lo que nos motivaba a todos, lo que nos mantenía con vida, era la fortaleza de nuestra familia y la esperanza compartida. Creíamos sinceramente que si trabajábamos con la intensidad suficiente, lograríamos vencer las contras. Y vivíamos de sueños. Íbamos en familia a una tienda y nos quedábamos mirando con asombro la selección fabulosa de artículos. Raramente comprábamos algo, pero era divertido mirar. Recorríamos los barrios adinerados y veíamos las casas que un día queríamos poseer. Si bien nos costaba el simple hecho de pagar por nuestro apartamento y las necesidades mínimas, mamá y papá nos inculcaron un fuerte sentido de orgullo que me sirvió de motivación durante mucho tiempo.

Mis calificaciones en la escuela primaria fueron lo suficientemente buenas como para ganarme una carta de aceptación de la Escuela Secundaria Católica Hudson. Fui la persona más feliz de la tierra el día que recibí esa carta. Ahora verdaderamente podía *ser* alguien. Sin embargo, mi primer día en esa escuela descubrí exactamente qué tipo de alguien sería yo en Hudson: una persona a la que se le hacía un vacío. Al entrar al pasillo de la escuela descubrí que nadie me hablaba.

La mayoría de los estudiantes en Hudson provenían de familias blancas adineradas; solo había dos o tres hispanos además de mí. Tenía una sensación constante y dominante de ser «sapo de otro pozo». Ni en mis clases, ni en los pasillos, ni en el comedor ni en la biblioteca socializaba con nadie.

Afortunadamente, uno de los profesores en Hudson se hizo amigo mío. Antonio Fernández era miembro de una orden monástica católica. También era cubano, de modo que mamá y papá lo invitaron a casa para comer. El hermano Fernández se convirtió en mi confidente. Su ejemplo de fe y dedicación me inspiraron a esforzarme aun más y ser aun mejor que todos los demás.

Cuando dejó la orden monástica, lo bromeé: «Conque ahora eres un hombre.»

El hermano Fernández se rió y me contestó: «Siempre he sido un hombre, Jorge. Solo que antes pertenecía a una orden religiosa. Es posible ser un hombre fuerte y también un buen cristiano, ¿sabes?»

No, no lo sabía.

El momento crucial en mi vida escolar en Hudson se presentó al llegar la temporada de béisbol en febrero. Me destaqué en las pruebas y me seleccionaron para ser el receptor suplente principal para el equipo junior de la escuela. Cuando el director técnico me envió a buscar mi uniforme, escogí el número cinco, en honor a mi héroe, Johnny Bench, receptor estelar para los Cincinnati Reds.

Haber logrado entrar al equipo tenía sus ventajas adicionales. Todos en Hudson me aceptaron. Todos los muchachos querían sentarse a mi lado en el comedor. Estaba aprendiendo que en Estados Unidos con frecuencia lo que le importa a la gente no es *quién* somos, sino *lo que* somos.

Una de las amistades más interesantes que tuve en la escuela secundaria fue con un compatriota cubano que también estaba en el equipo de béisbol y era una persona enérgica en todo el sentido de la palabra. Dicho compañero tenía un automóvil, de modo que con frecuencia volvía de la práctica a casa con él. Llegamos a ser amigos bastante buenos, a pesar de que él era mayor que yo. Sin embargo, me desligué de él cuando descubrí que vendía drogas en la escuela, mayormente pastillas: anfetaminas y sedantes, que hacían furor en esa época.

Yo estaba decididamente en contra de las drogas, aun cuando los muchachos en la escuela me las ofrecían en forma gratuita. Al observar cómo algunos de los otros peloteros se tomaban una pastilla antes o después de un partido, pensaba: *¿Cómo pueden hacerse esto?* Vi cómo algunos de mis amigos de enorme potencial permitían que sus vidas se arruinaran por causa de las drogas. Pensé: *No quiero tener nada que ver con esa porquería.*

En mi antepenúltimo año, Hudson High contrató a un entrenador nuevo para béisbol y baloncesto, Rocky Pope. Lamentablemente, no congeniamos. Quizá a Rocky no le gustaba mi manera bromista de abordar el juego. Siempre me reía y hacía bromas. A Rocky no le resultaba divertido. Me puso en el banco de suplentes y permitió que mi suplente pasara a ser el receptor inicial del equipo de la escuela. Al finalizar mi antepenúltimo año abandoné el béisbol de la secundaria, el juego que tanto amaba, y me inscribí en una clase de karate junto con J.C.

A mi hermano no le fascinaba ese deporte, pero yo había encontrado mi lugar. Disfrutaba del karate, probablemente porque me gustaba pelear. A pesar de ser delgado, era luchador y veloz. Al cabo de un tiempo, mi profesor sintió que estaba listo para competir en torneos.

Papá nos llevó a J.C. y a mí a nuestras primeras competencias. Gané mis primeras tres peleas con facilidad y avancé a las finales del campeonato. Mientras me preparaba para el encuentro, los cinturones negros parados a mi alrededor me alentaban y hacían que me mentalizara. «¡Tú le puedes ganar!» me dijeron ellos. Me aconsejaron que empezara el encuentro saliendo de inmediato y lanzando un golpe duro a fin de sorprender a mi contrincante con la guardia baja.

Cuando se dio la señal de comienzo, hice caso al consejo de mi mentor. ¡Mi contrincante apenas tuvo tiempo de inclinarse haciendo el saludo acostumbrado antes de que le asestara un golpe justo en el ojo! Los jueces inmediatamente me dieron una advertencia. Mi adversario se recuperó y me atacó con furia, haciendo contacto con mis rodillas con patadas fuertes y dolorosas. Respondí asestándole una patada de tal intensidad en el empeine que se le formó un globo en el pie del tamaño de una pelota de softbol y fue necesario llevarlo al hospital. Los oficiales me descalificaron por violencia excesiva. Perdí el combate, pero me gané el respeto de mis colegas karatecas competidores.

Durante el verano de mi segundo año de secundaria, mi familia volvió a visitar a nuestros parientes de Miami. Estando allí, mi madre encontró una casa que le gustaba. Los dueños solo querían diecinueve mil dólares por la propiedad ... una gran oferta si se contaba con algún dinero, cosa que no era nuestro caso. Mi padre se mostraba indeciso, pero mi mamá me llevó a mí para ver al agente inmobiliario (su inglés todavía no era muy bueno, de modo que oficié de intérprete) e hicimos una oferta para comprar la casa. Cuando se enteró mi padre, quedó sumamente afligido. «¡A ustedes dos no los puedo dejar solos ni un minuto!» dijo él. «¿Con qué dinero se supone que le paguemos?» En efecto, pasaría un año más antes de poder finalmente mudarnos a la casa.

Nuestra expectativa estaba en un punto alto al conducir nuestros cargados automóviles de regreso a Miami en la primavera de 1973. Por cierto que nos causaba emoción mudarnos a un clima más cálido, pero lo más importante era que volveríamos a estar cerca de los miembros de nuestro clan familiar. Para muchos estadounidenses, *familia* significa mamá, papá y los niños, pero para nosotros *familia* incluía abuelos, tías, tíos, primos y toda la parentela y amigos de ellos. Comíamos y celebrábamos juntos, trabajábamos y jugábamos juntos, reíamos y llorábamos juntos, y nos ayudábamos unos a otros a superar tiempos difíciles.

Solo me faltaba un crédito académico, una clase de inglés, para cumplir con los requisitos necesarios para graduarme de la secundaria. Me inscribí en la escuela secundaria Coral Park de Miami, y también me matriculé en la universidad de Miami. Era bueno para los números y había decidido que quería ser un contador y, quizá algún día, un abogado impositivo.

Con frecuencia le decía a mi mamá que quería llegar a ser millonario al llegar a los treinta años de edad. «Y lo primero que haré es comprarte una mansión.»

Mis padres me animaron: «Sabemos que puedes hacerlo, Jorge.»

Poco después de acomodarnos en nuestra casa de Miami empecé a buscar un trabajo que tuviera un horario flexible para poder continuar con mis estudios. Un amigo de mi familia, Eugenio Cruz, trabajaba en el Federal Reserve Bank y me ayudó a conseguir trabajo allí. Trabajaba en el departamento de cobro de cheques por las mañanas y asistía a clases por las tardes.

Sentía un enorme orgullo cuando me jactaba ante mis amigos diciéndoles que trabajaba para el gobierno federal. Ahora que estaba en la universidad, mis gastos eran mayores: mantenimiento del automóvil, gasolina, seguro y gastos relacionados con mis estudios universitarios. Pero solo dedicaba uno de mis cheques de cada mes a cubrir mis gastos personales; el segundo cheque era para mis padres.

A poco tiempo de empezar a trabajar en el banco, por primera vez me involucré con alguien sentimentalmente. A través de un primo conocí a Nery, una belleza de catorce años. Pronto Nery y yo estábamos pasando juntos cada momento libre de nuestros fines de semana y no salíamos con nadie más.

Con frecuencia, Nery y yo paseábamos en automóvil por Coral Gables, mirando con ansia las casas hermosas. «Un día», le dije a Nery, «vamos a vivir en una de esas casas. Algún día voy a ser un hombre de éxito.» Nery creía en mí. Quizá por eso, cuando mi atareado programa de estudios y trabajo no me dejaba más que los fines de semana, ella no se molestaba. Sabía que estaba a punto de lograr el éxito.

Los padres de Nery me trataban como si fuera su hijo y constantemente expresaban orgullo ante mis logros. Al fin y al cabo, a la edad de diecisiete años ya estaba cursando clases universitarias y tenía un trabajo estable en el banco. A juzgar por lo que se veía, me aguardaba un futuro formidable.

Además, llevaba una vida intachable, sin motivos para avergonzarme. Nery y yo nos íbamos inmediatamente de una fiesta si veíamos que alguno tomaba drogas de cualquier clase. Ni siquiera quería estar cerca de ellas. «Soy un empleado del gobierno», le dije a Nery, «y no quiero que me arresten.»

Si tan solo esa convicción se hubiera basado en algo más sólido que mi orgullo...

Luego de acabar mi semestre de cursos secundarios y universitarios me transferí a la Universidad de Miami. Obsesionado con ser el mejor estudiante en mis clases, me negaba a conformarme con el segundo puesto en lo que fuera. Una asignatura donde se enseñaban leyes impositivas era tan difícil que casi la mitad de la clase abandonó durante la primera semana. Sin embargo, después del primer examen, el profesor se puso de pie frente a la clase y señaló mi hoja de examen. «Esta es la primera vez en diez años que califico un examen con una *A*», dijo él. Más que nunca, estaba convencido de que debía ir tras una carrera en leyes impositivas.

Por esta época, me ascendieron en el banco, convirtiéndome en empleado a tiempo completo, a la vez que se me dio mayor responsabilidad y más dinero. Además de asistir a la universidad y trabajar en el banco estaba desarrollando por mi cuenta una empresa de contaduría de tiempo parcial haciendo las declaraciones juradas de impuestos de otras personas. Muchos de mis clientes eran compañeros de trabajo del banco o clientes del banco. Mi oficina de contaduría funcionaba en el garaje de mis padres, donde no solo hacía las computaciones de impuestos sino que también recibía a mis clientes. Mi hermana de doce años, María, trabajaba como mi gerente administrativa, mi secretaria y mi tenedora de libros, puesto que seguiría ocupando en muchas de mis empresas futuras.

Papá había abierto una pequeña tienda de ropa a poca distancia de casa. J.C. y yo ayudamos a papá a escoger la ropa que quería tener en existencia. Un día papá tuvo que salir a hacer un mandado, de modo que me dejó a cargo de la atención del negocio. Entró un cliente e hizo una compra de unos bellos conjuntos de ropa de más de trescientos dólares. Me sentía muy orgulloso de haber concretado la venta, hasta que descubrimos que el cliente había pagado con un cheque fraguado. Pensé: *¿Cómo puede haber gente tan corrupta y torcida?*

En poco tiempo lo descubriría.

CUATRO

EL PEZ GORDO

Cuando mi familia aún vivía en Cuba, el mejor amigo de mi padre y su mentor era un hombre de negocios exitoso llamado Oscar Pérez. Oscar había sido un cliente frecuente en un café donde mi padre trabajó de mesero. Él se interesó por mi padre y lo ayudó a iniciarse en el negocio de la fabricación de muebles. También se convirtió en mi padrino.

La familia de Oscar había sido una de las más adineradas de Cuba. Su compañía litográfica imprimía dinero para el gobierno. Vivía en una bella casa y conducía los mejores automóviles, pero perdieron todo bajo el régimen de Castro, y huyeron a Estados Unidos aproximadamente un año después de que emigrara mi familia.

Hacia fines de 1975 volví a establecer contacto con Oscar, que ahora vivía en Miami. Era un hombre alto, orgulloso y guapo, y vestía ropa limpia, perfectamente planchada aun cuando lavaba los pisos del supermercado donde trabajaba. Oscar siempre intentaba llevar una vida honesta y recta; a decir verdad, a menudo le hacía bromas acerca de que nunca había engañado a su esposa. Al igual que la mayoría de mis pares, yo percibía las aventuras extramatrimoniales como algo normal para el hombre hispano, algo que revelaba el grado de hombría o de poder de un hombre. Pero Oscar era un ejemplo de principios morales elevados. Me dolía ver que un hombre de su distinción e integridad estuviera fregando pisos. *Si Dios existe*, me preguntaba, *¿por qué permitiría que le* *sucediera esto a un hombre como Oscar?* Sin embargo, Oscar nunca se quejaba de lo que le había tocado en suerte en la vida.

Luego aceptó un trabajo que amplió los horizontes de su mundo y del mío también. Una compañía llamada Infocasa operaba un aserradero en Nicaragua, y Oscar fue contratado como gerente general.

El dueño de Infocasa era Domingo del Valle, un millonario español que se codeaba con el «jet-set». Oscar me dijo que Domingo quería mejorar el negocio del aserradero nicaragüense y estaba buscando contactos en Estados Unidos que pudieran brindarle su pericia. Inmediatamente puse a Oscar en contacto con Jack Snay, mi primer profesor de contabilidad en la Universidad de Miami. Jack era un ex gerente de Price-Waterhouse en Michigan que había abierto una empresa de contaduría en Miami. Tenía una inmensa admiración por Jack y su habilidad para los negocios.

Oscar y Domingo nos invitaron a Jack y a mí a recorrer el aserradero en Nicaragua y hacer recomendaciones para mejorar el negocio. No había salido de los Estados Unidos desde mi llegada a Miami siendo niño. Ahora, a la edad de diecinueve años, estaba viajando a un país del extranjero con todos los gastos pagos, como hombre de negocios profesional. Era una oportunidad emocionante.

Al llegar a Managua conocí al socio comercial de Domingo, Aumary, un sujeto de aspecto extraño proveniente de la República Dominicana, de sorprendente parecido a un mono. Pero el dinero de Aumary le protegía de que se lo ridiculizara mientras se limpiaba los dientes con un cuchillo al conducir su bello Mercedes-Benz.

Dos cosas motivaban mi vida en ese momento: éxito y dinero. Me sentí atraído por Aumary y por su evidente prestigio, de modo que rápidamente nos hicimos amigos. Una noche en Managua levantamos a dos prostitutas en un club nocturno. Nunca había estado con una prostituta y mi corazón latía de agitación nerviosa. Sin embargo, al encontrarme a solas con la mujer, mi conciencia se sobrepuso a mi deseo y no tuve relaciones con ella. A fin de guardar las apariencias con Aumary, le pagué a la mujer para simular que habíamos pasado momentos de éxtasis desenfrenado.

Al día siguiente, Aumary, Jack y yo viajamos a las selvas de Nicaragua para observar la operación del aserradero. Jack y yo luego desarrollamos un plan de negocios y le presentamos una propuesta a Domigo.

El negocio nunca despegó, pero dos cosas buenas surgieron del esfuerzo realizado: mi conexión con Domingo del Valle y mi amistad con Aumary. Ambas relaciones llegarían a cambiarme la vida.

Poco después, Domingo vino a Miami para ocuparse de unos tratos comerciales, y me dio gusto llevarlo a recorrer la ciudad. Se quedó en un hotel prestigioso e irradiaba riqueza. Era un hombre de poco más de cincuenta años bien parecido, de vestimenta elegante, que era además un astuto comerciante y un auténtico millonario. No pude menos que observar que llevaba mucho dinero encima. *De un hombre así puedo aprender mucho*, pensé.

Domingo me invitó a viajar con él como su invitado y observar sus operaciones comerciales en la República Dominicana, y acepté con gusto. Llamó a Aumary para hacerle saber que veníamos. Me brotó una sonrisa cómplice al recordar nuestra salida nocturna en Managua. Sabiendo que él estaría involucrado, podía estar seguro de que habría grandes parrandas durante este viaje. Quizá esta vez no sería necesario que simulara.

Domingo me recibió en el aeropuerto, y juntos tomamos un taxi al Jaragua, un antiguo hotel con un famoso casino. Después de acomodarme en mi habitación, llamé a Aumary e hice planes para salir esa noche. Me prometió arreglar «citas» con varias mujeres.

Unos minutos después, Domingo vino a mi cuarto para pedirme un favor.

—Esta noche quiero salir con una muchacha —me dijo—, pero sus padres no le permiten salir sola. La debe acompañar su hermana, así que necesito que vengas para ser el acompañante de su hermana.

Quise protestar pero estaba en una situación incómoda ya que el objetivo de este viaje era trabajar con Domingo.

—Pero, Domingo, ya he hecho planes con Aumary para esta noche.

—No te preocupes —me respondió haciendo un gesto con la mano—. Saldremos a cenar, y solo nos llevará una hora o dos.

Al darme cuenta que no me quedaba otra posibilidad, accedí a regañadientes.

Mientras Domingo y yo esperábamos en el vestíbulo del hotel para encontrarnos con las hermanas, yo seguía estando malhumorado, al tener la certeza de que mi noche había sido arruinada. Domingo me presentó primero a Janet, su novia. Parecía tener alrededor de veinte años.

Luego Janet presentó a su hermana menor, Luchy. Era atractiva, de tez color chocolate claro. Calculé que rondaría los quince años de edad. Llevaba puesto un ceñido vestido blanco. Su cabello negro estaba recogido y rodeado de un pañuelo color beige, lo cual hacía resaltar sus brillantes ojos verdes.

En el restaurante, Domingo y Janet al rato quedaron inmersos en una charla personal profunda. Intenté hablar de trivialidades con Luchy, pero nuestra conversación resultaba un tanto forzada. A pesar de mantenerme cordial, la percibía como un estorbo que me impedía salir de juerga.

Después de cenar, Luchy y Janet se disculparon para ir al baño. Cuando regresaron, quedé boquiabierto al verla. Además de refrescar su maquillaje, Luchy se había soltado el cabello: espectaculares mechones oscuros le caían en cascadas hasta la cintura. ¡No podía creer lo bella que era!

Mi actitud cambió, y también mi conversación. Inmediatamente empecé a contarle a Luchy todo tipo de mentiras, dando a entender que era un poderoso comerciante estadounidense.

Más tarde esa noche, salí de parranda con Aumary y varias mujeres atractivas. Pero no dejaba de pensar en Luchy.

La llamé a su casa el día siguiente, pero estaba en la escuela. Más tarde ese día salimos a tomar un helado. Cuando la vi, no me pude resistir; la acerqué a mí y le di un beso. Luchy me devolvió el beso. Nos tomamos de la mano y caminamos por la playa, mientras mirábamos el océano y hablábamos. Mientras tanto, le seguí mintiendo a Luchy, inventando todo tipo de historias acerca de lo importante que yo era en Estados Unidos.

Al regresar a Miami, Luchy y yo nos mantuvimos en contacto por teléfono. Mi cuenta telefónica del primer mes fue de mil dólares. No tenía idea de cómo la pagaría, pero para mí valía la pena. Estaba seguro de estar locamente enamorado. En poco tiempo estaba haciendo planes de volver a la República Dominicana para verla otra vez.

Ese verano viví muchos cambios. Además de romper con Nery y conocer a Luchy, me hice socio de Jack Snay. Jack había abierto un nuevo complejo de oficinas en Miami, y me ofreció un espacio sin cobrarme alquiler para poner en marcha mi propio negocio. «A cambio», dijo Jack, «podrás llevar la contabilidad de mis clientes hispanos. No hablo el idioma, pero tengo una buena base de clientes que sí lo hacen. Tú me ayudarás a mí y yo te ayudaré a ti.»

Me pareció una posibilidad fantástica. Si bien aún me faltaban dos semestres de estudios para obtener mi título, pensé que podría tomarme un descanso de mis estudios, renunciar a mi trabajo en el banco y probar cómo me iba en esta oportunidad de negocios con Jack.

Cuando les presenté la idea a mis padres, me expresaron opiniones diferentes. Papá se inclinaba firmemente hacia la seguridad, representada por el Federal Reserve Bank. Sin embargo, mamá me dijo: «Nunca podrás llegar a nada si solo trabajas para otra persona.» Si yo era de la opinión que podía progresar trabajando por cuenta propia, ella pensaba que eso era lo que yo debía hacer. Trasladé mi negocio de contabilidad desde el garaje de mis padres a la oficina a estrenar de Jack.

Una de las cuentas hispanas que administré para Jack era un comercio llamado La Puerta del Sol. A pesar de su nombre presuntuoso, esencialmente era una carnicería, un pequeño almacén cuyos propietarios eran dos colombianos: Álvaro y Elizabeth. Dos veces por semana me instalaba en su pequeña oficina y les organizaba los registros financieros.

La carnicería era un lugar alocado, caótico. Álvaro y Elizabeth se peleaban con frecuencia. Después de gritarse un rato, Elizabeth iba detrás del mostrador de carnes, agarraba un jamón grande y se lo lanzaba a su esposo. Álvaro sacaba un arma de la cintura y le disparaba al jamón en el aire. Luego lo levantaba y lo volvía a acomodar en el mostrador. Siempre se repetía la misma escena.

Poco después quedé pasmado al enterarme que Álvaro y Elizabeth se habían comprado dos automóviles Cadillac Seville nuevos. Como yo me encargaba de llevarles la contabilidad, sabía que su negocio no estaba produciendo tanto dinero. ¿Cómo podían estas personas costear dos automóviles de lujo cero kilómetro?

En esa época era bastante ingenuo y nunca sospeché que Álvaro y Elizabeth hicieran algo ilícito. Me pagaban bien, de modo que sencillamente cobraba mis honorarios y no les hacía muchas preguntas.

Mientras tanto, observé que había mucho movimiento de personajes extraños en La Puerta del Sol. Un hombre en particular, a quien llamaré Luis Guitérrez, era un caballero callado y gentil. Si bien no tenía mucha educación, aparentaba tener un buen pasar. Luis siempre se tomaba el tiempo de hablar conmigo cuando venía al mercado. Con el correr del tiempo descubrí que se justificaba por completo mi sospecha de las actividades de Luis… y que esta carnicería era una de las pantallas originales para un grupo de traficantes de drogas que llegó a conocerse como el Cartel de Medellín.

A principios del verano de 1976 volví a la República Dominicana para ver a Luchy. Cuando me encontré con ella en el vestíbulo del hotel, se la veía aun más bella de lo que recordaba.

Cada día durante mi tiempo de visita Luchy venía al hotel después de asistir a la escuela y nuestra relación se volvió más íntima, apenas nos deteníamos a un paso de consumar la relación. Más tarde la visité en casa de su mamá, donde hablamos e hicimos planes para nuestro futuro juntos. Le dije que se sacara una visa, porque quería que viniera a Estados Unidos para conocer a mi familia.

Estaba eufórico cuando Luchy descendió del avión en Miami varios meses después. Mamá me acompañaba, y juntos fuimos en el automóvil directo a la tienda de ropa de mi padre. Estaba ansioso por que mi padre conociera a mi novia.

«Papá, aquí está Luchy», dije con efusividad al trasponer de golpe la puerta. «Esta es la muchacha de la que te he hablado.»

Luego de echarle una mirada a Luchy, se desplomó la expresión del rostro de mi padre. Inmediatamente supe que ella no le caía bien. Saludó a Luchy de manera amable, pero con reservas.

En casa de mis padres llevé la maleta de Luchy a la habitación de mi hermana, donde habría de dormir durante su estadía. A mitad de la noche, Luchy iba a hurtadillas hasta mi dormitorio. Una noche, mi padre entró y nos encontró desvestidos. No dijo palabra; sencillamente me miró, luego se fue. Quedé deshecho.

Durante la siguiente semana y media mi padre se negó a hablarme al estar sentados a la mesa. Estaba desilusionado de que yo le hubiera faltado el respeto en su casa, que pudiera hacer semejante cosa en el lugar donde dormían mi madre y mi hermana.

El saber que había lastimado a mi padre me dejó aplastado y humillado. *¿En qué me estoy convirtiendo?*

Pero Luchy y yo estábamos enamorados, o al menos eso pensábamos. Como la visa de Luchy era temporal y en poco tiempo se vencería, decidimos casarnos por la ley en agosto, lo cual le permitiría permanecer en Estados Unidos conmigo, pero realizar el casamiento formal en diciembre. En el ínterin, hicimos un viaje con mi mamá y mi hermana a Orlando. Mientras mamá y María disfrutaban de las vistas de Walt Disney World, Luchy y yo disfrutábamos el uno del otro, escabulléndonos hasta nuestra habitación de hotel cada vez que podíamos para estar a solas. Fue allí que consumamos por primera vez nuestra relación física. Después de eso, no nos fue posible permanecer separados.

Luchy y yo queríamos que nuestra boda se celebrara en una iglesia católica, más para honrar a nuestras madres que por alguna fe personal en Dios. Fuimos a varias iglesias hasta encontrar un sacerdote dispuesto a casarnos. Tuvimos que pagar al sacerdote dinero adicional porque Luchy era tan joven y por no ser miembros de dicha parroquia. Si bien pagué con gusto el dinero, la tarifa solo sirvió para reforzar mi impresión de que la iglesia solo era un negocio.

Pero al llegar la fecha de nuestra boda, 17 de diciembre, me estaban entrando dudas. Yo era tan joven, y Luchy era aun más joven. Apenas nos conocíamos; solo nos habíamos conocido unos pocos meses antes. Por cierto que teníamos una relación sexual estupenda, pero ¿qué más teníamos en común? Estas preguntas y miles más me llenaban la mente. Estaba tan confundido que me presenté a la iglesia con una hora de retraso el día de nuestra boda. Pensaba que estaba enamorado de Luchy, pero a decir verdad, no tenía noción de lo que era amor verdadero. Ni lo sabría por muchos años.

Después de nuestra boda y luna de miel en las montañas Pocono de Nueva York, fuimos a nuestro apartamento por primera vez como esposo y esposa. Casi de inmediato Luchy y yo empezamos a tener problemas.

En el desarrollo de mi propia empresa había aprendido por medio de Domingo y Aumary que era necesario tener prostitutas a disposición para entretener a los clientes. Un amigo me dirigió a una mujer que operaba un grupo de prostitutas. Concerté un encuentro y, para mi deleite, descubrí que, al igual que Luchy, ella era dominicana y hermosa. Salí con la mujer con el pretexto de hablar de negocios, pero antes de que acabara la noche había probado yo mismo su mercancía.

Me sentí horriblemente culpable y con cargo de conciencia por haberle sido infiel a mi esposa recién casada. Al acabarse todo, me asaltó un profundo temor. Me había pasado de la raya. Quedé parado en la ducha mientras me frotaba el cuerpo con ferocidad, intentando quitarme la suciedad que sentía. Pensé que con seguridad debía tener una docena de enfermedades... y me las hubiera merecido.

Pero mi interés por tener con Luchy las intimidades normales entre marido y mujer disminuyó con celeridad, en parte a causa de mi infidelidad y en parte porque ya no quedaba nada más en nuestra relación que nos mantuviera unidos. Hablábamos muy poco y eran pocos nuestros intereses en común.

Mi encuentro con la prostituta abrió una caja de Pandora para mí y puso en marcha un patrón perverso. Empecé a engañar a mi esposa con regularidad, teniendo con frecuencia relaciones sexuales promiscuas con mujeres que acababa de conocer. A la edad de veinte años transmitía una imagen de éxito al conducir un buen automóvil, vestir de punta en blanco y trabajar en una oficina elegante. Raramente me era necesario procurar relaciones ilícitas; las mujeres se sentían atraídas hacia mí como virutas de hierro a un imán. Con frecuencia me hacían proposiciones, y rara vez rechazaba una invitación.

Luchy debe haberse dado cuenta que me estaba perdiendo porque intentó atraerme nuevamente a sus brazos con el incentivo que había dado resultado en el pasado: su sexualidad. Con frecuencia al volver del trabajo, llegaba a casa y la encontraba esperándome junto a la escalera, desnuda e incitante. A pesar de sus esfuerzos más denodados, a menudo fingía estar demasiado cansado o que tenía un dolor de cabeza... cualquier cosa para no tener relaciones sexuales con ella al volver a casa después de haber tenido en mis brazos a otra mujer.

A veces, por supuesto, Luchy y yo sí teníamos relaciones sexuales, de modo que no me sorprendió cuando me anunció que estaba embarazada. Quizá Luchy pensó que un bebé nos volvería a unir. Si lo pensó, estaba equivocada. Le dije que no podía tener este bebé, que éramos demasiado jóvenes para tener hijos, y que debíamos esperar un tiempo. La obligué a que se hiciera un aborto.

Luchy intentaba con desesperación agradarme y, aun a la edad de dieciséis años, deseaba ser la mejor esposa posible. Pero yo había entrado a un mundo completamente nuevo: el mundo de Sam Libbus.

CINCO

ESTAFAS

Mi hermano, J.C., había desarrollado una empresa de importación y exportación, trayendo productos alimenticios de la República Dominicana a los Estados Unidos. Por medio de este contacto conocí a Sam Libbus (no es su verdadero nombre) a principios de 1977. De origen jamaiquino, Sam también llevaba a cabo transacciones comerciales en la República Dominicana y en otras partes. Su flujo de caja inmediata provenía de la compra de ñames y gengibre en la República Dominicana para luego venderlos en mercados de Londres.

En la época que nos conocimos, Sam necesitaba un intérprete al español que lo acompañara en sus viajes a la República Dominicana. El hecho de que fuera contador y pudiera ayudarlo con sus transacciones comerciales en países hispanos me hacía aun más valioso para Sam.

Pronto descubrí que Sam era un consumado artista de la estafa. Había desarrollado todo un cuento, timando a las personas para que creyeran que era un jeque árabe de Kuwait que buscaba en qué invertir sus vastos recursos en petrodólares. Le era posible llevar a cabo el engaño sin dificultades porque era casi idéntico al jeque Yamani de Arabia Saudita. Sam también se vestía de acuerdo con el papel que representaba, a veces de atuendo árabe completo, incluyendo túnicas y un turbante, otras de traje y corbata impecables: siempre haciendo ostentación de un aura de opulencia obscena. Era sumamente inteligente y constantemente leía los periódicos de todo el mundo para mantenerse actualizado con los acontecimientos globales y los mercados potenciales para sus chanchullos.

En nuestras visitas frecuentes a la República Dominicana Sam viajaba disfrazado de jeque árabe, y yo era el «Dr. Valdés, jefe de protocolo de su Alteza Real el jeque Iwah ab Dalud Mamuud Zalani» o algún otro hombre que sonara árabe que inventábamos según hiciera falta.

En 1977 viajé con Sam a la isla de Tortola en las Islas Vírgenes Británicas. Allí conocí a Cyril Rodney, el ministro de finanzas del país y contacto clave para establecer cuentas bancarias en el extranjero. A pesar de que yo solo tenía veinte años, no me llevó mucho tiempo desarrollar un talento especial para formar corporaciones extranjeras y establecer cuentas bancarias en el exterior.

Mucho antes de involucrarme en el lavado de dinero para lo que habría de conocerse con el nombre de Cartel de Medellín, Sam Libbus me presentó a banqueros tanto en Tortola como en Gran Caimán que estaban dispuestos a trabajar conmigo. Un banquero en Gran Caimán, por ejemplo, me cobraba mil ochocientos dólares para crear una corporación extranjera. Luego yo les cobraba diez mil dólares a mis clientes y me quedaba con la ganancia.

Mis clientes tenían sus motivos para querer cuentas en el exterior, y a pesar de que podía adivinar lo que estaba sucediendo, tomé la determinación de no hacer preguntas. Era claro, sin embargo, que los motivos principales por los que mis clientes deseaban cuentas fuera de Estados Unidos eran por querer poner dinero a resguardo de la Dirección General Impositiva de Estados Unidos y para el «lavado» de dinero recibido en forma ilícita al colocarlo en una cuenta habida legalmente. El dinero que estaba en la cuenta en el exterior podía entonces enviarse a socios de todo el mundo. Muchos de los banqueros que conocí por medio de Sam siguieron siendo buenos contactos,los que no habían sufrido una estafa demasiado grande, cuando me metí al comercio de las drogas.

Un día, luego de que Luchy y yo tuviéramos una gran pelea, me fui a vivir con Sam en su casa de Miami Beach. Poco después, Sam decidió ir a las Filipinas, y me invitó para que lo acompañara. Tenía la esperanza de poder engatusar con el ardid de los petrodólares a los Martel, una familia inmensamente rica emparentada con Imelda Marcos.

El viaje fue típico de muchos que había hecho con Sam: un fraude total. Llamé a la aerolínea de antemano y me identifiqué como el Dr. Valdés, jefe de protocolo de Su Alteza Real. Solicité asientos en primera clase. Su Alteza Real, Sam, solo viajaba en primera clase. También instruí a la aerolínea que Su Alteza Real esperaba que se sirviera su champaña acostumbrada, Dom Pérignon, y que era de esperarse que fuéramos preembarcados.

Al llegar al aeropuerto, todos los de la aerolínea parecían conocer a Sam. Fuimos escoltados con prisa a la sala de espera de los pasajeros de primera clase. Sam no le hablaba a nadie en inglés. En realidad, inglés era el único idioma que Sam *podía* hablar, pero hablaba en lo que a él le sonaba a dialecto árabe, farfullando rápidamente sandeces tales como: «¡Mamutza hasidine ah ruhos!» Simulando oficiar de intérprete, yo inventaba cualquier traducción que me pareciera apropiada para ese momento.

Naturalmente, embarcamos antes que nadie, y por supuesto que Sam recibió un servicio digno de la realeza. Al fin y al cabo, Sam *era* de la realeza. Con asombro observé, y aprendí, lo que podía lograr el poder del dinero.

Reflexioné acerca de estos acontecimientos, convenciéndome que no había nada de malo ni de inmoral en mi participación en lo que hacía Sam. En efecto, estaba desarrollando un marco ético que decía: «Vale todo; nada es inmoral. La vida es lo que tú haces que sea.» Después de todo, Darwin tenía razón, y yo estaba decidido, por todos los medios y por cualquier medio, a sobrevivir como el más apto y el más fuerte.

De camino a Manila nos detuvimos unos días en Hong Kong, donde de inmediato nos buscó un taxi para llevarnos a toda prisa desde el aeropuerto al Hotel Península. En nuestra suite reservada observé mientras Sam hacía llamadas telefónicas a sus contactos en Hong Kong. Estaba seguro de que una vez más estaba intentando timar a alguien. Su treta preferida era ofrecer a sus inversores un préstamo de su supuesta fortuna en petrodólares, pero luego exigía que los inversores entregaran una cantidad significativa de dinero para asegurar el préstamo. Por ejemplo, si alguno quería que se le prestaran diez millones de dólares, Sam exigía que se le hiciera un estudio de factibilidad, el cual realizaba yo y por el cual cobraba a sus prestatarios la suma de diez mil dólares. Por supuesto que en realidad nunca le prestaba ningún dinero a nadie; simplemente se largaba de allí llevándose los diez mil dólares de ellos.

Nunca dejaba de asombrarme que comerciantes inteligentes y exitosos fueran tan ingenuos que se dejaran caer en una trampa tan sencilla. Pero así sucedía, caían una y otra vez, uno tras otro. Mientras tanto, Sam se enriquecía cada vez más... y tampoco a mí me iba tan mal.

Cuando finalmente llegamos a Manila nos recibió en el aeropuerto una escolta militar en traje de gala. Luego nos llevaron en limusina al Century Park Sheraton en Manila. Nuestra suite incluía un enorme y ornamentado vestíbulo, un enorme y elegante comedor, y una gran sala, además de tres dormitorios y dependencias para el personal de servicio. Teníamos a nuestra disposición un mayordomo y camareras a tiempo completo.

Sam ofreció varias reuniones en la suite, incluyendo visitas de miembros de la familia Martel. *Como ovejas rumbo al matadero*, pensé.

Poco después de desayunar en nuestro segundo día en Manila, nos vinieron a buscar al hotel y nos transportaron al Palacio Presidencial. Luego de ser informados por su personal acerca del protocolo correspondiente, se nos escoltó hasta el despacho presidencial y nos presentaron a Ferdinando Marcos.

El presidente estaba sentado ante un enorme escritorio y Sam le habló como si fueran viejos amigos. Yo solo me quedé sentado escuchando cómo Sam adulaba a Ferdinando Marcos, diciéndole al presidente cuán maravilloso era su país y describiendo todas las estupendas oportunidades de negocios que le ofrecía a Manila. No podía creer que Marcos se estuviera tragando las cosas que Sam le decía. Pero lo ocurrido en esa habitación fue para mí como ir a la escuela, al observar, escuchar y aprender unas lecciones fascinantes. Para ser un joven de veintiún años, me estaba moviendo a ritmo acelerado.

SEIS

MOVER DINERO, GANAR DINERO

Para mi sorpresa, Luchy me estaba esperando en el aeropuerto cuando volví a Miami de mi viaje a Filipinas. Hacía casi un mes que no me veía, aunque la había llamado ocasionalmente desde Manila, y parecía estar dispuesta a reconciliarse conmigo. Era demasiado inocente para deducir que mi repertorio sexual se estaba ampliando a expensas de ella, resultado de mi descarada infidelidad para con ella. En cuanto a mí, el adulterio casi había pasado a ser un acto reflejo. Mi inmoralidad todavía me producía una lucha interna, pero después de la primera vez que traicioné mis votos matrimoniales, cada instancia posterior de infidelidad me resultó más fácil. A la larga, mi conciencia llegó a estar tan desensibilizada que ya casi no me molestaba.

Con el dinero que había ganado en mi oficina de contabilidad y al establecer corporaciones en el extranjero, había ahorrado lo suficiente para salirme del complejo de oficinas de Jack y abrir mi propia oficina. Le di a mi padre una oficina en mi nueva sede, y juntos la decoramos. Estaba aprendiendo el valor de tener una pantalla para negocios, de modo que formé una nueva compañía conocida como Traicorp, abreviación de Transatlantic International Corporation, a través de la cual administraba muchas de mis transacciones comerciales del extranjero.

Seguí trabajando con Sam, ayudándolo en su comercio legítimo de exportación de frutas y vegetales y acompañándolo por todas partes en sus viajes por el extranjero. Eso fue lo que nos llevó a Colombia hacia fines de la década de 1970, con el propósito de explorar las posibilidades para la exportación de bananas.

En Medellín, Colombia, hablé con una mujer adinerada llamada Julia Orozco, a quien conocí por medio de otros contactos: su sobrina era María Guitérrez, la esposa de Luis Guitérrez, el caballero silencioso que era un «cliente» asiduo en la carnicería de Miami. Julia aceptó asistirnos en nuestros esfuerzos por comprar bananas. Aunque en ese momento no lo sabía, aparentemente ella era la que abastecía de cocaína a Álvaro y Elizabeth, los dueños de La Puerta del Sol.

Una noche en nuestro cuarto de hotel, Sam y yo estábamos bebiendo más de la cuenta. Las prostitutas provistas por medio de los socios de Julia estaban bailando y desnudándose para nosotros. Al cabo de un rato, una de ellas nos preguntó si podía usar el baño, que estaba contiguo a la habitación. No le di mayor importancia y le dije: «Por supuesto, allí está.» Mientras ella salió por un momento, su amiga nos siguió entreteniendo a Sam y a mí.

Después de que las mujeres se fueran, por algún motivo decidí revisar los bolsillos de mis pantalones que habían estado en el baño. Para mi consternación, descubrí que me faltaban doscientos cincuenta dólares… el único dinero que había traído conmigo. Furioso, intenté encontrar a las mujeres, pero habían desaparecido desde hacía rato. Años después, en un viaje de negocios a Medellín, estaba en la oficina de un amigo cuando entró una de las mujeres. Ella no me reconoció, pero yo la reconocí de inmediato. Cuando le dije quién era, quedó horrorizada. Aunque me había convertido en un barón de la droga importante, y ganaba dinero más rápido de lo que me era posible gastarlo, le obligué a que me devolviera los doscientos cincuenta dólares.

Durante este viaje, Sam y yo hicimos un vuelo hasta Turbo, en la costa norte de Colombia, para ver las plantaciones de bananas. Julia nos esperaba allí y nos presentó a los dueños de la mayor compañía bananera de Colombia, Turbana Banana. Tratamos asuntos de negocios para determinar dónde podían atracar los barcos y cuál era la mejor manera de hacer llegar las bananas al mercado. Hacia el final del día, habíamos logrado un acuerdo firme.

Al regresar a Miami, descubrimos que las otras maquinaciones de Sam estaban empezando a alcanzarlo. Socios airados, personas que él había timado, lo estaban llamando desde todo el mundo, exigiendo saber dónde estaba su dinero. A pesar de que lo quería a Sam, temía quedar aplastado en la estampida de los que intentaban despellejarlo. Cuando Sam decidió refugiarse en Jamaica durante un tiempo, le dije que me parecía que había llegado el tiempo de volver a vivir con Luchy. Sam y yo nos separamos amigablemente. Yo había hecho muchos contactos nuevos por medio de mis viajes con él y había aprendido bien el arte del engaño. Fue el aprendizaje ideal para una vida de delitos.

Me uní nuevamente a Luchy a pesar de saber que nuestro matrimonio estaba irreversiblemente dañado. Ella quedó embarazada, y otra vez la presioné para que se hiciera un aborto. Luchy aceptó a regañadientes pero dijo que quería volver a los suyos en la República Dominicana para hacerse el procedimiento. En realidad no me importaba y me daba gusto sacármela de encima.

Mientras tanto estaba sumamente ocupado en la formación de nuevas corporaciones extranjeras para mis amigos colombianos. Me iba bastante bien en lo económico, ya que ganaba entre siete y ocho mil dólares por corporación. Tenía una vaga idea del tipo de negocios en los que estaban involucrados estos colombianos, pero no me causaba mucha molestia. *Al fin y al cabo*, razonaba yo, *no tengo nada que ver con sus negocios; solo soy su contador*. Sabía cómo lavar dinero, y al hacerlo movía millones de dólares alrededor del mundo por ellos. Pero no perdí ni un poquito de sueño preocupándome porque hacía algo ilegal. Lo único que me interesaba era ganarme una tonelada de dinero.

SIETE

UNA NUEVA EMPRESA

Un día, al caer la tarde, sonó el teléfono de mi oficina. Era Luis Guitérrez, que sonaba irritado y alterado.

—Jorge, necesito que me hagas un favor.

—Desde luego, Luis, lo que quieras—. Me había convertido en una especie de confidente de Luis y sus amigos de La Puerta del Sol, de modo que no me sorprendió cuando Luis confesó el carácter personal del favor que pedía.

—Jorge, ha sido arrestado el hijo de María.

—¿Qué hizo?

—Tiene algo que ver con ingresar unas drogas al país. Tengo una cita para ver a un abogado de inmediato.

—¿Y?

—¿Y me harías el favor de acompañarme? Tú sabes cómo hablar con estas personas mejor que yo.

—Está bien, Luis. Enseguida voy.

El abogado, al que llamaré Monti Cohen, nos informó que el hijo de María había sido arrestado en Miami por oficiales aduaneros de Estados Unidos al intentar retirar trece kilos de cocaína de un barco bananero en el río. Después de la explicación de Monti, Luis le entregó cincuenta mil dólares. Nunca antes había visto tanto dinero en efectivo.

—No te preocupes, Luis, —dijo Monti acariciando los billetes—. Haré que le den libertad condicional al muchacho.

El abogado cumplió su promesa. Para cuando se llegó a un arreglo del caso, Monti había convencido al juez de que pusiera al hijo de María en un centro de rehabilitación en lugar de mandarlo a la cárcel. El juez aparentemente se había tragado la afirmación descabellada de que los trece kilos estaban destinados al consumo personal del muchacho en lugar de tener como fin su reventa. Pasarían años antes de que me enterara que la liberación del muchacho se había producido como resultado de una complicada red de sobornos a jueces corruptos, y que Monti Cohen estaba en el centro mismo de la red.

Por el momento no tenía ninguna necesidad urgente que requiriera de los servicios profesionales de Monti, pero sabía que había encontrado mi abogado. Cualquiera que tuviera su influencia era una persona que deseaba tener a mi lado. Desarrollamos una estrecha amistad.

Cuando Luchy regresó de la República Dominicana descubrí que no se había hecho el aborto. En cambio había dado a luz un hermoso niño: Jorgito era el nombre que le había puesto. Estaba furioso con ella por haber desafiado mis órdenes, pero no podía negar el asombro que sentía al ver a nuestro hijo.

Durante este período de mi vida lo que más procuraba era que se me reconociera, admirara y elogiara. La fuente más natural de una adulación tal, pensaba yo, provenía de mis relaciones con mujeres. En especial buscaba la admiración del tipo de mujeres que solía reírse de mí en la época de mi crianza en Miami cuando era un niño pobre y con gafas. Una relación tal se dio con Christine, una azafata que había conocido en uno de mis viajes al extranjero. Christine llamaba con frecuencia, a menudo desde lugares exóticos de todo el mundo.

Durante una llamada típica, estaba usando mis mejores frases seductoras, prometiéndole a Christine pasar el mejor rato de su vida, sin saber que Luchy estaba parada fuera de la puerta de mi oficina, atenta a cada palabra. Escuchó lo suficiente para deducir lo que estaba ocurriendo, luego entró de golpe a mi oficina y pasando por encima del escritorio se abalanzó sobre mí.

Cuando logré que se calmara lo suficiente para escucharme, le dije a Luchy que era hora de que pusiéramos fin a nuestra farsa de matrimonio. Le prometí dinero para alquilar un apartamento, y ambos tomamos rumbos separados.

Un día hacia fines de enero de 1977, Luis Guitérrez trajo a mi oficina dos hombres vestidos con elegancia, habiéndome dicho de antemano que deseaban hacerme una interesante propuesta de negocios. Felipe Arango (no es su nombre verdadero) era un colombiano bien parecido de raza negra que destilaba confianza en su manera de conducirse y su forma de hablar. Sin embargo, era evidente que su compañero era el líder. Manuel Garcés me dio la impresión de tener una personalidad encantadora y a la vez sutilmente persuasiva.

Al cabo de unos minutos de conversación superficial, los colombianos detallaron el motivo de su visita. Querían establecer una nueva compañía para importar bananas de Colombia. Me pidieron que formara la corporación y también que buscara contactos por medio de los cuales pudieran adquirir un barco para transportar carga refrigerada. Yo no conocía su verdadera intención: lanzar una nueva empresa para introducir cocaína al país.

Pensando solo en comercio bananero legítimo y lucrativo, les expliqué que no trabajaría como empleado de nadie. Si se suponía que yo hiciera todo el trabajo preliminar, quería ser un socio equitativo en la empresa. Reconocí abiertamente que no disponía de ningún capital para invertir. Lo único que podía aportar a la sociedad era mi talento y mi oficina.

Manuel y Felipe parecían estar complacidos ante mi ofrecimiento. Ese día, sentados en mi sala de conferencias, decidimos que cada uno de los presentes, Manuel, Felipe, Luis y yo, sería dueño de un veinte por ciento del negocio. El veinte por ciento restante le pertenecería a otro socio, Jorge Ordóñez, al que querían incluir en el negocio.

Formamos la corporación, quedando yo como presidente. Le pusimos a la compañía el nombre de Euro Hold, lo cual representaba Holdings Europeos. Y decidimos poner a nuestro producto el nombre de Kiss Bananas. Mis nuevos socios me dieron diez mil dólares para producir un plan de negocios y desarrollar ideas para un logotipo del producto y para el embalaje.

El plan exigía que Euro Hold comprara un barco, que se matricularía en Panamá. Los colombianos decidieron que yo debiera viajar a Europa a la brevedad para buscar un barco adecuado, cuyo precio se ubicara en el rango de doscientos cincuenta mil a trescientos cincuenta mil dólares. «Fíjate lo que puedas encontrar, Jorge, y manténnos informados», me instruyó Manuel.

Luego de establecer contacto con varios astilleros por medio de Monti Cohen y otros, viajé a Francia, Alemania, Inglaterra y España. Al regresar a Miami, me presenté ante Luis informándole que había una buena cantidad de barcos de los cuales poder elegir y que muchos se ubicaban en el rango de precios que buscábamos, pero el costo de traerlo a América y adecuarlo a nuestras necesidades pudiera resultar prohibitivo.

Luego uno de nuestros contactos en Miami mencionó otra posibilidad, una vieja nave de desembarco usada durante la Segunda Guerra Mundial. Disponía de un gran cargador en la proa y pudiera ser ideal para nuestros propósitos. El barco estaba en Stockton, California, no muy lejos de San Francisco. Pero el dueño del barco, Sam McIntosh, vivía en Miami, donde administraba un comercio de electrónica y suministros para barcos. Concerté una reunión con McIntosh, que me informó que pedía trescientos mil dólares por el barco. Me aseguró que no costaría mucho más convertir la embarcación en un barco de carga refrigerado, y él podía hacer el trabajo en California si teníamos interés.

Cuando le dije a Luis, respondió: «¡Hagámoslo!»

Luis luego hizo los arreglos para que Manuel Garcés y Felipe Arango, junto con sus esposas, se encontraran con nosotros en Miami. Nos acompañarían a California para inspeccionar el barco. Sam McIntosh se encontraría con nosotros en Stockton.

Cuando vi a Manuel Garcés la mañana de nuestra partida, nuevamente quedé impactado ante su aura de poder. Manny destilaba una rara combinación de confianza y gentileza. Era una persona que se preocupaba por otros de manera genuina y era un caballero en el sentido más elevado de la palabra. Pensé: *Participando un hombre como este en nuestro comercio bananero, no es posible errar. Seremos sumamente rentables.*

En el avión, me senté junto a Manny. Al principio entablamos una típica conversación de trivialidades, pero a medida que íbamos avanzando en nuestro viaje cruzando el país, Manny empezó a presionar un poco más. En un modo comercial y paternal a la vez, me hizo preguntas sobre mi pasado, sobre mi trabajo en el banco y sobre mi educación. Luego me preguntó: «¿Cuáles son tus planes para el futuro? ¿Qué te gustaría hacer?»

Le hablé a Manny acerca de mi objetivo de «tener éxito» en Estados Unidos, lo cual para mí significaba adquirir poder y dinero y proporcionar una vida acomodada a mi familia. Sentía que esta empresa bananera pudiera ser un gran paso para mí. Él estaba de acuerdo y me aseguró que el negocio llegaría a tomar vuelo. Luego Manny cambió el rumbo de la conversación. «Sabes, Jorge, veo que pudieras ser un jugador clave en la representación de muchos de mis negocios en Miami.»

Intrigado y también incierto de sus intenciones, mantuve la boca cerrada y presté atención. Manny me dijo que estaba involucrado en un comercio de aerolínea como también en una gran compañía de construcción. Agregó que tenía un maravilloso proyecto en el que deseaba que yo participara. Manny bajó la voz y preguntó: «¿Qué posibilidad hay de que proporciones algunas de las cosas que pudiera necesitar?»

Le aseguré a Manny que estaba interesado.

Esa noche en San Francisco caminamos alrededor de Union Square, visitando los lugares de interés y los negocios.

En una joyería, la esposa de Manny, Anna, quedó prendada de una hermosa pulsera. Manny le preguntó al vendedor:

—¿Cuánto cuesta?

—Ocho mil dólares— respondió el vendedor sin inmutarse.

Observé asombrado mientras Manny extraía de su bolsillo una pila de billetes de cien dólares y procedía a pagar en efectivo por su compra. Anna se dejó la pulsera puesta durante el resto de la noche.

Más tarde, Felipe y su esposa se detuvieron en otro comercio donde también ellos compraron algún artículo de joyería. En Saks Fifth Avenue tanto mis compañeros como sus esposas se compraron ropa por valor de varios miles de dólares. No podía menos que preguntarme cómo podía esta gente despilfarrar tanto dinero. Pero en el fondo de mi mente estaba pensando: *Algún día quisiera poder darme estos lujos. Pero por supuesto que no cometeré el error de derrochar mi dinero.*

No dejaba de repetir para mis adentros: *Si tan solo pudiera ganar cien mil dólares, podría ahorrar algo de dinero y quedar acomodado por el resto de la vida.* Por cierto, en poco tiempo, yo estaría derrochando más de cien mil dólares en un solo día.

La cuenta de la cena de esa noche llegó a la suma de casi ochocientos dólares, pero ninguno excepto yo parecía darle mayor importancia. Trataba de comportarme como un personaje importante, pero sabía que estaba con personas de otro nivel.

Tenía agitación mental. En cierto sentido me sentía superior a mis compañeros, más inteligente y más capaz, y me parecía que había pagado un precio más alto que ellos por mi progreso. A excepción de Manny, la mayoría de los colombianos carecían de educación formal, mientras que yo había sacrificado dinero, horas de sueño, y mi vida social para cursar mis estudios. Sin embargo, ellos tenían dinero de sobra y lo derrochaban a diestra y siniestra. Decidí contemplar la situación como un desafío y aceptar cualquier cosa que se me pudiera presentar a raíz de mi asociación con mis nuevos compañeros.

OCHO

MOMENTO DECISIVO

La mañana después de nuestra noche de derroche en San Francisco fuimos en automóvil hasta Stockton, donde nos aguardaba Sam McIntosh. Este hombre de cerca de sesenta años de edad era un genio de la electrónica y un sabio comerciante. Nos invitó a abordar el barco y respondió a todas nuestras preguntas sin vacilación. Parecía saber exactamente lo que debía hacerse para convertirlo en un barco refrigerado y lo que costaría hacer ese trabajo.

Al cabo de una inspección de tres horas, arribamos a la conclusión de que el barco era una buena compra. Sería muy valioso para nuestro negocio. Nos despedimos de McIntosh y acordamos volver a reunirnos en Miami donde pudiéramos discutir más el asunto del precio. McIntosh ahora pedía cerca de cuatrocientos mil dólares, pero pensábamos que podríamos hacer que bajara hasta trescientos mil dólares. La conversión, que exigiría aislar los compartimde desembarqueentos del barco e instalar unidades de aire acondicionado y refrigeración, costaría otros cien mil dólares.

Viajé en avión a Panamá y me reuní con unos abogados para crear una corporación extranjera bajo la cual estaría matriculado el barco. Al matricularlo en Panamá, el seguro sería menos costoso y evitaríamos los impuestos de Estados Unidos sobre el barco. Completé toda la papelería y pagué aproximadamente diez mil dólares para hacer los arreglos para la matriculación.

Jorge L. Valdés, Ph.D. con Ken Abraham

Al regresar a Miami, me metí de lleno en la nueva empresa. Contratamos un agente de Honduras que a su vez nos contrató una tripulación para el barco. De capitán, contratamos a un cubano que había trabajado para varias otras compañías de navegación.

En la oficina, guardaba estrictos hábitos de trabajo y horas disciplinadas. Me hice el firme propósito de ser el primero en llegar a la oficina por las mañanas y el último en irme por las noches. Sin embargo, después del trabajo, seguí llevando un estilo de vida de juerga.

Me había mantenido en contacto con Christine, la azafata. A estas alturas, había dejado su trabajo y quería venir a vivir conmigo. En mi obsesión por cosechar otra conquista femenina, le había dado a entender que la amaba y que quería estar con ella de una manera más permanente. No me sentía muy atraído por ella, pero ahora que la había «conquistado», ¿qué se suponía que hiciera? Sentí que no me quedaba otra alternativa que traerla a Miami y conseguirle un apartamento. Ahora tenía a Luchy, que pronto sería mi ex esposa, en un apartamento, Christine la azafata en otro, y tenía un tercer apartamento para mí.

Mientras tanto iba a fiestas con regularidad, llevando una vida de soltero en Miami, mientras mantenía feliz a Christine, y hasta dormía ocasionalmente con Luchy. Al mismo tiempo, salía con muchas otras mujeres, comportándome siempre como si fuera un gran personaje en un Mercedes que le había comprado a Monti Cohen.

En California surgieron complicaciones en el trabajo del barco bananero. Me enteré que la tripulación quería volver a Honduras. No se habían dado cuenta de cuánto trabajo exigiría convertir la nave de desembarque en un barco refrigerado, y ahora que lo sabían, se sentían traicionados. Se nos presentaba una rebelión.

Mis compañeros me pidieron que fuera a Stockton para encargarme del problema en persona. Teníamos mucho dinero invertido en este proyecto, y se aproximaban nuestras fechas tope. Si el barco no estaba listo a tiempo, nos arriesgábamos a perder la cosecha de bananas en Colombia.

Preparé mis maletas y me dirigí a California. Después de despedir al capitán, me dediqué a desarrollar buenas relaciones entre los miembros de la tripulación. Les di tiempo libre cuando hiciera falta y les pagué un adicional por trabajar horas extra. Me aseguré de que recibieran buenas comidas a bordo del barco, y los llevé a la ciudad a hacer compras. Incluso, en lugar de ir a un motel, me quedé a bordo para poder establecer un vínculo con la tripulación. Lentamente se empezó a levantar la moral entre nuestros hombres.

Aproximadamente cada tres semanas viajaba de regreso a Miami por un par de días. También hice dos viajes a Colombia para dar un informe a Manny y Felipe Arango y también para obtener más dinero para la conversión del barco. Nuestros costos se habían ido por las nubes, superando ampliamente la cifra que McIntosh había estimado se requeriría para transformar la nave.

En uno de mis viajes de regreso a Miami, Luis Guitérrez me sorprendió al hacerme una broma diciéndome que probablemente podría encontrar un muy buen mercado para la cocaína en California. Me di cuenta que solo bromeaba a medias. Hacía ya tiempo que sospechaba que Luis estaba involucrado en el comercio de drogas, pero nunca había sido tan abierto conmigo sobre el asunto. Desde allí en adelante, casi siempre que hablábamos Luis y yo, él hacía conjeturas en cuanto a la cantidad de cocaína que yo podía llegar a vender en California.

—Puedes ganar mucho dinero, Jorge.

—Luis, no estoy interesado —le dije—. Nunca he tomado drogas. Mi vida tiene que ver con trabajo, y me he esforzado y sacrificado demasiado para arriesgar todo, cualquiera sea el precio.

—Está bien, Jorge, tranquilo —Luis me calmaba—. Solo tenlo en cuenta.

Para la misma época, tuve una conversación extraña en California con un hombre al que llamaré Rick Sanders, un tipo grande, fuerte y jovial que habíamos contratado para trabajar en el barco. Rick y su esposa me invitaban a menudo a su casa.

Un día me dijo:

—Jorge, yo sé que este barco es un barco colombiano de coca.

Lo negué con furia. —¿Cómo puedes decir eso? Estoy en sociedad con los dueños de este barco, y lo usaremos para transportar bananas.

—Claro, Jorge —dijo Rick arqueando las cejas.

—Lo digo en serio —le dije—. Además, nunca en mi vida he usado drogas.

—Lo que tú digas —respondió Rick con una amplia sonrisa, como si supiera algo que yo no sabía.

Me estaban bombardeando con bromas referidas a la cocaína a ambos lados del país, Luis en Miami y Rick en California. Rick empezó a decir:

—Jorge, ¿por qué no me pones en contacto? Tengo unos amigos que tienen gran interés en comprar cocaína.

—De ninguna manera, Rick. No tendré nada que ver con las drogas.

Estas bromas siguieron durante meses.

Mientras tanto, mis socios en Colombia se estaban volviendo mucho más específicos en cuanto a sus planes para mí, la mayoría de los cuales poco tenían que ver con nuestro barco bananero. Cuando viajaba a Colombia, Manny y Felipe hablaban con claridad acerca de querer que yo administrara sus «intereses» en Estados Unidos que, a propósito, dijeron ellos, incluían un comercio de cocaína en ciernes pero floreciente.

Me sentí extrañamente honrado de que estos barones de la droga ricos y poderosos desearan que yo, un muchacho de veintiún años, administrara todos sus negocios de cocaína en Estados Unidos. Por otro lado, estaba muerto de miedo. Les dije repetidas veces que semejante relación no era lo que más les convenía ya que yo había establecido por ellos muchas de sus corporaciones en el extranjero. Sabía dónde estaba todo su dinero, y si me arrestaban, sus inversiones correrían peligro. «No soy el hombre que les conviene», les dije. «Necesitan alguien que no esté conectado.»

A pesar de mis protestas, los colombianos siguieron mostrando su plena confianza en mí. Manny, en particular, hablaba con frecuencia de un futuro rentable juntos y del dinero que yo podía ganar.

Mientras tanto Luis seguía haciendo presión en Miami, y mi amigo Rick en California seguía suponiendo que yo era un traficante importante de drogas.

Un día, casi por capricho, se me ocurrió una manera de poner fin a la presión. Por medio de Luis podría averiguar el precio al que se vendía la cocaína, luego le daría a Rick algún precio ridículamente elevado para que dejara de molestarme. Y les diría a mis socios en Colombia: «Está bien, administraré su negocio de cocaína en Estados Unidos. Pero si desean que participe, quiero ser un socio a partes iguales.» Sabía que no había manera de que los colombianos aceptaran eso. Hacerme socio del comercio bananero era una cosa, pero el contrabando de drogas era algo completamente diferente. ¿Por qué habrían de compartir su dinero conmigo?

Mi brillante plan a dos puntas con seguridad pondría fin a las cuestiones relacionadas con la cocaína.

En mi siguiente viaje a Miami le dije a Luis:

—Solo por curiosidad, ¿a cuánto se vende la cocaína aquí?

Se iluminaron los ojos de Luis y se le arquearon levemente las cejas, pero permaneció tranquilo al declararme un precio de cuarenta y seis mil a cuarenta y ocho mil dólares por kilo.

Hice un gesto de asentimiento con la cabeza como si esto fuera perfectamente lógico, pero por dentro pensaba: *¡Cuarenta y ocho mil dólares por kilo! ¡Qué exorbitante!*

—¿Quieres que te consiga un poco? —preguntó Luis, con una franca sonrisa.

—Ah, no. Solo tenía interés por saberlo. Ya sabes, por simple curiosidad.

Luis volvió a sonreír, pero no dijo nada más.

Al volver a la costa oeste, Rick Sanders me siguió cebando, contándome historias de la vida disipada en California. Aparentemente, algunos de sus amigos estaban vendiendo cocaína a personajes de gran renombre, incluyendo estrellas de Hollywood. Rick continuó haciendo insinuaciones y también tentándome con francas oportunidades de venta de drogas. Finalmente, con exasperación, seguí adelante con mi plan.

—Sí, Rick —le dije—. Reconozco que mis socios y yo somos grandes distribuidores de cocaína. Pero te aclaro desde ahora que solo comerciamos con la mejor cocaína y es cara.

A Rick le brotó una gran sonrisa, como diciendo: «¡Siempre lo supe!» Finalmente, dejó de sonreír y dijo en voz queda:

—¿Cuánto?

Produciendo de la nada una cifra ridícula, le espeté:

—Cuesta setenta mil el kilo.

—¡Vaya! —dijo Rick dejando escapar un silbido—. Setenta mil. Es un poco elevado.

—Ese es el precio de venta —repetí y cambié de asunto.

Estaba seguro de que le había puesto fin al asunto con Rick. Pero aproximadamente una semana después, me pidió que me reuniera con su socio.

—¿Tu socio? —le pregunté.

—Sí, ya sabes, uno de esos contactos con Hollywood de los que te conté.

—Pues dile que venga, pero en realidad no tengo nada para decirle.

Unos días más tarde, Rick trajo al barco un amigo para que me conociera, un tipo que presentó sencillamente como Joey. Hablamos un rato, y a pesar de sentir que era un error, descubrí que Joey me agradaba. Era un tipo bien parecido que se codeaba con gente de vida disipada y conducía un Porsche.

A lo largo de las siguientes dos o tres semanas, Joey y yo salimos un par de veces y estuvimos juntos de parranda. A menudo se jactaba de haber estado de parranda con estrellas de cine como también con las personas en el negocio de la música. Joey pasaba mucho tiempo y gastaba mucho dinero en San Francisco y Los Ángeles. Si estaba fingiendo, representaba bien su papel, y yo disfrutaba del tiempo que pasaba con él. Si bien de día trabajaba arduamente en el barco, rápidamente me aclimaté a la vida nocturna ligera en California.

Mientras tanto estaba teniendo pesadillas en las que iba rumbo a la prisión y me imaginaba lo que esto ocasionaría a mi madre y a mi padre. Me surgían escenas del pasado de la vez que, siendo niño, me habían atrapado robando.

En mi siguiente viaje a Colombia volvió a surgir el tema de mi sociedad con Manny y sus amigos. Inspiré profundamente, junté toda la osadía que tenía en mí, y dije: «La única manera en que me involucraré en su operación de cocaína es si soy socio en partes iguales, y ustedes tendrán que colocarme el capital.»

¡Ahí estaba… lo había dicho! Ahora, al fin podría tener un poco de paz. Los colombianos se rehusarían a mis exigencias, y yo podría seguir adelante con mi vida.

Sin embargo, Manny y Felipe sencillamente hicieron un gesto de aprobación con la cabeza. «Danos un poco de tiempo para pensarlo», dijo Manny con suma gentileza.

La siguiente vez que estuve con Luis en Miami, llevó la conversación rumbo al tema de la cocaína.

—¿Cómo se ve el asunto allá en California? —preguntó—. Por lo que hablamos la última vez, parecía que algo sucedía.

—No, Luis. En realidad no. Lo que sucede es que… solo me preguntaba … es decir, leo mucho en los periódicos, y me intrigaba saber cuánto dinero estaba involucrado en este negocio de la cocaína.

Luis sonrió.

—Pues, Jorge, la cocaína es la droga del futuro. Es la próxima aventura en la vida a gran nivel.

No dudaba de la veracidad de las afirmaciones de Luis. En las fiestas en la costa oeste a las que asistía con Joey, había visto con mis propios ojos que la cocaína era el centro de atención. Era la norma que se usaba para medir las fiestas. Si no se ofrecía cocaína, la fiesta era un desastre.

Lo que de verdad me asombraba era que el asunto de la cocaína no parecía tener que ver con los toxicómanos habituales que me había imaginado. En las fiestas había notado que todas las personas de éxito, banqueros, jueces, políticos, estrellas de cine, músicos, parecían estar aspirando coca. Justificaban su uso de drogas diciendo que la cocaína no era un narcótico y que en verdad no producía adicción física. Un día me enteraría que esas aseveraciones formaban parte de la gran mentira de la cocaína.

Luis interrumpió mis pensamientos:

—Jorge, de verdad debes considerar la posibilidad de involucrarte.

Me sonrió de manera un tanto taimada y con el brazo me rodeó los hombros.

—Mira —dijo— podemos conseguir la coca por cuarenta y dos; si le pagamos a alguien unos dos mil dólares por kilo para llevarla hasta California por nosotros, son cuarenta y cuatro, y si la vendes por setenta —como dijiste— son veintiséis mil que nos pudiéramos repartir, trece para cada uno.

Luis hizo una pausa para asegurarse de haber captado mi plena atención, lo cual había logrado.

—Ahora, piensa en lo siguiente: Si llevas seis o siete kilos hasta allá, o aun cinco kilos, estamos hablando de una ganancia de sesenta a setenta mil dólares.

—Necesito un poco de tiempo para pensarlo, Luis.

—Está bien, pero no te demores mucho. En este momento se presenta una tremenda oportunidad.

Esa noche no pude dormir. Di vueltas en la cama, reflexionando sobre el asunto, intentando deducir si las cosas pudieran dar resultado de verdad… y lo que haría si así fuera. Estaba empezando a sentir que quizá sí deseaba que ocurriera este asunto de la cocaína.

Además, no era cuestión de *si* la cocaína llegaría a fluir hacia California; solo era cuestión de *cómo*, y de *quién* se beneficiaría de ella. Si no lo hacía yo, algún otro lo haría.

Y había visto el tipo de gente que estaba comprando la coca. Si bien no tenía intención alguna de usar drogas jamás, seguía pensando que las drogas eran para tontos, yo quería formar parte de este grupo de gente. Proyectaban una imagen de onda, atractiva y de alto nivel. Todos estaban pasando un rato agradable; ninguno tenía intención de perjudicar a nadie.

Tal vez si hago dos o tres viajes, pensé, podré ganarme unos doscientos mil dólares y estaré bien. Abandonaré mientras esté ganando, y no tendré que hacer nada más. Podré comprar una casa bonita, ayudar a mis padres a comprar una casa mejor, y todavía me quedará una reserva de dinero hasta que mi porcentaje del negocio bananero empiece a dar lo suficiente para poder vivir de eso.

Antes de volver a California, le dije a Luis que vería cómo se desarrollaban las cosas con mi contacto de la costa oeste. Pero cuando me detuve a pensar en el asunto, reflexioné: *Esto nunca sucederá: ¡Setenta mil dólares es una cifra ridícula!* Hasta Luis se había reído cuando le comenté el precio que les había dicho.

Al regresar a California, la conversión del barco progresaba sin complicaciones. Una noche, Rick se me acercó después del trabajo y dijo: «Vayamos a tomar un par de tragos.» Fuimos hasta un club en Sacramento, y aun antes de haber pedido nuestro primer trago, Rick dijo en voz queda: «Mis socios están muy interesados. Dicen que si traes dos o tres kilos, y las cosas son como tú dices, comprarán mucho más.»

Casi podía percibir la adrenalina que bombeaba por el cuerpo de Rick. Sabía que estaba fluyendo en el mío. Me recorrió una sobrecarga de pensamientos y emociones. La simple declaración de Rick de repente había llevado mi participación en el negocio de la cocaína desde un mundo de sueños, imaginaciones y teorías y la había lanzado hasta el mismo centro de la realidad. En cierto sentido estaba desesperado, no sabiendo qué hacer. No dejaba de pensar en mi madre y su actitud piadosa, y de cómo me había enseñado a diferenciar el bien del mal. Al mismo tiempo me sentía atraído por el sentido de pertenencia, de ser un integrante de la pandilla, formar

75

parte de este grupo de gente que tenía todo en orden, no tenía problema alguno y por cierto no tenía ninguna necesidad económica. Parecían ofrecer todo lo que yo había anhelado desde mi llegada a Estados Unidos.

Ni por un instante se me ocurrió pensar que lo que estaba a punto de hacer pudiera destruir a mi familia, robándoles a mis padres su salud, su casa y su dignidad, mientras empujaba a mi hermano hasta la puerta de la muerte por medio del alcoholismo. Nunca percibí mi participación en la cocaína de una manera realista... hasta que fue demasiado tarde.

Le dije a Rick que debía esperar hasta regresar a Miami porque no podía hablar acerca de esto por teléfono con mi socio.

Una semana después en Miami, le expliqué la situación a Luis. «Algunas personas están muy interesadas. Quieren que les llevemos tres kilos para ver si la coca es tan buena como se supone que sea.»

—Ningún problema —dijo Luis—. Considéralo hecho.

Dijo que podría conseguir la cocaína, pero sería necesario que encontráramos a alguien que la pudiera llevar a California por nosotros.

La persona que encontramos fue Juan Puerto, un amigo de mi familia. Juanito, como lo llamaba yo, había vivido con nosotros durante un tiempo cuando recién había emigrado de Cuba. Juanito, un buen tipo al que le agradaba aparentar ser más rudo de lo que era en realidad, estaba ganando unos tres mil dólares por mes vendiendo pequeñas cantidades de cocaína.

Me reuní con Juanito para almorzar, capté su atención al ofrecerle la oportunidad de ganarse una buena cantidad de dinero haciendo una entrega de cocaína, y luego le expliqué la situación. Viajaría en avión a San Francisco, llevando una maleta con doble fondo donde se ocultarían tres kilos de coca.

—Lo único que debes hacer es registrar tu equipaje en la puerta de salida en Miami, luego retirar la maleta del área de equipaje en San Francisco. Te estaré esperando en el aeropuerto, y te daré diez mil dólares por el viaje.

Se trataba de un ofrecimiento generoso, y Juanito no vaciló ni por un instante. Dijo que no había ningún problema. Yo iba rumbo a orquestar mi primer transacción de drogas.

SEGUNDA PARTE

1978–1980

_____

Esto es una guerra, decidí; Harold y yo enfrentados
a todos ellos: los demás prisioneros, los guardias, los
agentes de la DEA, los gobiernos de Panamá y Esta-
dos Unidos, y cualquier otro.

Y jamás me derrotarán.

NUEVE

EMPIEZA LA PESADILLA

Antes de partir de Miami para hacer mi primera entrega de cocaína fui a visitar a mis padres. Mientras mamá preparaba la cena, entré al dormitorio de mis padres. Al ser invadido por los recuerdos de mi madre orando con tanta frecuencia en esa habitación, bajé la guardia y dije en voz queda: «Dios, si me proteges en esta transacción que voy a realizar, les voy a comprar una casa mejor a mis padres. Dios, por favor asegúrate de que nada me suceda. Ya sabes que no estoy perjudicando a nadie, que los que compran esta cocaína son personas ricas y estrellas de cine, y que no estoy haciendo nada inmoral.» Sinceramente creía que le decía la verdad a Dios.

Regresé a California y le dije a Rick Sanders que el trato estaba en pie: «Avísale a tu gente. Estamos trayendo tres kilos, y el precio es de doscientos diez mil dólares. Quiero la mitad del dinero por adelantado al momento que llegue la coca. La otra mitad la puedes pagar un día más tarde.» Rick estaba eufórico; su sueño se estaba convirtiendo en realidad.

Mi pesadilla apenas comenzaba.

Unos días después, Rick me dijo que su gente estaba lista. Su socio, Joey, vino a verme, me mostró setenta y cinco mil dólares y me los ofreció como prueba de confianza. Nos decidimos por un día viernes alrededor de la hora pico para hacer la entrega en el aeropuerto de San Francisco. Si todo resultaba según los planes, nunca llegaría a tocar la cocaína; solo buscaría el dinero.

Cuando llegó el gran día fui en automóvil a San Francisco, me registré en un hotel, luego alquilé un automóvil: un Chevy. *No hay por qué llamar demasiado la atención.* Mientras conducía hasta el aeropuerto, no dejaba de inquietarme por lo que pensaría mi madre de mi nueva empresa.

La llegada del vuelo de Juanito estaba programada para las cinco de la tarde. Entré a la zona de carga del aeropuerto unos minutos antes de la hora y me quedé esperando en el automóvil con el motor en marcha. Se suponía que Juanito retirara la maleta del área de reclamo de maletas y la trajera al automóvil; luego iríamos juntos al hotel.

Al menos, ese era el plan.

Seguí mirando el reloj. Ya eran mucho más de las cinco y todavía no había señales de Juanito. Con ansiedad dejé el automóvil y entré al aeropuerto. El avión había llegado y los pasajeros de este vuelo ya estaban juntándose alrededor del carrusel del equipaje, pero no había señales de Juanito.

Ahora sí que estaba nervioso de verdad; pasaron diez minutos, quince y todavía ni rastro de mi amigo. Finalmente vi a Juanito, con la cara pálida y sudando profusamente, acercándose a mí. Me dijo que temía que alguien lo estuviera siguiendo. Estaba tan alterado que pensé que se iría a llorar.

Intenté hacer que volviera a sus cabales diciéndole en voz baja pero con un gruñido intenso:

—¡Juanito! ¡No podemos perder esta cocaína!

Él estaba demasiado atemorizado para que le importara.

—No voy a retirar esa maleta, Jorge.

—¿Qué te pasa? —le respondí—. Podrían matarnos. ¿Cómo explicarles a estas personas que abandonamos su maleta? Preferiría ser arrestado a tener que enfrentarme a *ellos*.

—Búscala *tú* —dijo Juanito.

—Bueno, está bien —dije yo—. Dame ese cupón de reclamación.

La maleta, explicó Juanito, era una Samsonite dura de color negro. Me dirigí rápidamente al área de reclamo de equipaje y me acerqué al carrusel lo más que pude, examinando cada pieza de equipaje que pasaba en la cinta transportadora. Intenté comportarme de manera despreocupada, a pesar de la sensación de tener clavada en mí la vista de todos los que estaban en ese aeropuerto.

Descubrí la maleta que se aproximaba en la cinta transportadora. Miré con nerviosismo a mi alrededor, luego me quedé paralizado. Alguien, personal de seguridad del aeropuerto, el FBI, la DEA, la CIA, pudiera estar observando y esperando para ponerle las esposas a quienquiera retirara esa maleta. Sin moverme, miré mientras la maleta pasó junto a mí y siguió su recorrido de regreso, volviendo a pasar por las tiras de goma, del otro lado de la pared para luego salir otra vez.

Di un paso hacia atrás, fingiendo que usaría el teléfono, luego volví al carrusel y esperé otra vez. El número de maletas se iba reduciendo con rapidez al retirar los pasajeros su equipaje. Cuando vi que volvía a pasar la Samsonite negra por las tiras de goma, dirigiéndose nuevamente hacia mí, dije en silencio: «Dios, ayúdame esta sola vez .»

La maleta ahora estaba a solo unos centímetros de distancia. Me extendí, la saqué de la cinta y me dirigí hacia la salida.

Me esforcé por mantener la calma al entregar el boleto de control al empleado encargado del equipaje. Miró el número de reclamo en la maleta, lo comparó con el que le había entregado, rompió a ambos por la mitad, y me hizo señas de que siguiera adelante.

Rápidamente me dirigí al automóvil donde me aguardaba Juanito. Una mirada furtiva a mi alrededor no me reveló nada fuera de lo común, así que metí la maleta en el baúl. Mientras me metía cuidadosamente al tránsito, miraba a cada rato mi espejo retrovisor. No se veía ninguno que nos estuviera siguiendo. Para cuando nos encontramos metidos en el tránsito de la hora pico, estaba seguro de que lo habíamos logrado.

Juanito seguía sudando cuando llegamos al hotel.

—Jorge, creo que me dio un infarto en ese avión. Me parece que no puedo volver a hacer esto.

—No te preocupes, Juanito, lo peor ya pasó. Cuando llegue el dinero, te pagaré y te podrás ir de aquí. El resto del dinero lo llevaré yo mismo a Miami.

Juanito dejó escapar un suspiro de alivio.

Cuando Rick entró a nuestra habitación, le dije que Juanito y yo saldríamos a caminar; mientras estábamos fuera, él podía llevarse la cocaína. No quería estar presente cuando él se la llevara. Si Rick era arrestado, suponía que Juanito y yo podíamos al menos declarar que alguien nos la había colocado para inculparnos.

Juanito y yo fuimos al centro de compras de Union Square. En Saks Fifth Avenue, compré un suéter de $500, más dinero del que jamás había pagado por un suéter, pero, por supuesto, ahora podía darme ese lujo. Pensé, *Así debía sentirse Manny Garcés cuando él y su esposa estaban recorriendo estos mismos comercios.*

Todo remordimiento y cualquier pensamiento de que pudiera estar desagradando a Dios desaparecieron al momento que volví al hotel y encontré que ya no estaba la cocaína y había setenta y cinco mil dólares escondidos en el ropero. Pasaría mucho tiempo antes de que volviera a inquietarme por la actitud de Dios para conmigo.

Juanito y yo esperábamos que Joey nos trajera el resto de nuestro dinero en cualquier momento. Mientras esperábamos, pedimos servicio de habitación… no queríamos arriesgarnos a perdernos la visita de Joey, y cuanto menos nos vieran en el hotel, mejor.

Esperamos una hora tras otra, y Joey todavía no aparecía ni llamaba. Me estaba volviendo a poner nervioso. Rick vino a nuestra habitación y esperó con nosotros, y lo aterroricé contándole historias de cómo trataban los barones de la droga colombianos a los que los traicionaban cortándolos en pedacitos con una motosierra. Le dije a Rick que toda su familia desaparecería si Joey no cumplía.

Rick salió a buscar a su socio. Volvió varias horas más tarde y nos dijo que los clientes de Joey estaban fuera de la ciudad, pero que para el lunes tendríamos todo nuestro dinero. A fin de calmar nuestras inquietudes, trajo consigo cincuenta mil dólares más.

Durante cuatro días permanecimos en ese cuarto de hotel, pidiendo servicio a la habitación tres veces por día y mirando películas pornográficas para pasar el tiempo.

El lunes, finalmente apareció Joey con nuestro dinero.

—Tu coca es buena mercancía, Jorge —dijo él—. Mi gente quisiera hacer un pedido fijo. ¿Te parece que pudieras conseguirme entre siete y diez kilos de manera regular?

Mi enojo ante su morosidad se disipó con rapidez.

—Estoy seguro de que se puede arreglar —le respondí mientras me danzaban por la mente signos de dólares.

Juanito se fue de San Francisco esa tarde. Yo esperé tres días más, solo por seguridad, luego volví a Miami. Le pagué a Luis por la cocaína e hice la contabilidad. Después de gastos, me habían quedado unos treinta y seis mil dólares. Mientras Luis y yo festejábamos con una botella de champaña, me sentí seguro de que pronto sería el rey de la cocaína de California.

Dos semanas después, Joey y Rick me trajeron un adelanto de cien mil dólares para la compra de siete kilos. Decidimos que, en lugar de transportar la cocaína por avión, debíamos transportarlo en automóvil desde Miami a California. También pensé que pudiera verse mejor si me acompañaba una mujer, así que la invité a Christine para hacer el viaje cruzando los Estados Unidos en una furgoneta recién comprada. Christine estaba eufórica; no tenía idea de que estaría viajando con siete kilos de coca.

Al finalizar el viaje, reservamos una habitación de hotel en Oakland, donde entregamos la cocaína a Rick de a un kilo por vez. Solo le entregaba otro kilo cuando había pagado por el anterior. Christine y yo luego regresamos a Miami donde Luis y yo nos repartimos las ganancias. Después de cubrir la cocaína y los gastos de transporte, ganamos más de $80.000 cada uno: mi día de pago más grande hasta el momento.

Jorge L. Valdés, Ph.D. con Ken Abraham

En Miami, había comprado y amueblado una casa para mí. Mientras tanto, mamá y papá tenían el ojo puesto en una propiedad cuyo precio era sesenta y cinco mil dólares, pero no tenían dinero suficiente para el anticipo. Averigüé quién era el dueño de la casa, le di veinticinco mil dólares, y le instruí que les vendiera la casa a mis padres por solo cuarenta mil dólares. Sabía que mi padre no dejaría pasar una oportunidad como esa. Le regalé diez mil dólares a mi madre para ayudarla a amueblar su casa nueva y compré un Cadillac Seville para mi papá, además de uno para mí.

Con mi riqueza recién habida, mis padres tenían sospechas de que algo no cuadraba. Para tranquilizarlos, les expliqué que mi nueva empresa bananera andaba muy bien. No me agradaba engañar a mis padres, pero sentía que estaba haciendo algo bueno por ellos. No tenía idea de cuánto dolor resultaría de mi empresa «inocente».

En California, eliminamos a Joey del cuadro cuando se le fue la mano, comportándose como un gran personaje y comunicando a todos en la ciudad lo importante que era como traficante de drogas. Rick encontró otro contacto, un tipo al que llamaré Travis White. Travis era un hombre más serio que Joey, con acceso a una suma de dinero mucho mayor.

Rick concertó una reunión entre Travis y yo, y este se comprometió a comprar cien kilos mensuales. Con su manera de ser amistosa sin dejar de ser comerciante, Travis agregó: «Si he de mover esa cantidad de coca, Jorge, voy a necesitar que rebajes el precio a sesenta mil dólares.»

Fingí un gesto de dolor. Sin embargo, solo le llevó unos momentos a mi cerebro de contador sacar la cuenta. Aun al precio reducido, podía llevarme a casa un millón de dólares por mes después de repartir lo que le correspondía a Luis.

En febrero de 1978 cumplí veintidós años. En mi fiesta de cumpleaños, Luis se emborrachó y empezó a hacerle insinuaciones groseras a Luchy que, a pesar de nuestra separación, seguía siendo mi esposa. Intercedí a favor de ella y Luis respondió acusándome de haber dormido con su esposa, María, durante mi primer viaje a Colombia. Eso me indignó, en especial porque *pudiera* haberme acostado con su esposa en Colombia. Ella se había metido en mi cama en medio de la noche, pero por lealtad a Luis había fingido estar borracho y enfermo. Nunca le había mencionado el incidente a Luis ni a María. Ahora mi socio me acusaba de haberme pasado de la raya en uno de los pocos límites que me negaba a violar.

«He acabado contigo», le dije a Luis. Sacando mi Beretta de nueve milímetros, dije rugiendo: «¡Debiera matarte! ¡Vete de mi vida o te volaré los sesos!»

Mirando ahora en retrospectiva puedo ver cómo me protegió Dios en ese momento. Luis estaba casi siempre armado y era muy capaz de apretar el gatillo… se corría el rumor de que había disparado a unas cuantas personas. En su estado de ebriedad fue un milagro que no sacara una pistola y me disparara.

Cuando Luis pasó después por la oficina para limpiar su escritorio le dije que se hiciera cargo de mi interés en el negocio bananero y en el barco. La nave en este momento estaba casi lista para zarpar rumbo a Colombia. Por supuesto que a estas alturas me había dado cuenta de que el verdadero objetivo del barco y de la empresa era el contrabando de cocaína. Y yo había completado toda la papelería referente al barco, dejando una larga senda de papeles de fácil rastreo… que me señalaban a mí. «Es una complicación mayor de la que me esperaba», le dije a Luis. «Quédate tú con todo.»

Luis habló con los otros socios, quienes aceptaron que se hiciera cargo de mi interés, y firmé los papeles cediéndole mi parte del negocio. Después que Luis se fue de mi oficina, nunca más lo volví a ver. Fue asesinado varios años después y nunca encontraron al asesino.

Dos o tres semanas después de mi cumpleaños Travis White me llamó para decirme que Rick estaba jactándose ante personas en California de las grandes entregas de coca que había realizado. Ese tipo de publicidad no nos hacía falta.

Llamé a Rick a su casa en Stockton. Contestó el teléfono amistosamente: «Hola, Jorge. ¿Qué hay, viejo?»

Mantuve un tono sombrío. «Debo advertirte, Rick. Algunos de mis hombres fueron arrestados y ahora están donde no brilla el sol.»

Si Rick pensó que me refería a que estas personas estaban en la cárcel o en tumbas, nunca lo supe. Tras nuestra conversación, Rick desapareció, lo cual a mí me vino bien.

Estaba en casa al caer una tarde hacia fines de marzo cuando sonó mi teléfono. Me recorrió un escalofrío al reconocer la voz formal de Manny del otro lado. Quería verme esa noche en su apartamento en Miami y rápidamente acepté.

Al volver a poner el receptor en su horquilla, los pensamientos se me agolparon en la cabeza, intentando anticiparme a lo que pudiera querer Manny. ¿Qué le había dicho Luis con respecto a nuestra pelea?

A pesar de tener una buena relación con Manny, todavía no sabía leerle los pensamientos. ¿Estaría enojado? ¿Desilusionado por mí? ¿Pensaría que mi pelea con Luis se debía a una arrogancia juvenil? No podía darme cuenta por su voz. Manny era cuidadoso con sus palabras y rara vez dejaba entrever sus pensamientos con estallidos emocionales. Siempre era un caballero, pero podía ser un enemigo peligroso.

Me preocupaba pensar que mi reunión con él pudiera ser mi fin, que pudiera ser una emboscada, que pudiera ser asesinado por saber demasiado acerca de los tratos comerciales de los colombianos. Seguía administrando algunas de sus cuentas bancarias y sabía dónde estaba la mayor parte de su dinero. Ahora, como había decidido separarme de uno de sus personajes principales, quizá se me veía como un problema que debía resolverse.

Llegué en punto al apartamento lujoso de Fountainebleau de Manny. Mi anfitrión mismo abrió la puerta.

Buena señal... parece estar solo.

Aun estando en casa, Manny se vestía de manera impecable.

—Adelante, Jorge.

Abrió la puerta ampliamente y se dirigió hacia el bar. Luego de servirnos unos tragos, dijo con total naturalidad:

—Quiero que me cuentes lo que sucedió entre tú y Luis.

Se me cerró el estómago, pero me obligué a permanecer tranquilo. Me corrían las ideas por la mente. *Quizá Luis no le había informado a Manny de nuestros tratos de cocaína, y ahora el gran jefe está molesto por el asunto.*

—Mira —le dije a Manny—. Te pido disculpas si Luis no te dijo que hice esos dos negocios con él. Salieron bien y ganamos una buena suma de dinero. Pero Luis no tiene clase. Siempre está ebrio, y me acusó de un pecado imperdonable. Sencillamente ya no quiero trabajar con él.

Manny asintió con un gesto comprensivo, pero sus ojos permanecían clavados en los míos.

—Cuéntame de tus clientes en California. (No me lo estaba pidiendo.)

Con inquietud cambié de posición, intentando aún adivinar hacia dónde apuntaba con esto. Le dije que me parecía que California pudiera ser un gran mercado, ya que el dinero era abundante, pero la cocaína pura era difícil de encontrar.

—Uno de mis socios solía trabajar en Los Ángeles —me dijo Manny—, pero está en la cárcel, de modo que en este momento no tenemos un contacto viable en ese lugar.

Hizo una pausa, apoyó su bebida, y se inclinó hacia mí:

—Jorge, ¿te interesaría distribuir nuestra cocaína, trabajando directamente bajo mi autoridad?

Al decir «nuestra cocaína» sabía que se refería a la coca que le pertenecía a él y a sus compañeros barones de la droga, los pioneros del Cartel de Medellín: los colombianos que a la larga se apoderaron del control de todos los aspectos del mercado de cocaína.

—Sí —le respondí a Manny.

Al hablar más, decidimos que por cualquier cantidad de cocaína que su grupo adquiriera a precios colombianos, yo aportaría una cantidad igual de dinero y compartiría en las ganancias. Solo había un problema en esta ecuación: yo no disponía del monto de capital que se requería para comprar la cocaína. En ese momento se podían comprar diez kilos de cocaína en Colombia por ciento ochenta mil dólares; la parte de ese gasto que me correspondía a mí era la abultada suma de noventa mil dólares.

—Yo me haré cargo del efectivo inicial para la primera carga —ofreció Manny. Me costaba creer lo que estaba escuchando—. Después de eso —agregó—, podemos repartirnos los gastos.

Manny y yo acordamos repartirnos en partes iguales las ganancias de la coca adquirida a precios colombianos y distribuida para los otros miembros del cartel a treinta y ocho mil a cuarenta y dos mil dólares por kilo. Debía vender la cocaína a mis contactos californianos a sesenta mil dólares por kilo, y Manny y yo nos repartiríamos también esas ganancias.

De modo que cerramos el trato. No hubo contratos, ni documentos legales… solo la palabra de dos hombres de tratar de manera honorable el uno con el otro en el manejo de millones de dólares.

Manny y yo nos abrazamos. Antes de que me fuera dijo:

—Un piloto de aerolínea estará trayendo un poco de cocaína por Tampa la semana que viene. Quiero que vengas conmigo a buscarla. Te llamaré cuando todo esté listo.

Caminé hasta mi automóvil sintiéndome aturdido. Sentado en el asiento del conductor de mi Mercedes, pensé: *¡Acabo de aceptar ser socio comercial del barón de la droga más grande del mundo!*

DIEZ

ME SALGO CON LA MÍA

―Mañana salimos para Tampa. Somos cuatro. Serás el chofer. Quédate aquí en el apartamento a las seis y media de la mañana.

Click. La llamada de Manny fue abrupta y directa al grano.

Esa noche casi no pude dormir. En mis transacciones previas otra persona había corrido el riesgo de hacer que la coca entrara a los Estados Unidos y llegara a nuestras manos. Ahora yo ayudaría a retirar una carga de cocaína directamente de los que se encargaban de transportarla. Era mucho más arriesgado... pero también más emocionante.

Llegué al apartamento de Manny puntualmente a las seis y media. Ya había otros dos hombres allí. Reconocí a Felipe Arango, el socio de Manny en Colombia y ahora también socio mío, y lo abracé dándole el acostumbrado beso en la mejilla. Manny sencillamente presentó al otro hombre como Mario.

Partimos rumbo al otro lado del estado, estando yo al volante de un Chevrolet Caprice blanco alquilado. Durante el viaje de cuatro horas y media escuché fascinado mientras los «ancianos» discutían los detalles de esta entrega. Solo pagaban cinco mil dólares por kilo por «flete» (así se referían al costo de transportar la coca cruzando la frontera) y estaban probando una ruta nueva.

Simplemente me mantuve en silencio y seguí conduciendo. Cuanto más nos acercábamos a Tampa, más frecuentemente miraba mi espejo retrovisor para asegurarme que no nos estuvieran siguiendo.

A unas pocas cuadras de nuestro destino, un Holiday Inn cerca del aeropuerto, nos detuvimos para desayunar en un McDonald's. Solo tomé jugo de naranja; mi estómago anudado se sublevaba de solo pensar en comida. *¿Será una celada? ¿Nos atraparán a todos?* Me tranquilizaba saber que un hombre de la talla de Manny no cometía errores tontos.

Nos acercamos al hotel, luego dimos varias vueltas a la manzana. Cuando Manny quedó satisfecho de que todo parecía estar seguro, dijo: «Acércate a un teléfono.» Disminuí la velocidad y me aproximé a la casilla de teléfono más cercana, y Mario se bajó para hacer la llamada. A los pocos segundos volvió con una amplia sonrisa. «Todo está listo», dijo. «Vamos a buscarla.»

Fui hasta el Holiday Inn y entré a la playa de estacionamiento. Manny, Felipe y yo permanecimos en el automóvil. Mario solo estuvo en el hotel unos cinco minutos, pero me parecieron horas. Yo miraba de aquí para allá, intentando ver si descubría algo fuera de lo común. Finalmente vi que Mario se dirigía hacia nosotros, caminando con paso rápido y parejo. Llevaba un bolso marinero común y corriente, y daba la impresión de recién haber dejado el hotel. Puso su bolso en el baúl, luego se subió al Caprice. Salí de la playa de estacionamiento con una suavidad tal que parecía que estaba dando el examen de conductor.

Me ganaría quince mil dólares por este viaje (buen dinero para un viaje de un día) pero esas cuatro horas y media de regreso cruzando Florida fueron las horas más largas de mi vida. Notaba cada vehículo que estaba frente a nosotros, a nuestro lado y detrás de nosotros. Mentalmente tomaba nota de cualquier placa que viera más de una vez. Intenté memorizar los rostros de cada uno de los conductores que me rodeaban. Si alguien nos estaba siguiendo, quería saberlo.

Al llegar a Miami durante la hora de tránsito pico, logramos llegar hasta el apartamento de Manny. Con actitud despreocupada, Mario sacó el bolso del baúl y lo llevó adentro. Lo abrió dejando al descubierto más de sesenta kilos de cocaína.

Manny sirvió tragos para todos. Todos estaban contentos, pero el trabajo acababa de empezar. Ahora que teníamos la coca, el desafío era venderla. Manny se quedó con unos treinta kilos; Felipe y Mario se repartieron el resto.

Después de que se fueran, Manny se dirigió a mí y me preguntó:

—¿Cuántos kilos quieres para California?

—Creo que puedo vender veinte.

Manny sonrió:

—Llévate diecisiete.

Llamé a Travis White en California para decirle que volvíamos otra vez a los negocios. Compré una furgoneta, y Travis vino en avión a Miami para ayudarme a transportarlo hasta el otro lado del país. Invité a Christine a acompañarnos, y tres días después estábamos en camino. Esta vez decidimos operar desde Lake Tahoe. Travis había alquilado allí una casa hermosa, con vista al lago, a un costo de mil dólares por día.

Luego de instalarnos, Travis llamó a uno de sus contactos principales e hicimos una fiesta. Estábamos bebiendo champaña, riendo y divirtiéndonos cuando el contacto de Travis abrió una bolsa de cocaína para que todos la probaran. Mis nuevos amigos insistieron para que me uniera a ellos.

Ya me sentía embriagado. «No, gracias», les dije. «Con la champaña estoy bien.» No me creían cuando les dije que nunca había aspirado ni un poco de coca en toda mi vida.

Pero luego de que todos me hicieran bromas al respecto, finalmente accedí. Pusieron una línea de cocaína en la mesa, me entregaron una pequeña pajilla dorada y me dijeron lo que debía hacer. «Sencillamente coloca la pajilla en el extremo de la línea y la otra punta te la metes en la nariz. Así. Ahora, aspira con fuerza.»

Aspiré por la pajilla como si tuviera un fuerte resfriado. La coca se me metió en la nariz, y de repente tuve una sensación de ardor que me atravesó la cabeza. Cinco minutos después estaba con náuseas y vomitaba. Lo atribuí a la coca, sin pensar que el golpe tan fuerte pudiera haberse debido a la combinación de champaña y cocaína. O quizá alguien intentaba decirme algo.

Cualquier haya sido la causa, decidí que nunca más tomaría cocaína… y cumplí esa promesa durante mucho tiempo.

Christine y yo quedamos en Lake Tahoe mientras Travis servía a sus clientes moviendo la coca con bastante rapidez. Todo iba de acuerdo con el plan hasta que se nos informó que tres kilos de nuestra coca habían resultado malos. Nuestros clientes dijeron que al hacerle las pruebas había resultado tener un grado de pureza de solo un ochenta a un ochenta y cinco por ciento, y tenía aspecto opaco y olor raro. La cocaína pura, según me enteré, tiene un aspecto blanco brillante, casi resplandeciente y un aroma farmacéutico.

A los precios que la vendíamos, no podíamos vender otra cosa que no fuera la mejor. Después de hacer pruebas a parte de la cocaína en cuestión y confirmar su impureza, llamé a Manny y le comuniqué el problema. Manny no me cuestionó. Sencillamente dijo: «Tráelo de regreso.» La idea de volver al otro lado del país cargando tres kilos de cocaína por nada, no me atraía. Pero esa fue la orden.

A Travis se le ocurrió la idea de ahuecar unos libros grandes, diccionarios o enciclopedias, y ocultar la cocaína adentro. Usamos hojas de afeitar para cortar agujeros del tamaño de un ladrillo dentro de tres libros. Cada libro contenía un ladrillo de cocaína de un kilo, envuelto en papel y celofán y recubierto de cinta adhesiva.

La convencí a Christine de que regresara a Miami llevando los libros consigo, sin decirle lo que contenían. Ella se mostró reacia a dejarme, pero le complacía ayudar. Al conducir a Christine al aeropuerto, le aseguré que todo estaba bien y que no había nada de qué preocuparse, lo cual era parcialmente cierto. Christine no tenía idea alguna de mis negocios de drogas; ni sabía lo que podía sucederle si la atrapaban llevando cocaína. Estaba enamorada, y le daba gusto hacer cualquier cosa que yo le pidiera. Y yo estaba plenamente dispuesto a aprovecharme de su vulnerabilidad.

La llevé a Christine al aeropuerto de Tahoe, que en aquel entonces tenía detectores de metal pero no tenía máquinas de rayos X en los puntos de control de seguridad. Ella viajó sin incidente alguno a San Francisco y luego a Miami, donde Manny retiró los tres libros.

Al cabo de una semana yo también emprendí el regreso a Miami con todo nuestro dinero: más de ochocientos mil dólares, mayormente en billetes de cien dólares. Puse casi quinientos mil dólares en un bolso de mano que llevé conmigo y el resto en mi maleta de doble fondo.

En la terminal de Tahoe pasé por el marco del control de seguridad y estaba por dirigirme a paso despreocupado hasta el punto de partida de mi vuelo cuando me detuvo un oficial de seguridad.

—Por favor abra su bolso, señor —dijo de manera cortés.

Rápidamente fingí ser un esposo nervioso e ingenuo, que sentía vergüenza por llevar las pertenencias atrevidas de su esposa.

—¿Es necesario que lo haga, oficial? Aquí llevo algunas pertenencias un tanto íntimas de mi esposa.

El oficial frunció el ceño.

—Lo siento, señor. Pero debo pedirle que abra el bolso.

Otra vez inventé una excusa, pero el oficial no se lo estaba tragando, y mi reticencia solo lograba aumentar sus sospechas.

Estaba atrapado. ¿Cómo explicar el dinero en el bolso? Y con seguridad ahora buscarían mi maleta y encontrarían el resto. En ese momento supe que iría a la cárcel. Era el fin. Mi carrera en el mundo de las drogas, al igual que el resto de mi vida, había acabado.

Lentamente, empecé a abrir el bolso.

De repente sonó una alarma en algún lugar del aeropuerto. Oficiales de seguridad con radios teléfonos portátiles pegados a la oreja corrían por el corredor, alejándose del punto de control. El oficial que me había detenido miró a su alrededor, vio toda la conmoción, luego me hizo señas de que siguiera. «Siga adelante. Apúrese.» Al unirse él a los oficiales que corrían por el aeropuerto, agarré mi bolso de mano y caminé rápidamente hasta mi portón de salida, con la vista fija hacia adelante.

Mi corazón latía como el de un caballo de carrera al ocupar mi asiento a bordo del vuelo que me correspondía, con el bolso de mano bien acomodado debajo del asiento frente a mí. *Me salvé por un pelo... pero lo logré.* Tomé la determinación de que en el futuro sería más sagaz y estaría mejor preparado.

Al llegar sano y salvo otra vez a Miami, decidí comprar mi propio jet para transportar la cocaína. Al fin y al cabo, con las ganancias que estaba obteniendo, podía pagar rápidamente por un avión. En una concesionaria de aviones jet para empresas en las afueras de Miami les dije a los representantes de ventas que mis socios y yo éramos criadores de ganado que viajábamos hasta el otro lado del país, frecuentemente con escaso aviso previo. ¿Cómo me podrían ayudar?

En pocas semanas me encontraron un Learjet 23 usado. Nuestro trato les permitía alquilar el avión cuando yo no lo usaba; mientras tanto, ellos se encargarían de cubrir los gastos de mantenimiento del avión y tendrían pilotos de guardia a toda hora. Yo me encargaría de pagar a los pilotos por las horas que volaran para mí, además de hacerme cargo de los gastos de combustible.

Ahora que tenía el jet, decidí que no había necesidad de llevar grandes cargas de cocaína a California para luego quedarnos esperando hasta poder venderla. Podíamos guardar grandes cantidades de coca en Florida, luego llevar veinticinco kilos por vez a California. En poco tiempo, estábamos transportando hasta ciento cincuenta kilos por mes de esta manera.

La cocaína se guardaba en varios depósitos que mantenía en Miami como también en un puñado de casas en barrios de clase media. Me aseguraba de que dichas casas estuvieran en barrios agradables y tuvieran garajes de fácil acceso pegados a la casa. Compré y amueblé las casas y le pagaba bien a mi gente para que viviera en ellas.

También gasté bastante dinero en cosas para mí. Me compré un barco, otro Mercedes nuevo, y un Corvette: un bello automóvil modelo 1977, color gris plateado con interior plateado.

Para nuestras operaciones en California, alquilé, a cinco mil dólares por mes, una gran casa en Sausalito con vista al océano. Tenía un Mercedes allí y el otro en Miami. Volaba a la costa oeste en mi Learjet, donde me recibía una limusina que me llevaba a mi casa. Asistía a fiestas con estrellas de cine, entre las cuales la cocaína decididamente era la droga preferida.

Estaba viviendo la gran vida que siempre había soñado.

Teníamos varias maneras de ingresar la cocaína a los Estados Unidos. Parte de ella venía a bordo de barcos que atracaban en el río en Miami. Gran parte de ella venía a través de aeropuertos en diversas ciudades de Florida, siendo transportada por diplomáticos o incluso por azafatas. Pero mi contacto principal eran dos cubanos ancianos que trabajaban en la aduana de Estados Unidos en el Aeropuerto Internacional de Miami. Ellos asistían en un embarque de cocaína por mes oculto en el interior de cinco a siete enormes motores diesel ahuecados, que habían sido construidos para camiones grandes; cada motor estaba embalado en un cajón. En el interior de cada motor había una barril de petróleo de cincuenta y cinco galones, que nuestra gente en Colombia había llenado hasta con ciento veinticinco kilos de cocaína. Los motores se volvían a soldar y se sellaban con aceite y una gruesa capa de grasa, lo cual permitía que la coca se les pasara a los perros de la DEA [Administración de Control de Drogas] que olían para descubrir envíos de cocaína.

Contraté contrabandistas para que transfirieran la cocaína de las personas que la hacían pasar por aduana. Una vez por mes les proporcionaba a los contrabandistas un camión alquilado para retirar el embarque de coca. En cierto lugar y horario preestablecido, iba hasta el sitio donde habían estacionado el camión alquilado y buscaba las llaves que estaban ocultas bajo el camión en un llavero magnético. Luego conducía el camión y su carga hasta una de mis casas de depósito.

Además de recibir y distribuir la cocaína, era el responsable del lavado de las grandes sumas de dinero que estaba ganando el cartel. Establecí una complicada red de corporaciones en el extranjero mediante las cuales podía canalizar el dinero a Colombia. Para sacar el dinero fuera del país, con frecuencia debía pagar a los gerentes de banco en Florida una gratificación de hasta diez mil dólares por transferencia. En los inicios de mi tráfico de drogas, con frecuencia entraba a un banco en Miami cargando bolsas de papel llenas de dinero en efectivo, depositando hasta cuatro millones de dólares por vez. El banquero transfería la suma a cuentas en el Caribe, donde luego se transfería a Medellín, a Suiza, o a dondequiera los miembros del cartel quisieran que se la mandara.

En ocasiones, personajes siniestros llevaban bolsas de dinero a la casa de mi padre. Mi papá parecía creer mi cuento de que el dinero provenía de mi comercio bananero, pero mamá tenía sospechas cada vez mayores.

Una vez estaba en mi oficina en casa de ellos contando el dinero: cuatro millones de dólares en billetes de diversas denominaciones, todos apilados contra la pared. Mi padre me estaba ayudando cuando entró mamá. Con la certeza de que estaba haciendo algo ilegal, perdió los estribos… no solo me gritó a mí sino que a mi padre también.

—Bebo —lo reprendió—, ¿cómo puedes permitir esto? Después de haber trabajado tan arduamente en este país, ¿cómo puedes permitir que entre este dinero envenenado a nuestra casa?

Luego se volteó hacia mí.

—Vete, Jorge. Llévate tu dinero mugriento y vete.

Papá intentó calmarla.

—Teresa, estamos en Estados Unidos. Aquí se puede ganar una suma tan grande de dinero. ¿Cómo sabes que es dinero mal habido? Jorge dice que es de su negocio bananero. Y él es tu hijo; no lo puedes echar de la casa.

Sin quedar convencida, mamá anunció: «Me voy.» Y lo hizo, quedándose en casa de nuestros parientes durante dos semanas. Finalmente, admití que quizá el dinero se obtenía de manera ilegal. Pero le dije que yo nada tenía que ver en el asunto; solo enviaba el dinero a Colombia. Sacar dinero fuera del país no era ilegal.

Mamá se tranquilizó y volvió a casa. Pero en sus oraciones, seguía pidiéndole a Dios que me apartara de la nueva gentuza que me rodeaba. Mamá estaba segura de que yo iba por mal camino. Tenía razón.

ONCE

TIEMPO DE PRUEBA

Manny Garcés constantemente me enfatizaba que no podíamos ponerle precio a una vida humana y que nunca debíamos tomar la vida de una persona. De modo que un día, a principios de mi relación con Manny, quedé sorprendido cuando me pidió que fuera a casa de una persona a cobrar una deuda… de cualquier modo que hiciera falta.

Un hombre llamado Miguel, que tenía un bar en la Pequeña Habana en Miami, le debía sesenta mil dólares. Cuando Manny me llamó para hablarme del asunto, podía darme cuenta que estaba furioso.

Ahora yo formaba parte de las ligas mayores, manejando millones de dólares para estos colombianos. Sabía que la primera vez que mostrara cualquier signo de debilidad sería la última vez que lo hiciera. Si alguno pensara que yo era vulnerable, me convertiría en blanco fácil. Sería muy fácil contratar un asesino por unos pocos miles de dólares para acabar conmigo. Me di cuenta desde un principio que únicamente si me temían (solo si pensaban que nunca les sería posible atacar mi carácter o mi persona y salirse con la suya) me respetarían mis colegas.

Por consiguiente, cuando Manny me pidió que cobrara el dinero que le debía Miguel llamé a un par de guardaespaldas y nos dirigimos a la casa de Miguel.

Cuando Miguel nos vio a la puerta de su casa nos hizo pasar con tremendo respeto.

—Miguel —dije yo—, sabes a qué vengo. Manny me envió. Le debes algún dinero y he venido a cobrarlo.

En ese momento, la mujer embarazada de Miguel entró a la habitación, llorando. Ella sabía lo que significaba nuestra presencia. Normalmente los cobradores no le hubieran hecho ninguna pregunta a esta pareja; le habrían robado, desnudado y avergonzado, y quizá hubieran matado a ambos.

—Sé que le debo a Manuel —me rogó Miguel—; no intento ocultarle nada. Pero unas personas me robaron, y sencillamente no tengo el dinero.

Mientras Miguel hablaba, le eché una mirada a su casa. Resultaba obvio que no había gastado el dinero en artículos de lujo.

Miguel me llevó a la cocina y abrió la refrigeradora para mostrarme que ni siquiera tenían leche para los niños.

A pesar de mi corazón endurecido, empecé a sentir lástima de Miguel y su familia. Recordaba lo que se sentía al tener tan poco.

—¡Por favor deme una oportunidad! —rogó Miguel—. Le ruego que le permita a mi esposa dar a luz, luego nos mudaremos a un apartamento pequeño y entregaremos a Manny el título de nuestra casa. Le estamos eternamente agradecidos a Manuel por todo lo que ha hecho por nosotros. Solo le guardamos el mayor respeto. Por favor entienda; no robé el dinero; nos robaron a nosotros. Pero sé que soy el responsable.

Envié a mi guardaespaldas a buscar mi portafolios del auto. Cuando volvió, le dije:

—Miguel, no se preocupe por nada. Pagaré su deuda. Y cuando vuelva a estar en condiciones de hacerlo, me puede devolver el dinero. No se preocupe por mudar a su esposa y su bebé recién nacido; aquí tiene diez mil dólares para que pueda pagarle al médico; y por favor, vaya a comprar leche y provisiones para su familia.

Miguel rompió en llanto. Con un esfuerzo supremo me contuve para no derramar lágrimas yo también, pero sabía que no podía permitirme ninguna muestra de debilidad. Después de una despedida abrupta, nos fuimos.

Luego esa tarde, me llamó Manny.

—¿Cobraste mi dinero? —me preguntó.

—No, y no solo que no lo cobré, sino que me debes diez mil dólares.

—¿A qué te refieres?

Le conté a Manny la historia. Del otro lado de la línea había silencio.

Finalmente, Manny rompió el silencio.

—Hijo, eso era lo que esperaba de ti. Solo te envié allí para probarte. Recuerda siempre que ninguna vida tiene precio. El dinero se puede ganar y se puede perder, pero no se puede recuperar una vida humana.

Desde ese momento en adelante admiré a Manny inmensamente. Sabía que moriría por ese hombre si fuera necesario.

Reflexioné: *Dios bendecirá poderosamente a Manny.* Luego me frené. *¿Cuál Dios?*

Lo quería a Manny, pero era un enigma para mí. Sus acciones y su carácter me generaban preguntas profundas en el corazón y la mente. Cuando recibíamos embarques de cocaína, Manny con frecuencia sacaba dos kilos y anunciaba que las ganancias que se obtuvieran de ellos se destinarían a apoyar cierto monasterio, o a ayudar a monjas que estaban iniciando estaciones de radio en las selvas, o a la compra de ambulancias, o a la construcción de una escuela o un hospital en Colombia. Manny siempre hacía cosas para su gente.

Ahora, después de haber ganado algún dinero yo, me tomé la costumbre de abrir las puertas de mi oficina dos o tres viernes por mes a personas que tuvieran algún tipo de necesidad. La mayoría quería pedir dinero prestado. En cualquier día viernes de esos, regalaba treinta mil dólares o más y nunca exigía que me los devolvieran.

Éramos los «malos» traficantes de drogas, ayudantes del diablo... y sin embargo me parecía que era mucho lo que hacíamos por la gente.

Pensaba en todo esto cada vez que alguno me lo mencionaba a Dios. «¿Dónde está Dios?», le respondía. «¿Y dónde está la iglesia? ¿Qué hacen ellos por todas las personas necesitadas?»

Esto reafirmaba mi creencia de que no había Dios. Y si lo hubiera, con seguridad su iglesia, su pueblo, estaría haciendo más cosas buenas. En cambio, veía que la iglesia les pedía dinero a los pobres que apenas podían comprar alimentos.

A pesar de sus circunstancias, vi a muchos creyentes dentro de la comunidad hispana, y también de otros grupos étnicos, que creían firmemente que Dios está presente. Me maravillaba ante su inmensa fe. No dejaba de preguntarme: «¿Cómo pueden estas personas ser tan ignorantes? ¿Cómo pueden creer que hay Dios? Si Dios existiera, ¿por qué permitiría su sufrimiento?» Sabía que en muchos de los barrios hispanos que conocía no había ley excepto la ley de las armas de fuego. ¿Por qué permitiría Dios esto? ¿Por qué permitiría Dios que murieran niños por no haber dinero para enviarlos a los hospitales? ¿Por qué permitiría Dios semejante miseria siendo que estas mismas personas lo buscaban a él?

Llegué a la conclusión de que la única manera de reconciliar su sufrimiento con su fe en Dios era admitir que esta vida no significa nada. Lo que importa es el más allá.

De manera justa o injusta, cuando veía a Manny hacer tantas cosas buenas y a la iglesia hacer tan poco, me preguntaba: *¿Quién es el verdadero Dios? Si hay un Dios y un diablo, quizá al que debamos servir sea al diablo, porque es el único que hace algo por aliviar el sufrimiento en las vidas de las personas y llevar alimentos a sus mesas.*

Recién al mirar en retrospectiva mucho después llegaría a ver que mis ojos estaban cegados. A pesar de que Manny y muchos otros barones de la droga como nosotros estaban haciendo algún bien obvio para muchas personas, los medios que adquiríamos para hacerlo se obtenían a un costo que, por carecer de visión, no podíamos prever: los estragos causados a nuestra propia vida, el envenenamiento del mundo por medio de las drogas y la destrucción de miles de vidas y miles de familias.

Mientras tanto, al crecer mi comercio de cocaína, también crecía mi estado de ánimo adquisitivo. Compré una hacienda de ciento veintiocho hectáreas para mis padres y para mí en la parte central de Florida cerca de Clewiston, aproximadamente una hora y media hacia el noroeste de Miami. Nos daba un lugar donde descansar de la vida de ciudad, y me permitía dedicarme a tener caballos y criar ganado, algo que me interesaba desde hacía mucho. También cumplía el sueño de mi papá de ser verdaderamente dueño de una parcela de tierra en Estados Unidos. Cuando lo llamé para darle la noticia, casi se pone a llorar.

Al cabo de poco tiempo estaba recibiendo unos seiscientos kilos de cocaína por mes, distribuyendo doscientos a trescientos kilos de acuerdo con las instrucciones del cartel y llevando el resto a California. Varias veces por mes mi avión viajaba a California llevando maletas cargadas de cocaína y regresaba a Miami llevando maletas llenas de dinero en efectivo. Yo empleaba a una persona en el área de San Francisco cuyo único trabajo era cobrar nuestro dinero. Estaba ganando más de un millón de dólares por mes. A estas alturas estaba controlando la mayor parte de los mayores embarques de cocaína en bulto que ingresaban a Estados Unidos.

Mis clientes me tenían gran confianza. Cuando un cliente pagaba por cocaína, era mi costumbre nunca contar el dinero frente a él. Simplemente le tomaba la palabra, suponiendo que me había entregado la suma adecuada de dinero. Si más tarde descubría que alguien me había pagado de más, se lo acreditaba a su cuenta y se lo hacía saber. Si alguna vez había menos dinero del que se había acordado, sencillamente se lo cobraba a la cuenta del cliente. Establecí como regla no tratar con nadie en quien no pudiera confiar o que no confiara en mí. Además de ser una buena costumbre para los negocios, también ayudaba a asegurar que nunca fuera arrestado. Al menos eso pensaba.

Una tarde llevé tres maletas cargadas de cocaína al aeropuerto de Miami. Leonardo, un viejo amigo de mi familia y uno de mis primeros empleados en el negocio de la droga, me acompañaba. Se suponía que él viajara con la coca en nuestro jet mientras yo permanecía en Miami. En el momento que acerqué mi Mercedes al Lear noté un auto de la policía que estaba estacionado cerca y dos oficiales de policía que miraban hacia dentro del avión.

Leonardo se sintió invadido de pánico.

—¡Nos pescaron! —gritó—. ¡Huyamos!

—Cálmate, Leonardo —le dije—. Si ya nos atraparon, prefiero que nos arresten aquí a que nos sigan hasta mi casa o hasta uno de los depósitos. Solo relájate y permite que hable yo.

Leonardo me miró como si me corriera agua helada por las venas.

Estacioné el automóvil cerca del avión y me bajé. Vestido de traje y corbata, tenía aspecto de hombre de negocios apurado, y eso era. Me acerqué a uno de los policías y dije:

—¿En qué lo puedo ayudar, oficial?

—¿Es suyo este avión? —me preguntó sorprendido,

—Sí lo es —le respondí—. ¿Puedo hacer algo por usted?

—Pues, solo estábamos en nuestra hora de almuerzo y queríamos ver el avión por dentro.

—Adelante —les dije amistosamente—. ¿Desean beber o comer algo?

Antes de cada viaje, se le cargaba a mi avión una caja de champaña y platos de fruta, quesos, camarones fríos y una variedad de bocadillos. Los oficiales dijeron algo de estar en servicio, pero se sirvieron unos bocadillos.

Abriendo el baúl del Mercedes, empecé a levantar las maletas cargadas de cocaína. Del rabillo del ojo, alcancé a ver que Leonardo me miraba con expresión de sumo terror. Levanté una de las maletas hacia la escalinata del avión donde estaba parado uno de los oficiales.

—¿Podría usted darme una mano? —le pregunté.

—Con mucho gusto —dijo el oficial y se extendió y levantó la maleta poniéndola en el jet, sin saber que cargaba una maleta que contenía veinticinco kilos de cocaína cuyo valor superaba el millón de dólares.

DOCE

UNA CONEXIÓN NUEVA

La red de cocaína en Miami a estas alturas era mínima en comparación con nuestras ventas de California. La mayoría de los tratos en Miami se limitaban a los que hacían mis otros socios, que distribuían por intermedio de traficantes de la localidad, y aquellos que involucraban cantidades más pequeñas de coca introducidas al país en las aerolíneas comerciales. Pero en el fondo de mi mente, pensé, *¿Por qué no ampliar mi operación de manera que incluya una porción mayor del mercado en Miami y en la costa este?*

Esa oportunidad se me presentó cuando establecí una relación de trabajo crítica con Sal Magluta, un viejo amigo de mi familia. Sal y su socio estaban vendiendo un kilo de coca en distintos lugares de la escena de Miami, pero no le gustaba comprarla por intermediarios. «Tenemos el potencial de movilizar mucha coca», me dijo, «pero necesitamos ayuda para dar el puntapié inicial.» Sal me presentó a su socio Willie Falcon, un muchacho joven que tenía confianza en sí y personalidad extrovertida. Me dio una muy buena impresión.

Sin embargo, me resistía a ayudarlos porque casi no tenían dinero para iniciarse. Pero dos meses después se me presentó la oportunidad de proveerles de treinta kilos de cocaína para su distribución en Miami, representando esta operación poco riesgo financiero para mí. Los treinta kilos provenían de un embarque anterior que no se había podido entregar cuando el cliente que lo debía comprar no pudo pagar por él. Para deshacernos del producto habíamos hecho planes de venderlo noso-tros a precio reducido. Pensé que esto pudiera ser una oportunidad perfecta para Sal y Willie.

Les di un mes para vender los treinta kilos. Sal expresó su preocupación en voz alta de que era demasiada coca para ma-nejar de una sola vez... y demasiada responsabilidad. Willie exclamó: «Yo lo puedo vender. No hay problema. ¡Nos lo lle-vamos!» Me reí, pero me agradó el entusiasmo del muchacho.

Nunca se me cruzó por la mente que acababa de lanzar a dos de los más grandes barones de la droga que haya conocido el mundo jamás. De acuerdo con el gobierno federal, para cuando Sal y Willie fueron apresados para aguardar el juicio en 1991, se decía que habían pasado de contrabando a los Estados Unidos más de setenta y dos toneladas de cocaína, con un valor estimado de más de dos mil millones de dólares.

Luego de un mes de vacaciones en Europa, volví a encon-trarme con Sal y me dio una grata sorpresa cuando me dijo: «Tenemos todo tu dinero y estamos listos para recibir más coca.»

Desde entonces, Sal y Willie movilizaron todos los meses una gran cantidad de cocaína para mí en Miami. Sal y yo nos hicimos grandes amigos y mucho más que eso. Lo amaba como a mi propio hermano. Mientras tanto, el arreglo hecho con Sal y Willie me dio otra fuente de ingresos aparte de mis contactos en California, además de una oportunidad prácti-camente libre de riesgos de probar el mercado de Miami en caso de que algo ocurriera o se redujera nuestro mercado en California.

Por ese tiempo tuvimos plena conciencia de un problema que saltaba a la vista en nuestra operación: la calidad incons-tante de la cocaína que entraba a Estados Unidos. Algunas partidas de nuestra coca eran puras; cuando se abría un kilo, brillaba como diamantes resplandecientes. Sin embargo, otras partidas tenían un color blanco sucio, opaco, de calidad no reflectante, como la tiza. Algunas de las partidas de coca contaminada tenían también un aroma acre o incluso nau-seabundo. Decidí averiguar lo que causaba las aberraciones y cómo se podía ofrecer de manera constante un producto de alta calidad.

A sugerencia de Manny hice arreglos para visitar a nuestros proveedores colombianos. Quería seguir el rastro de la evolución de nuestro producto desde las hojas crudas de coca que se cultivaban en los campos hasta los kilos que vendíamos a nuestros clientes. Me aguardaba una sorpresa.

Viajé en avión a Medellín, donde me recibió uno de los guardaespaldas del cartel. A la mañana siguiente me monté a una avioneta bimotor y viajé hasta una pista de aterrizaje remota en la profundidad de la selva, donde me recibió un guía y algunos de nuestros obreros colombianos. Cargamos nuestro equipaje en varios burros, luego nos montamos a nuestros caballos. Noté una mula de aspecto decrépito que parecía estar casi muerta. Pensé: *Si logra completar este viaje, decididamente no logrará hacer el viaje de regreso.*

Nos fuimos metiendo cada vez más y subiendo cada vez a mayor altura en las montañas colombianas, hasta el lugar donde estaba emplazada nuestra hacienda de procesamiento. El aire enrarecido y claro estaba fresco, a pesar del sol resplandeciente que brillaba sobre la selva espesa de color verde esmeralda. Escalamos por el sendero empinado durante unas cinco horas, deteniéndonos únicamente para dar agua a los animales y ocasionalmente beber un poco de agua nosotros.

Cuando llegamos finalmente a destino, quedé impactado. Esta «hacienda» colombiana solo era un campo abierto junto a un galpón que consistía de cuatro postes que soste ían un techo de hojalata. Al descargar nuestras provisiones, el obrero que nos serviría de cocinero empezó a armar su «cocina». En ese momento me di cuenta que la mula que habíamos traído a rastras por las montañas sería la fuente principal de nuestra cocina selvática.

Al día siguiente, al preparar los obreros una gran fogata, me dieron mis primeras lecciones en el procesamiento de la cocaína. El plan era cocinar aproximadamente cien kilos por vez de la «pasta» de cocaína que habíamos traído nosotros sobre los animales.

Me enteré que nuestros obreros en Perú ya habían realizado la ardua tarea de producir la pasta a partir de las hojas de coca. Habían puesto una tanda de hojas machacadas en una gran cuba, para luego echarle kerosén y bicarbonato de sodio. Dichos obreros no usaban fórmulas; raramente medían los ingredientes que agregaban a la mezcla. Sencillamente estimaban la cantidad que hacía falta y la echaban a la cuba. Los hombres se turnaban para caminar descalzos sobre la mezcla espesa como sopa, cambiando de lugar con otro con frecuencia a fin de impedir que se les quemaran los pies, aplastando las hojas de coca como si estuvieran machacando uvas para hacer vino californiano. Las sustancias químicas lentamente transformaron las hojas oscuras convirtiéndolas en una pasta blanda semejante a un puré de papas. Siguieron «cocinando» hasta lograr cierta consistencia, que, otra vez, era determinada de manera arbitraria por los obreros.

Ahora observé mientras los obreros colombianos continuaban el proceso. El siguiente paso era dar un tratamiento «choque» a la pasta. La pusieron en un gran barril, luego le volcaron baldes llenos de acetona y éter altamente volátil. Me enteré que si le echaban demasiada acetona, la coca salía con un aspecto que se parecía más a la tiza que a la nieve; a pesar de ello, no se usaron medidas de precisión para la mezcla de éter y acetona.

La pasta, ahora una solución lechosa, se volcaba a través de una sábana, que filtraba las impurezas mientras que la mezcla líquida fluía a través de ella hasta un gran barril. Se agregaba ácido clorhídrico a la solución, causando que la coca «nevara», o se cristalizara, y se depositara en el fondo del barril. Después de que se escurriera el líquido, se calentaba la mezcla restante, luego se la hacía pasar por un embudo de panadero de cuero a fin de extraer más líquido. Luego se la untaba en unas placas metálicas grandes para que se secara al sol. Cuando la cocaína quedaba completamente libre de humedad, se la vertía en bolsas de plástico de un kilo, el elemento que más se asemejaba a un instrumento preciso de medición de todo el proceso.

Cada paso del proceso se hacía por gusto o tacto. ¡Con razón nuestra cocaína era tan inconstante! No dije nada en ese momento, pero en mi mente decidí que establecería algún tipo de fórmula para poder garantizar la calidad de nuestro producto, aun cuando esto implicara enviar a nuestros propios químicos para trabajar a la par de nuestros abastecedores colombianos a fin de asegurar la pureza de la cocaína.

Mientras tanto mi relación con mi abogado, Monti Cohen, siguió floreciendo. Frecuentemente salíamos juntos de parranda, siempre y cuando lo pudiéramos hacer sin llamar la atención; al mirar ahora en retrospectiva, me doy cuenta que en el fondo me avergonzaba de mi comportamiento. Monti me aconsejó que tal vez me convendría casarme con Christine, la mujer que me había acompañado con mayor frecuencia al levantar mi negocio de la cocaína. A pesar de que nunca le había revelado a Christine la verdadera naturaleza de mis asuntos comerciales, Monti temía que pudiera llegar a testificar en mi contra si alguna vez me procesaran.

Le había dado a Luchy suficiente dinero para comprarse una casa en la República Dominicana para ella y para el bebé, Jorgito. El día que fue definitivo nuestro divorcio, me casé con Christine.

Mi casamiento con Christine fue una mentira desde un principio. La quería, pero no la amaba de verdad. Sentía disgusto de mí por esconderme detrás de un certificado de matrimonio, pero al igual que con tantas otras cosas en mi vida, lo justifiqué por ser un «buen negocio».

En apariencia vivíamos juntos como esposos, pero solo venía a casa tres o cuatro veces por mes. Viajaba mucho, y aun cuando estaba en Miami frecuentaba varias otras casas y apartamentos que me pertenecían o que alquilaba como depósito y vivienda para diversas mujeres. En cierto momento tuve cuatro casas completamente amuebladas, con una amante en cada una de ellas. Las engañaba a todas a la vez, diciendo a cada una que pronto nos comprometeríamos.

Hacia fines de 1978, Sal y yo nos reunimos por primera vez con Oscar Núñez, un capitán de la Fuerza Aérea de Bolivia. Sal creía que podíamos conseguir la cocaína por medio de este nuevo contacto boliviano a un precio mejor del que pagábamos en ese momento. El cartel había considerado previamente un posible enlace con Bolivia, donde el comercio de cocaína literalmente era controlado por el gobierno, pero consideramos que la situación era demasiado inestable para justificar los ahorros y que no valía la pena. Ahora, sin embargo, al buscar un producto más constante a un precio mejor, parecía ser un contacto que valía la pena investigar.

Nunca nos imaginamos cuánto nos costaría.

En nuestra reunión en un restaurante de Miami, Núñez nos hizo una oferta difícil de resistir: Por cada kilo de coca pura que compráramos en efectivo nos proporcionaría otro kilo a crédito. Con el deseo de examinar el producto en forma directa, enviamos a uno de los obreros de Sal a Bolivia con trescientos mil dólares para usar como un depósito de buena voluntad. Cuando volvió el obrero, quedamos bastante impresionados ante la calidad de la coca boliviana. Además, el precio era mejor que a través de nuestros otros contactos, y ante el crecimiento de nuestro mercado estadounidense, pensábamos que podríamos movilizar un volumen aun mayor. Calculamos que a través del contacto boliviano podríamos sacar una ganancia neta de siete millones de dólares por entrega y hacer dos entregas por mes.

En marzo de 1979 hice los arreglos para que Sal y yo viéramos de primera mano la operación en Bolivia. Al abordar el avión, él y yo llevábamos aproximadamente trescientos mil dólares cada uno: en pilas de billetes ajustados a nuestras piernas con bandas de hule que se mantenían fijas por las pantimedias que nos habíamos puesto debajo de los pantalones.

Fue un largo viaje, que se hizo aun más largo cuando niebla y turbulencia nos impidieron aterrizar en Bolivia. El piloto nos informó que regresaríamos a Lima, Perú. Sal y yo nos miramos con expresión preocupada. Si pasábamos la noche en Lima, posiblemente tendríamos que pasar por aduana, lo cual pudiera ser peligroso si se descubría que llevábamos sumas de dinero tan grandes. En Bolivia nos aguardaba una escolta militar, pero en Lima, un lugar más volátil, carecíamos de tal protección.

Esta, también, fue una de las pocas situaciones en mi carrera en el negocio de las drogas en las que clamé a Dios, tal vez como una reacción instintiva arraigada en la crianza que me habían dado mis padres. Dije: «¡Dios mío! Por favor no permitas que nos arresten.»

En el aeropuerto de Lima los oficiales de la aerolínea metieron a los pasajeros en autobuses como si fueran ganado para transportarlos a hoteles de la localidad a fin de pasar la noche. Lo miré a Sal y sacudí la cabeza en señal de negativa. Les dije a los oficiales de la aerolínea que preferíamos quedar allí mismo en el aeropuerto para tomar el primer vuelo disponible.

Hora tras hora Sal y yo caminamos por una sala de espera en la terminal. Finalmente las bandas de hule que sostenían el dinero se nos empezaron a clavar en las piernas. Casi fue una bendición cuando los oficiales de seguridad del aeropuerto no nos permitieron seguir quedando en el aeropuerto y nos obligaron a ir a la ciudad. Nos registramos en un hotel de lujo pero no pudimos disfrutar de él por causa de nuestra ansiedad por saber cómo pasar por la aduana sin que nos descubrieran.

A la mañana siguiente vimos que nuestra preocupación había sido en vano. Pasamos por la aduana sin dificultad alguna, y abordamos un vuelo a Bolivia.

Cuando por fin llegamos, nuestra escolta militar nos llevó hasta donde estaba Oscar Núñez, que dirigía una escuela de aviación en el aeropuerto. Oscar nos recibió con afecto en su oficina. Luego de los saludos iniciales, abrió una caja fuerte revelando una gran cantidad de cocaína. Sal y yo examinamos la coca y estuvimos de acuerdo en que tenía un aspecto especialmente bueno: muy uniforme y brillante.

Al día siguiente, Oscar, Sal y yo abordamos un avión del gobierno y recorrimos un valle remoto cercano al río Amazonas, un área que parecía ser prometedora para el desarrollo de pistas de aterrizaje y puntos de distribución. Sal y yo hablamos de establecer laboratorios, dotarlos de nuestros propios químicos y procesar nuestra propia cocaína allí mismo. Decidimos explorar aun más las posibilidades… y pronto. Provisoriamente nos propusimos la fecha de Pascua de 1979 para regresar a Bolivia y cerrar el trato con Oscar.

Mientras tanto, seguí llevando cocaína a California y trayendo a casa enormes sumas de dinero. Tenía guardados unos millones de dólares para mí, pero había empezado a despilfarrar dinero de la misma manera que había visto que hacían otros miembros del cartel unos años antes. Mis promesas de ser sabio y frugal con mi dinero habían sido abandonadas desde hacía tiempo.

Un día Monti Cohen pasó por mi oficina y salimos a almorzar. «Llevemos mi auto», dijo Monti, llevándome hacia su Mercedes. Luego de un delicioso almuerzo, Monti me llevó de regreso a la oficina. Nada fuera de lo común. O eso pensé.

Dos horas después, un hombre irrumpió en mi oficina. Lo conocía por el nombre de El Loco: un asesino a sueldo de Colombia. Siempre nos habíamos llevado bien. En Colombia a menudo le había llevado de regalo armas de fuego, y sabía que siempre podía contar con El Loco si tenía problemas con alguien. Siempre había demostrado un gran respeto hacia mí, pero sabía que El Loco se había ganado su apodo. En Colombia todos lo temían. Ahora estaba aquí en Miami, de pie en mi oficina, obviamente descontento.¿Qué sería lo que quería?

Lo saludé con entusiasmo, y me devolvió el saludo con un fuerte abrazo. Le ofrecí café, y nos sentamos a conversar. Podía ver en el rostro del Loco que parecía estar debatiéndose por algo. Al tomar su café, empezó a contarme de sus primeros días en Miami.

Fui enseguida al grano.

—Loco, ¿qué es lo que te trae a mi oficina?

Me miró directamente, luego extrajo de su bolsillo una fotografía de Monti Cohen.

—Hace dos horas —me dijo—, cuando entraste al automóvil con este hombre, estábamos a punto de pegarle un tiro.

El Loco explicó que Monti Cohen debía haberse encargado de unos problemas de inmigración para el hermano de Felipe Arango, uno de nuestros socios colombianos. Pero Monti les falló. Cuando el hermano vino a Estados Unidos, lo arrestaron. Además, Monti le sacó ochenta mil dólares. Ahora Felipe lo había contratado al Loco para que acabara con el traidor.

Me dejó en estado de choque escuchar las acusaciones del Loco contra mi abogado y amigo. Seguramente que alguno se había equivocado. Le pedí al Loco que suspendiera por el momento el contrato, y le prometí hablar con Felipe. El Loco, a regañadientes, aceptó esperar.

Llamé a Felipe y le conté la historia.

—Debe haber algún malentendido. Monti Cohen me ha representado durante casi dos años y siempre ha sido sincero en su trato conmigo.

Felipe se mantuvo firme en la historia que me había contado el Loco. Peor aun, estaba convencido de que la duplicidad de Monti tenía como fin conducir al arresto de Felipe, no al de su hermano.

Ofrecí pagarle los ochenta mil dólares a Felipe, pero no quiso saber nada de ello. Sin embargo, sí aceptó mi oferta de no cobrarle los costos de flete de su próximo embarque de cocaína… y yo sabía que eso me costaría mucho más de ochenta mil.

Nunca le mencioné el asunto a Monti, por sentir que el problema había surgido por causa de alguna mala comunicación. Por causa del historial sólido que tenía conmigo, le resté importancia al incidente, convencido de que no traicionaría a sus amigos ni a sus clientes. Pasarían otros cinco años antes de que este acontecimiento me viniera otra vez a la mente… al descubrir que Monti Cohen había traicionado a otra persona.

TRECE

¿QUÉ PUEDE SALIR MAL?

Manny estaba intrigado ante las posibilidades que ofrecía la conexión boliviana, pero al proceder con nuestros planes me advirtió que tuviera mucho cuidado. Con rastros de lágrimas en los ojos me contó de su sobrino que había ido a Perú para hacer un trato de cocaína y luego había desaparecido. Recién después de aplicar mucha presión, y luego de que Manny pagara mucho dinero, encontraron finalmente a su sobrino. El joven fue entregado en una caja con su cuerpo descuartizado en cuatro partes.

Era claro que no se debía entrar a la conexión boliviana de manera demasiado despreocupada.

Además, estaba proponiendo un atrevido cambio en las reglas de juego. La mayor parte de nuestra cocaína entraba a Estados Unidos en vuelos comerciales; los aviones y pilotos del cartel solo se usaban para mover drogas desde un país sudamericano a otro y nunca entraban al espacio aéreo de Estados Unidos. Como nuestros contactos en las aerolíneas en la ruta entre Colombia y Miami tenían pensado jubilarse pronto, nos veíamos obligados a encontrar nuevas maneras de mover nuestro producto. Sugerí que nos atreviéramos a traer la cocaína desde Bolivia a Miami en nuestro propio avión.

Esto aumentaría de manera significativa nuestros problemas de logística. Como se alargaba la distancia a recorrer: había cinco mil ciento cincuenta kilómetros por aire desde Miami a Santa Cruz, Bolivia, comparadas con solo dos mil setecientos treinta y seis kilómetros desde Miami a Bogotá, había que identificar pistas de aterrizaje en Colombia y en Centroamérica donde pudieran reabastecerse de combustible los aviones. Eso multiplicaría nuestros riesgos y desafíos a la seguridad como también al transporte. Sin embargo, la conexión boliviana se nos auguraba buena y parecía ser enormemente rentable.

En conexión con nuestros planes, Monti Cohen hizo los arreglos para que me reuniera con dos contrabandistas estadounidenses de drogas de primer nivel: «los mejores en Estados Unidos», me dijo él. George Rawls era un experto en pistas de aterrizaje y personal de aterrizaje encubiertos, mientras que Harold Rosenthal tenía una lista disponible de pilotos para entrega de drogas. Lo que Monti no me dijo era que Harold era un fugitivo, procesado en Estados Unidos por contrabando de drogas.

Cuando nos reunimos una noche en Miami, tanto Harold como George me agradaron de inmediato. Harold conversaba con facilidad en español al contarme de sus vínculos con la Mafia. Era una chispa, avispado y endurecido por sus años de contrabando de drogas.

Antes de que se acabara la noche, acordé pagar a Harold y a sus pilotos cinco mil dólares por kilo por transportar doscientos cincuenta kilos desde Bolivia a nuestra gente en Estados Unidos. Esto se llevaría a cabo en la entrega que anteriormente habíamos programado para Pascua de 1979, durante la cual también cerraríamos el trato con Oscar Núñez.

Manny y yo tomaríamos un vuelo comercial desde Miami a Bogotá; no un vuelo directo sino uno que iba vía Panamá. En Bogotá, nos encontraríamos con Harold y dos de sus pilotos, que estarían llegando a Colombia por otra vía. Con Harold y los pilotos, haríamos también un viaje de reconocimiento para examinar una pista de aterrizaje cerca de la ciudad de Villavicencio, a unas dos horas de Bogotá. La pista de aterrizaje, inaccesible por tierra, estaba emplazada en una hacienda en un lugar remoto de la selva, y queríamos evaluar si era adecuada para usar como parada para reabastecer combustible para futuros embarques de cocaína.

Después de regresar a Bogotá, Harold y los pilotos llegarían en uno de nuestros aviones hasta Santa Cruz, Bolivia, donde Sal estaría esperando para supervisar la carga de la cocaína. Después que los doscientos cincuenta kilos estuvieran seguros en nuestro avión, Harold y los pilotos se detendrían para reabastecerse de combustible en la pista de aterrizaje en la selva cerca de Villavicencio y también en Nicaragua, luego volarían hasta una pista de aterrizaje en el norte de Florida, donde nuestro chofer transportaría la mercadería de regreso a Miami. Para ese entonces, Sal estaría nuevamente en Miami para recibir la cocaína. De allí, rápidamente sería transferida a nuestra red de compradores, para distribuirse a nivel nacional casi de un día para otro.

Mientras Harold y los pilotos se dirigían a Bolivia para buscar el cargamento, Manny y yo iríamos en avión de Bogotá a Nicaragua para explorar una oportunidad potencialmente rentable. El cartel estaba considerando la posibilidad de ingresar mariguana a los Estados Unidos a través de Centroamérica. Desde Nicaragua iría en jet privado a la República Dominicana para encontrarme con Luchy. A pesar de haberme casado con Christine, me interesaba reconciliar mi relación con Luchy, principalmente por el bien de mi hijo de seis meses. Desde la República Dominicana, Luchy y yo habíamos hecho planes de viajar durante un mes por Europa, donde nuestras vacaciones incluirían buscar un nuevo Mercedes que había pedido en Alemania.

Era un plan detallado pero relativamente libre de riesgos. ¿Qué podía salir mal?

El domingo de Pascua de 1979, Manny y yo nos encontramos con Harold Rosenthal para desayunar en un restaurante de Miami lleno de gente. Lo acompañaban los dos pilotos: Verne Voll, un piloto mayor y experimentado de Louisiana, y un hombre al que llamaré T.C. Michaels, un ex ayudante de sheriff de Georgia cuya era de dos metros. Juntos estudiamos minuciosamente los mapas del área de Villavicencio en Colombia y concluimos nuestros planes.

La mañana siguiente Manny y yo tomamos nuestro vuelo a Panamá. A bordo del avión, mi conversación con Manny naturalmente giró en torno al cerebro del tráfico de drogas en Panamá, Coronel Manuel Noriega. Manny me contó que en sus días de contrabando de cigarrillos y whisky de Panamá a Colombia, había salido con una muchacha que era una de las amantes de Noriega. Al enterarse el coronel, había arrestado a Manny acusándolo de tráfico de drogas.

—Tuve que desembolsar diecisiete mil dólares de gratificación para poder salir de allí —dijo Manny con una sonrisa pícara.

Me reí junto con mi jefe. Ambos sabíamos que con una cantidad suficiente de dinero uno podía comprarse la salida de casi cualquier dificultad en Centroamérica. El cartel se había tomado por costumbre repartir grandes cantidades de dinero a la mayoría de los personajes políticos clave en los países latinoamericanos. Uno nunca sabía quién pudiera convertirse en el siguiente agente de poder o de quién pudiéramos llegar a necesitar un favor especial. Lo mejor era sencillamente sobornar a todo el grupo.

Al aterrizar en Panamá, nos recibió la hija de Manny que estaba casada con el hijo del ministro de turismo de Panamá. A pesar de no haber solicitado la devolución de ningún favor del joven ni de su padre, no dudaba de que lo pudiéramos hacer.

Mientras que Manny y su hija conversaban en la sala de espera del aeropuerto, fui hasta la tienda libre de impuestos, donde compré el nuevo modelo de cámara fotográfica Polaroid Land.

—¿Por qué te compraste eso? —preguntó Manny cuando se la mostré.

—Pues, no lo sé. Durante este viaje voy a sacar algunas fotos. Los libros siempre se venden mejor cuando tienen fotos —dije bromeando. Manny se rió. ¿Dónde se escuchó de un barón de la droga que narrara sus actividades con fotos? Por el contrario, habíamos refinado la ocultación de evidencia al punto de ser una ciencia.

Aun en este viaje, llevaba un portafolios diseñado especialmente que tenía un doble fondo construido de tal manera que no fuera detectado por los sistemas de rayos X del aeropuerto. En el compartimento secreto, guardaba un libro de contabilidad de todos mis embarques actuales de cocaína y transacciones financieras, para poder revisarlos con nuestros socios en Colombia, además de mi libro de direcciones y números telefónicos de personas clave en nuestra organización, incluyendo las diversas direcciones de Manny y sus números privados. Decidí que el compartimento oculto sería un lugar seguro para guardar mis fotos Polaroid.

Cuando aterrizamos en Colombia, un automóvil que nos aguardaba nos llevó rápidamente al Bogotá Hilton. Allí descubrimos que Harold, Verne y T.C. habían tenido la audacia de registrarse en nuestra suite antes de que llegáramos Manny y yo. Quedé sorprendido y un tanto molesto. Esto era una violación de protocolo y de seguridad del cartel, especialmente teniendo en cuenta que tanto Manny como yo estábamos viajando sin que nos acompañara nuestra acostumbrada dotación de guardaespaldas. A pesar de ello, Manny y yo nos mantuvimos calmos, y saludamos a Harold y los pilotos con los abrazos de obligación y la conversación trivial.

Nuestra lujosa suite en el ático era preciosa, con lugar de sobra para los cinco. Pero le dije a Harold que consiguiera habitaciones separadas para los pilotos. Sentía que los pilotos de avión eran siempre el eslabón más débil en cualquier organización de drogas, y nunca me gustaba hablar de negocios estando ellos presentes. Harold había recomendado altamente a Verne y a T.C., pero todavía no les tenía confianza.

Pasamos la noche de parranda con prostitutas y champaña. Muy tarde en la noche, salí de habitación y crucé la sala para buscar más champaña. La habitación tenía iluminación escasa, y de repente tropecé con algo que estaba en el piso.

Allí estaba Harold, acostado desnudo y dormido.

—¿Qué haces en el piso, Harold? —le pregunté, despertándolo.

Volviendo en sí, me respondió:

—Ves, Jorge, ese es tu problema.

A pesar de su estado de ebriedad, Harold se volvió filosófico.

—Estás demasiado acostumbrado a esta buena vida —me dijo—. Tal vez algún día debas dormir en el piso, y no lo podrás soportar.

Su comentario me irritó. Lo miré fijamente.

—Harold, permíteme que te diga algo —le dije—. Dormí en el piso cuando vine de Cuba, ¡y juré que nunca lo volvería a hacer!

—No te alteres, Jorge —dijo Harold riendo con ganas.

Me tranquilicé y reí con él mientras seguí caminando rumbo a la cocina para buscar más champaña.

CATORCE

UN PROBLEMA CON NUESTROS AMIGOS

Al día siguiente, Manny, Harold, los dos pilotos y yo nos amontonamos todos en un Range Rover rumbo a Villavicencio. Desde allí hicimos un corto vuelo hasta la pista de aterrizaje en la selva.

De camino, nuestro piloto les explicó detenidamente a Verne y T.C. cómo debían aproximarse a la pista de aterrizaje cuando volvieran de Bolivia. Al principio no entendía por qué el piloto era tan meticuloso acerca del procedimiento de aterrizaje. Pero en unos breves minutos, al quedar a la vista la pista, empecé a entender. La «pista» y la «hacienda» no eran más que un campo abierto, un sitio amplio en la selva. En el suelo había una choza con techo de hojalata construida de pedazos de madera, en la que se almacenaba el combustible.

Luego de aterrizar sin complicaciones, exploramos el terreno de la propiedad y conversamos sobre su potencial para nuestras operaciones. Esa noche dormimos en hamacas que habíamos colgado en el galpón de combustible. Regresamos a Bogotá al día siguiente.

Al llegar a nuestro hotel a media tarde, llamé por teléfono a Sal que estaba en Santa Cruz. Cruzando las dos mil setecientos treinta y seis kilómetros que nos separaban, podía percibir su furia. Aparentemente habíamos tenido un problema con nuestros «amigos» bolivianos.

Sal casi gritaba:

—¡Lo único que tienen es la mercadería por la que hemos pagado!

—Cálmate, Sal. ¿A qué te refieres?

Me explicó que los bolivianos nos habían preparado solo la cocaína por la que habíamos pagado y no la coca adicional que nos habían prometido a crédito. Le aseguraron a Sal que solo se trataba de un error y que lo podíamos arreglar, pero él estaba furioso.

Yo también estaba furioso. ¿Qué les sucedía a estos nuevos proveedores? Todos nuestros arreglos para este viaje se basaban en su promesa de darnos un trato de dos por uno: un kilo adicional de coca a crédito por cada kilo que pagábamos. Nuestros planes se basaban en esas cantidades y en las ganancias correspondientes a la venta rápida del producto en Estados Unidos.

¿Se trataría esto de una nueva traición boliviana? Imágenes del sobrino descuartizado de Manny me cruzaron por la mente. ¿Acaso estaría Sal seguro allí?

—Jorge —dijo Sal finalmente con exasperación— creo que será mejor que vengas hasta aquí y trates personalmente con esta gente.

Instintivamente, supe que tenía razón. Esta era una conexión nueva. No podíamos darnos el lujo de transigir en nuestro trato desde el principio. Si lo hacíamos, los contactos bolivianos nunca nos respetarían, y los problemas nunca se acabarían.

—Manténte firme, Sal —le dije—. Allá voy.

Le conté mis planes a Manny. Luego de volar a Santa Cruz, regresaría en nuestro avión; el mismo avión en el que Harold y los pilotos transportarían la cocaína. Este sería el medio más rápido de volver a mi programa de viaje.

Pero Manny estaba furioso:

—De ninguna manera apruebo de que regreses en ese avión de transporte. ¡Puede suceder cualquier cosa!

Sabía exactamente a lo que se refería: accidentes de avión, redadas hechas por guerrilleros o piratas, como también interferencia por parte de autoridades gubernamentales eran todas posibilidades en esta región volátil.

—Está bien —dije, pero en el fondo de mi mente sabía que volvería en el avión. Me desagradaba engañar a Manny, pero se trataba de nuestro negocio. Una vez que se hubiera terminado la entrega y estuviéramos gozando de las ganancias obtenidas, Manny estaría más que satisfecho y se olvidaría de que había arriesgado mi vida.

Sal me aguardaba cuando llegué a Santa Cruz. Me llevó directamente a la oficina de Oscar Núñez. Caminamos con calma, pero con voces amenazadoras empezamos a acusarlo de inmediato de haber quebrantado el acuerdo que habíamos hecho. Mi conducta violenta lo tomó completamente desprevenido a Oscar. Al continuar Sal y yo nuestra andanada, Oscar llamó a sus compañeros. Les dije con furia:

—Si otra vez nos vuelve a hacer una jugarreta, ¡lo mataré!

Los oficiales militares se reían.

—¡Ja! Tenemos su dinero y su coca —dijo uno de ellos—. ¿Acaso no se da cuenta que de haber querido engañarlo, ahora estaría muerto?

Me acerqué hasta estar pegado a la cara del hombre, tan cerca que podía oler su mal aliento.

—Escúcheme —le dije entre dientes—. Le advierto que no se atreva a contrariarnos. ¡Tenemos poder suficiente para entrar aquí y borrar a su pequeño país del mapa!

Sal me apoyó. En cuestión de minutos, los bolivianos se deshicieron en disculpas. Oscar explicó que había habido un allanamiento a sus provisiones y que no les era posible sacar la cocaína.

Sal y yo finalmente aceptamos llevarnos los ciento treinta kilos que ya habían preparado los bolivianos, y Oscar aceptó proporcionarnos otros doscientos kilos a crédito en el transcurso de una semana.

Al día siguiente llegaron Harold, Verne y T.C. a Santa Cruz, aterrizando un avión Beechcraft Queen Air bimotor de carga. No era un avión grande, aproximadamente once metros desde la parte delantera hasta la cola y una envergadura de catorce metros. El Queen Air había sido diseñado para llevar aproximadamente mil trescientos sesenta kilos de carga y se podía configurar con cinco asientos para pasajeros, además de los dos asientos en la cabina. Y era usado con frecuencia por personas que viajaban por negocios, acomodando sin dificultad cinco hombres de tamaño grande con sus palos de golf y su equipaje. El nuestro estaba configurado para llevar dos pasajeros además de un montón de cocaína.

Harold explicó su demora:

—Perdimos uno de nuestros alternadores.

Sal y yo llevamos a Harold y a los pilotos a nuestro hotel, donde informé a Harold de nuestro problema con los proveedores. En vista de esto, le dije que quería renegociar el pago que le haríamos a él.

—Si aceptas cargar con la mitad de la pérdida junto conmigo —le dije—, puedes regresar en diez días a buscar doscientos kilos más y hacer otro viaje. Te permitiremos que compres parte de esa coca para ti a fin de compensarte por las pérdidas sufridas.

Le prometí veinticinco kilos a diez mil dólares el kilo, que él podría vender en Estados Unidos a cincuenta mil dólares el kilo.

—Te puedes ganar un millón de dólares adicionales —le dije. Esa perspectiva convirtió a Harold en un compañero amigable.

Mientras estábamos en Santa Cruz, habíamos hecho planes de buscar quince kilos adicionales que pertenecían al cartel por medio de otra conexión. El contacto boliviano vino a nuestra habitación esa noche, y observamos divertidos cómo se sacaba la ropa, revelando kilos de coca que tenía atados al pecho y a las piernas.

Había acordado pagar diez mil dólares por cada kilo. Sin pensarlo, abrí mi portafolios, frente a Harold y los pilotos, y procedí a sacar ciento cincuenta mil dólares del doble fondo para pagarle al boliviano. Los hombres se rieron al verlo.

—Vaya, vaya —dijo uno de los pilotos, con los ojos abiertos de asombro—. ¿A quién se le ocurriría que era posible esconder tanto dinero allí dentro?

Nos reímos un poco más, le pagué al boliviano y se retiró precipitadamente.

Más tarde esa noche, le conté a Sal mi plan de irme de Santa Cruz en el avión junto con la coca a fin de poder reunirnos a tiempo con nuestro contacto nicaragüense. Al igual que Manny, a Sal le molestaba la idea de que viajara con un cargamento.

—No te preocupes, Sal —le aseguré—. No sucederá nada.

Al día siguiente el Queen Air despegó de Santa Cruz, rumbo a Colombia, con Verne de piloto y T.C. de copiloto; Harold y yo estábamos a bordo también. La cocaína, que para nosotros valía cuatro millones y medio de dólares, estaba en los compartimentos para equipaje dentro de maletas rígidas.

Pensábamos pasar la noche en nuestra parada de reabastecimiento de combustible en la pista en la selva en las afueras de Villavicencio. Cuando aterrizamos, me sorprendió encontrar que Manny estaba allí para recibirnos. No parecía estar molesto de verme a bordo del avión… sin duda Sal le había advertido que venía. Ahora que habíamos superado el segmento menos conocido del viaje, quizá estaba más tranquilo de que yo estuviera a bordo.

Mi plan era permanecer con el avión hasta que llegara a Nicaragua. Allí podía encontrarme con nuestro contacto, luego tomar un vuelo comercial y partir rumbo a mis vacaciones.

—Manny, no hay nada que temer —le dije—. Estamos teniendo alguna dificultad con el alternador, pero hay dos a bordo del avión, así que no te preocupes.

»El verdadero peligro se presentará cuando el avión entre al espacio aéreo de Estados Unidos y yo ni siquiera estaré en ese tramo del viaje —agregué de manera casi frívola.

En la pista levantamos otros diez kilos de coca de los dos hermanos dueños de la propiedad. Estaban empezando a adquirir grandes volúmenes de cocaína ellos mismos, y aceptamos llevar sus diez kilos a Estados Unidos como muestra de lo que podían proveer. Habían puesto la coca en un bolso marinero, que llevaríamos a bordo.

Dormimos en la choza al aire libre y nos levantamos temprano a la mañana siguiente, dispuestos a partir. Manny parecía estar más tranquilo con mis planes, a pesar de no estar convencido del todo.

Un momento antes de abordar el Queen Air, me dio un beso y un abrazo y dijo:

—Vaya con Dios.

Sus palabras me causaron un extraño impacto: *¿Vaya con Dios?*

QUINCE

¡ATRAPADO!

En una hermosa mañana de cielo azul cruzamos la punta noroeste de Colombia y pronto nos habíamos remontado mil quinientos veinticuatro metros por encima de las aguas claras del Pacífico. Nuestro plan era volar sobre el océano, apenas una distancia suficiente hacia el oeste para pasar por Costa Rica y Panamá sin que nos notaran, para luego girar hacia el este y aterrizar en Managua, Nicaragua.

Permanecimos en contacto radial con Manny que estaba en Villavicencio. Mientras hablaba con él, tras haber hecho unos treinta y cinco minutos de vuelo, de repente perdimos contacto.

—¡Oye! ¿Qué pasa? —grité.

Desde la cabina, Verne gritó respondiendo, —¡El alternador! ¡Hemos perdido el segundo alternador!

—¿Y eso qué significa? —quería saber yo.

—Podemos seguir volando, pero no tendremos corriente a excepción de la energía que ya está almacenada en la batería.

Verne y T.C. estaban apagando cualquier cosa que pudieran para conservar energía: luces, indicadores y elementos de comodidad del compartimento de pasajeros.

Eché una rápida mirada a las alas y me dio un pequeño consuelo ver que ambas hélices seguían girando.

Como en el caso de la mayoría de los aviones para transporte de drogas que hacían recorridos de larga distancia, nuestro avión venía equipado con una vejiga de doscientos

129

galones de capacidad semejante a un globo apoyado en el interior de la cabina. Esta vejiga de combustible adicional estaba llena, pero ahora no había manera de enviar energía a las bombas de la vejiga. El combustible adicional se había convertido en una maldición. Con más de doscientos galones de combustible, más de ciento cincuenta kilos de cocaína altamente inflamable y un gran tanque de éter, éramos una bomba voladora.

Observé sin poder hacer nada cómo Harold y los pilotos se gritaban uno al otro, intentando elaborar alguna solución. La cara de Harold estaba surcada de preocupación.

Verne ladeó al avión bruscamente hacia el este, sin saber con exactitud dónde estábamos ya que el radar no funcionaba, pero con la esperanza de quizá poder llegar a tierra y encontrar un lugar para bajar el avión antes de quedarnos sin energía.

Demasiado tarde. El motor izquierdo empezó a chisporrotear y se apagó. A la distancia, alcanzábamos a ver el contorno de la tierra. Verne se dirigió hacia allí, pero sabíamos que en cualquier momento podía apagarse el segundo motor.

Justo cuando volamos sobre una playa, se apagó el segundo motor. Sin radio ni luces, no había manera de advertir a nadie que estábamos llegando. Estábamos a unos mil quinientos veinticuatro metros de altura, viajando a uns trescientos veinte kilómetros por hora y perdiendo altitud aceleradamente.

Verne maniobraba el timón del avión, intentando con desesperación evitar que el avión se inclinara hacia un lado o hacia el otro. Mientras tanto, T.C., Harold y yo con fiereza recorríamos con la vista la espesa selva debajo de nosotros, buscando cualquier claro que fuera bastante ancho y largo para permitir que aterrizara un avión de once metros.

Finalmente descubrimos un pequeño campo abierto rodeado de espesos bananeros. Estábamos ciento cincuenta y dos metros por encima de él... y estábamos cayendo.

—¿Qué está sucediendo, Harold? —grité.

—Ajústense los cinturones. Vamos a chocar.

Los latidos fuertes de mi corazón ahogaban todo sonido a excepción de la advertencia cáustica de Harold de ponernos la cabeza entre las piernas y dar un beso de despedida a nuestro trasero.

Tal vez solo pasaron segundos mientras el avión, como rayo veloz, se dirigía hacia el suelo, pero me parecieron horas al pasar mi vida frente a mis ojos. No estaba pensando en todo el dinero, los automóviles, las casas. En lugar de eso, pensé en mi bebé, Jorgito, que nunca más vería a su padre. Pensé en mi propio padre, cuyo corazón seguramente fallaría al enterarse que había perecido en un choque de avión en alguna selva centroamericana. Pensé en mi hermano y mi hermana a los que tanto amaba, y en mi madre que me amaba sin condiciones y oraba por mí a diario.

De repente escuché un fuerte chirrido al golpear con fuerza la parte inferior del avión contra el suelo. Se patinó una corta distancia, rebotó poco más de un metro hacia arriba, luego enterró la trompa en el suelo con un golpe sordo y crujiente. Sentí que el cinturón de seguridad se me enterraba en la cintura, suspendiéndome en el aire.

Abrí los ojos y miré hacia arriba. *¿Esto es vida o acaso es muerte?*

Escuché que Verne y T.C. gritaban. No gritaban de dolor, sino de gozo… puro gozo y asombro de seguir estando con vida. El avión se había zambullido de trompa en lodo que llegaba hasta las rodillas de los pilotos, y tenía la cola en el aire.

—¡Tenemos que salir de este avión! —escuché que gritaba Harold—. ¡Pudiera estallar en cualquier momento!

El cerebro me daba vueltas y la adrenalina me bombeaba a un ritmo feroz al salir de mi asiento. Agarré mi portafolios, Harold agarró el bolso marinero con la coca que nos habían entregado en Villavicencio, y los cinco nos apresuramos a salir por la puerta posterior del avión. A tropezones nos alejamos del fuselaje a la mayor velocidad posible.

CUENTAS CLARAS: EDISION CONMENORATIVA DEL VEGISIMO ANIVERSARIO

Recobré mi compostura e intenté comportarme con la misma rudeza de siempre. *Nada puede lastimarme. Yo soy Jorge Valdés.*

Desde una distancia prudencial, por primera vez miré el avión dañado con detenimiento. La punta delantera estaba totalmente destruida, la trompa hundida profundamente en el lodo, las hélices arrancadas. La parte inferior y los lados del avión daban la impresión de haber sido acribillados por artillería enemiga.

Al contemplar el avión estrujado, se me llenó la mente de relatos de otros aviones de transporte de drogas que apenas habían rozado un árbol o una ladera de montaña antes de estallar convirtiéndose en una bola de fuego. Y sin embargo, aquí estábamos, vivos y sanos excepto por algunos moretones y cortes.

Aparté de mi mente cualquier idea de que debía agradecer a Dios por esto. Solo se trataba de otra ocasión en que la suerte había estado de nuestro lado.

Harold tomó el bolso marinero lleno de coca, corrió hasta el matorral, y lanzó el bolso tan lejos como le fue posible. Dondequiera que estuviéramos, solo era cuestión de tiempo antes de que alguien nos descubriera. Nuestro cargamento principal de cocaína estaba relativamente protegido en el compartimento de equipaje del Queen Air, pero no queríamos que nos encontraran ninguna evidencia comprometedora encima. Era mejor lanzar los diez kilos que correr el riesgo, al menos hasta descubrir a qué, o a quién, nos enfrentábamos.

Se me cruzó el pensamiento de que debiera sacar el lanzador de bengalas de adentro del avión, alejarme hasta unos quince metros, dispararle al avión y observar cómo estallaba en llamas y humo, destruyendo así cualquier evidencia de contrabando de drogas. Pero el pensamiento se me desvaneció rápidamente. Tenía cuatro millones y medio de razones para aceptar el riesgo. La avaricia desenfrenada rápidamente venció a la lógica.

Jorge L. Valdés, Ph.D. con Ken Abraham

Tal como anticipáramos, en menos de una hora la selva se convirtió en un hervidero de gente. El teniente de la policía local llegó y nos preguntó lo que sucedía.

Le dije que éramos ganaderos de Nicaragua que habíamos estado revisando el área en busca de tierras potenciales que pudiéramos comprar cuando perdimos control de nuestro avión y chocamos.

El oficial asintió con la cabeza.

—¿Puede ayudarnos, señor? —le pregunté—. Necesitamos encontrar un teléfono y llamar a alguien que pueda ayudarnos a arreglar el avión.

¡Arreglar el avión! No había manera de arreglar ese aparato, pero no me importaba. Solo necesitaba ponerme en contacto con alguien que pudiera ayudarnos a sacar nuestra cocaína de allí.

Mientras hablaba con el teniente, por el rabillo del ojo vi a un muchachito que corría hacia Harold. «¡Señor, señor!» le decía en voz alta. «¡Su bolso!» Para mi horror, vi que el niño había descubierto el bolso marinero entre los matorrales. Harold intentó alejar al muchacho, diciéndole que no tenía idea de dónde provenía el bolso.

Giré mi cuerpo de modo que el teniente tuviera que desviar la mirada de la extraña escena que se presentaba detrás de nosotros.

—Señor, ¿pudiera usted llevarnos a un hotel cercano? —le pregunté en voz más alta de la que era necesaria.

—Por supuesto, vamos —respondió el atento oficial. Harold rápidamente se nos unió después de guardar el bolso en el avión bajo llave.

De camino al hotel, el oficial nos informó que habíamos chocado en la parte occidental de Panamá. Estábamos en la provincia rural de Chiriquí en el corazón de la región bananera del país, a unos cuarenta kilómetros de la ciudad importante más cercana.

El hotel al que nos llevó era una pocilga, pero tenía teléfono. Eso era lo único que importaba. No estábamos muy lejos de la frontera costarricense, y mi plan era contratar un taxi o cualquiera que nos pudiera conducir hasta allí. Tenía bastantes contactos en Costa Rica que nos podían ayudar. Estaba confiado de que si tan solo podía hacerles llegar alguna noticia, les sería posible hacernos pasar por aduana e inmigración en la frontera.

Mientras tanto entregué nuestros pasaportes al teniente y le pedí que los hiciera sellar por nosotros. Luego llamé al yerno de Manny que vivía en la ciudad de Panamá y le informé que habíamos tenido un «problema» en Chiriquí. Le pedí que hiciera las llamadas necesarias a Costa Rica para que pudiéramos cruzar sin dificultades al llegar a la frontera.

Después de poner en marcha mi plan, me relajé y respiré con más tranquilidad, sintiéndome confiado.

Dos horas después, el conductor que había contratado para llevarnos a Costa Rica llegó para buscarnos. Nos llevó primeramente a la estación de policía para poder buscar nuestros pasaportes. Después de eso volveríamos al avión para recuperar nuestro «equipaje» antes de dirigirnos a la frontera.

El teniente nos aguardaba en la estación de policía, con expresión bastante seria.

«¿Nos hizo sellar los pasaportes?», le pregunté, a la vez que buscaba mi billetera. El teniente pasó por alto mi pregunta y respondió con rudeza: «Acompáñeme, Dr. Valdés.»

De inmediato ordenó a sus subalternos que llevaran a mis acompañantes a cuartos separados.

Estábamos en grandes problemas.

El teniente me encerró en una celda. Cuando se fue, saqué cuatro billetes de cien dólares de mi billetera, los enrollé formando los cilindros más finos que me fueran posibles, y me los acomodé en la boca rodeando las encías. *Quizá este dinero me sea de ayuda.*

Media hora después, regresó el teniente.

—Han venido unas personas de la ciudad de Panamá para hablar contigo —me dijo conduciéndome fuera de la celda hasta una oficina en la que me aguardaban tres hombres.

Uno de ellos, se me informó, era el agente Art Sedillo, que encabezaba la Agencia de Control de Drogas (DEA) de Estados Unidos en Panamá. Con él estaba el teniente Jorge Latínez, que más tarde supe era el que tenía a su cargo la G-2, la guardia nacional de Panamá: la fuerza policial que hace cumplir la ley marcial del país. Conocido sencillamente como Lino, era uno de los hombres más temidos en Panamá.

El tercer hombre se identificó como representante del consulado de Estados Unidos en la ciudad de Panamá, Cónsul Joseph McLean.

Los tres tenían expresiones sombrías. Era evidente que estaban allí por un asunto serio. McLean habló primero:

—Han registrado su avión y le encontraron drogas.

Intenté comportarme de manera calma.

—Quisiera hablar con mi abogado.

Latínez soltó una carcajada siniestra. Se ubicó frente a mí y me soltó una sarta de palabrotas.

—Usted está en Panamá —me dijo rugiendo—. Aquí operamos bajo ley napoleónica. Eso significa que usted es culpable hasta probar su inocencia. ¡No tiene derecho a un abogado; no tiene derechos en absoluto!

Me esforcé por mantener la serenidad.

—No tengo nada que decirles —les dije.

Me regresaron a mi celda. Dos horas después, vino el teniente para ver cómo estaba.

—Si tan solo me hubiera dicho lo que había en el avión —dijo él—, lo habría podido proteger y no habría tenido que llamar a la ciudad de Panamá para dar el visto bueno a sus pasaportes.

En breve me reunieron con Harold y los pilotos, pero no fue una ocasión feliz. Los oficiales nos pusieron en una celda común, luego nos desnudaron mientras nos revisaban todas las cavidades del cuerpo.

Una media hora después nos condujeron hasta otra habitación. Para mi sorpresa, allí en una gran mesa de conferencia estaba nuestra cocaína.

—Párense detrás de la mesa —nos ordenaron.

Harold, Verne, T.C. y yo nos alineamos detrás de la mesa cargada de cocaína mientras los oficiales empezaron a sacarnos fotos.

Me negué a mirar hacia la cámara. Solo me quedé mirando con la vista perdida a la cocaína que estaba sobre la mesa. Los pensamientos me corrían desenfrenados por la cabeza. Sabía que, para sobrevivir a este suplicio, sería necesario tener la cabeza despejada y mantenerme un paso adelante de todos los demás. No me inquietaba demasiado poder escapar; había tratado con políticos, policías y otros líderes gubernamentales latinoamericanos desde hacía un tiempo y sabía que el dinero podía comprar cualquier cosa en esos países. Mi mayor preocupación era la pérdida de nuestra cocaína.

Debiera haberle disparado al avión con esa bengala, me dije.

Mientras los oficiales seguían sacando fotos, un pensamiento inquietante me cruzó por la mente. *Mi portafolios*. El compartimento principal estaba cargado únicamente de típicos papeles de negocios y unas pocas revistas de animales de cría y ganadería que llevaba conmigo; no solo por mi participación en la cría de ganado, sino también para corroborar nuestra artimaña de ser hacendados en busca de una propiedad. Sin embargo, en el compartimento secreto del portafolios había una buena cantidad de documentos comprometedores referidos a mis últimas transacciones de cocaína... como también unas fotografías Polaroid que había estado sacando a lo largo de este viaje, incluyendo algunas que nos mostraban parados con la pila de cocaína en Bolivia.

Luego de que nos transfirieran a otra cárcel, donde nos encerraron a los cuatro en una pequeña celda, tuvimos la primera oportunidad de hablar sin que alguien nos escuchara.

Les pregunté a los otros tres lo que le habían dicho a nuestros interrogadores. Harold y Verne habían mantenido la calma, pero un comentario de T.C. me inquietó.

—Me dijeron que si alguna vez queríamos volver a casa y ver nuevamente a los integrantes de nuestra familia —dijo T.C.—, más nos valía colaborar con el gobierno.

De repente sentí que me hervía la sangre. Supe que no existía la colaboración con el gobierno en un caso como este. Pude darme cuenta por la expresión de Harold que si pensaba por un momento que Verne o T.C. pudieran delatarnos, los mataría allí mismo en la celda.

—No se preocupen —aseguré a los hombres—. Todo irá bien. Tenemos el dinero necesario para comprar nuestra salida de lo que sea y puedo negociar con esta gente. Solo sean pacientes.

A la mañana siguiente nos transfirieron a otro establecimiento más. Nos tomaron las huellas dactilares y nos volvieron a fotografiar, luego nos volvieron a separar. Me llevaron a una oficina donde el hombre bien vestido detrás del escritorio estaba hojeando unos papeles y unas revistas.

Un escalofrío me recorrió el cuerpo. Eran los artículos que habían estado en mi portafolios.

Se presentó simplemente como Miranda, el fiscal general de Panamá. Al hojear con displicencia una revista de ganadería, me dijo:

—Seguramente sabe usted que este caso será investigado.

Hizo una pausa mientras pasaba a la hoja siguiente.

—Probablemente llevará unos cuantos años —agregó.

Hizo otra pausa, al ser captada su atención por una foto de un toro en la revista.

—Sabe una cosa —me dijo—, yo también me dedico a la cría de ganado.

Como si me importara.

—Señor Miranda —dije—, mi nombre es Jorge Valdés.

La expresión de Miranda cambió abruptamente.

—Sé quién es usted —me contestó con frialdad—. También sé que el gobierno de Estados Unidos dice que es uno de los mayores barones de la droga del mundo.

—No sé de qué habla usted.

—No voy a participar de ese jueguito.

—Tampoco yo, señor. Solo quiero hacerle dos preguntas. Una es: ¿Cuánto será necesario que pague para recuperar mi carga y mis pertenencias; y dos, cuánto me costará para que mis amigos y yo podamos salir del país?

Miranda me miró con fijeza. Tenía la frente fruncida y los ojos entrecerrados como si intentara hacerme un agujero que me atravesara el cuerpo. Siguió mirándome con intensidad y sin palabras por un total de dos minutos.

Le devolví la mirada.

Al final, Miranda rompió el encanto y habló con calma.

—Joven, en primer lugar, sus drogas ya se han vendido. Noriega se encargó de eso. En segundo lugar, a sus obreros les costará cincuenta mil dólares cada uno para salir de aquí. Pero para usted, el jefe, el costo es de cien mil dólares.

Una leve sonrisa me cruzó los labios al responderle:

—Le pagaré los doscientos cincuenta mil dólares y le daré uno de esos toros que está mirando en la revista.

Miranda sonrió ampliamente al ponerse de pie.

—Enviaré un abogado en un par de días para que lo vea y él hará todos los arreglos necesarios. En cuanto se haya pagado el dinero, lo llevarán a la ciudad de Panamá para ser interrogado por la G-2. Invente alguna historia como lo hizo aquí. Los investigadores determinarán que usted no había tenido intención de aterrizar en Panamá pero se vio obligado a chocar por causa de una falla mecánica. Cuando el estado esté satisfecho con su historia, lo liberarán de inmediato.

Me volvieron a llevar tras las rejas y esta vez a una gran habitación rodeada de celdas abiertas. Harold, Verne y T.C. estaban allí, junto con unos cuantos prisioneros más.

Reuní a mis amigos y les describí el trato que había hecho.

—Jorge —dijo Harold—, no tenemos esa cantidad de dinero. Sal tú primero, luego haz algo por nosotros. Te lo devolveremos.

—No, Harold —le dije—. Salimos juntos o no sale nadie. Pero no te preocupes, haré los arreglos para que se envíe dinero suficiente para todos nosotros.

Pronto se nos informó que las pocas camas en las celdas a nuestro alrededor pertenecían a los líderes de varias pandillas en la prisión. El lugar sucio estaba infestado de ratas y el hedor putrefacto de los inodoros sin limpiar invadía el aire. A pesar de ello, a estas alturas estaba tan agotado que me acosté, me quité las gafas y me quedé profundamente dormido en el piso... demasiado cansado para recordar mi conversación con Harold ocurrida solo unas pocas noches antes al tropezarme con él en el Bogotá Hilton.

Al despertar unas horas después, me extendí para agarrar mis gafas. No estaban y yo apenas podía andar sin ellas. Sacudí a Harold, quien dormía junto a mí.

—Harold, alguien me robó las gafas.

—Ven —dijo Harold, poniéndose de pie. Fuimos hasta el área de baño, donde varios adictos olían pañuelos embebidos en kerosén. Harold agarró a uno de los hombres y yo a otro. Lanzamos a ambos panameños contra las paredes mientras les gritaba—: ¿Cuál de ustedes tiene mis gafas?

Los prisioneros panameños se defendieron. Cuando nos quisimos dar cuenta, Harold y yo nos vimos rodeados de una media docena de atacantes más y enredados en una pelea a puño limpio. A pesar de las contras, Harold y yo estábamos verdaderamente más fuertes y en mejor estado físico que los escuálidos y enfermizos toxicómanos y empezamos a darles una tunda a tres o cuatro de ellos.

Verne se metió para dar una mano. Sin embargo, T.C. no quiso participar, a pesar de que con su estatura de dos metros era un gigante comparado con los pequeños panameños. Estaba muerto de miedo. Al calmarse el altercado, Harold se acercó a T.C. Le dio una bofetada y le soltó unas palabrotas al piloto por no habernos ayudado.

Mientras tanto, había agarrado a uno de los panameños y le había metido la cara en un inodoro lleno de excremento.

—¿Dónde están mis gafas? —le grité.

Lo dejé levantarse apenas y el hombre empezó a llorar.

—¿Dónde están mis gafas? —volví a gritar.

Esta vez me las entregó.

Harold y yo sabíamos que a partir de ese momento tendríamos que cuidarnos las espaldas, pero no nos importó. Habíamos dejado en claro que, pasara lo que pasara, no nos derribarían sin una lucha.

En lugar de identificarnos como un blanco fácil, la pelea en realidad sirvió para ganarnos el respeto. Uno de los panameños, un hombre llamado Pedro, me ofreció su cama.

Le dije que apreciaba su ofrecimiento y que algún día le pagaría por su bondad. Pedro me dijo que había sido encarcelado durante tres meses por no poder pagar una multa de doscientos dólares. Su esposa estaba trabajando e intentando cuidar de sus hijos pequeños, pero aún no había podido ganar el dinero suficiente para sacarlo de allí.

—¿Cuándo viene tu esposa a visitarte? —le pregunté.

—Mañana por la mañana.

Pedro miró asombrado mientras me sacaba dos billetes de cien dólares de las encías. Le entregué a Pedro los billetes húmedos, pero intactos.

—Solo te pido una cosa —le dije—. Cuando salgas de aquí, quiero que llames a un número de teléfono en Miami que te voy a dar y le digas a mi familia que estoy vivo. Diles que se mantengan firmes porque alguna otra persona los llamará pronto.

Pedro tomó el dinero y le corrían lágrimas por el rostro.

—Gracias, Jorge. Gracias, Jorge —repetía sin cesar.

Esa noche dormí tranquilamente, confiado de tener otra vez el control.

A la mañana siguiente, Pedro le pasó el dinero a escondidas a su esposa durante su visita. Una hora y media más tarde los guardias vinieron para anunciar su liberación.

Mientras Pedro me abrazaba y me agradecía, dijo:

—Dios contestó mi oración.

—No —le contesté—. Dios no contestó tu oración. Lo hizo Jorge Valdés.

DIECISÉIS

PERDIDO

La mañana siguiente vino a verme un abogado. Fiel a la palabra de Miranda, el abogado me prometió hacer los arreglos necesarios para facilitar que nos liberaran de Panamá. Le di varios números para llamar, incluyendo el de mi hermano, J.C., que yo sabía hablaría con Sal. Luego Sal podía hacer los arreglos para sacarnos.

Para ese entonces, Pedro, el panameño agradecido, ya había llamado por teléfono a mis padres. A pesar de que ya llevaba varios días de desaparecido, mi madre no se sorprendió de saber que estaba vivo y sano. En un sueño me había visto involucrado en un accidente de avión pero vio que escapaba con vida.

Mi padre no había estado tan seguro y le dio gran alivio saber que estaba bien. También Manny, que prácticamente había estado apostado en casa de mis padres desde su regreso a Miami. Lo último que había sabido Manny de mi paradero era del momento en que se cortó la comunicación radial. Por lo que sabía él, podíamos haber chocado en alguna parte y estar todos muertos. Había enviado equipos de búsqueda a Centroamérica intentando localizar nuestro avión pero no habían encontrado nada.

Dos días después, apareció otra vez el abogado para decirme que todo estaba en orden y que ya nos habían comprado los boletos de avión a Costa Rica. Sin embargo, como nos lo había explicado Miranda, primeramente nos llevarían a la

141

ciudad de Panamá para interrogarnos. «No importa lo que digan o hagan», dijo el abogado, «manténgase firme en su historia.»

Supuse que los doscientos cincuenta mil dólares de rescate ya se habían pagado; si no fuera así, el abogado no estaría allí. Sin embargo, no sabía de dónde había venido el dinero, tampoco lo pregunté.

Sin saberlo, y haciendo caso omiso del consejo de muchos de nuestros socios, J.C. y Sal viajaron en avión desde Florida a Panamá para asegurar mi liberación. Sal era lo suficientemente inteligente como para no traer el dinero consigo. Había despachado el pago con dos de nuestros guardaespaldas en un vuelo aparte, lo cual fue bueno: Al momento que Sal y J.C. aterrizaron en Panamá, fueron arrestados y llevados a la oficina de la G-2 y presentados ante Lino, uno de los tres hombres que primero me habían interrogado tras el choque. Lino permitió que Sal se fuera, pero mantuvo a J.C. bajo custodia, suponiendo quizá que el hermano de Jorge Valdés debía poseer información valiosa.

Mientras tanto había ensayado con cuidado nuestra «historia» con Harold y los pilotos: Ellos pensaban que yo era un fugitivo que debían transportar y se les había pagado veinticinco mil dólares por sus esfuerzos. «Apéguense a eso», les dije. «Ustedes no saben nada más.»

Nos esposaron a los cuatro y nos llevaron a un aeropuerto. Sucios, despeinados y todavía esposados, abordamos un vuelo comercial junto con los guardias. Los otros pasajeros que estaban a bordo nos miraban como si fuéramos fieras salvajes. No me importaba lo que pensaban; yo iba rumbo a la libertad.

Cuando aterrizamos en la ciudad de Panamá, miembros armados de la G-2 nos metieron como ganado en un automóvil de transporte militar y nos llevaron precipitadamente a una oficina en el centro. Al entrar reconocí a Lino de inmediato. Empezó a interrogarme acerca de nuestro viaje y las maletas cargadas de cocaína.

—No sé nada de ninguna cocaína —mentí con expresión sincera—. Unos revolucionarios cubanos me dieron las maletas en Colombia. Me dijeron que eran armas que debía entregar a los sandinistas en Nicaragua.

—¿Y los pilotos? —preguntó Lino fríamente. (Estaba haciendo anotaciones en un bloc mientras yo hablaba.)

—Ellos no saben nada —le respondí—. Asumo plena responsabilidad. Los pilotos solo son personal contratado.

Queriendo reducir la probabilidad de que los pilotos fueran interrogados con rigor, seguí inventando mi historia:

—Solo me ganaré cincuenta mil dólares en esta transacción. Ahora que veo lo que contienen las maletas estoy furioso. ¡Espero que las personas involucradas sean arrestadas!

Lino dejó de tomar notas y arqueó las cejas. Sabía que no me creía una palabra de lo que decía, pero en realidad no me importaba. Estaba seguro de que se le había pagado bien y ya se le había dicho lo que tenía que hacer.

Del otro lado de la habitación, Harold, Verne y T.C. estaban sentados con expresión preocupada. Cuando Lino salió de la habitación, intenté tranquilizarlos.

—Estas cosas se tienen que hacer así para que los panameños no queden mal parados delante de la DEA.

Sabía que la DEA y la G-2 estaban en colusión. No conocía la profundidad de su alianza.

Lino regresó y volvió a emprender su interrogación. Cuanto más me cuestionaba, más se agitaba T.C. Se volvió pálido, en realidad, ya hacía un par de días que le veía poco color en la cara, y le brillaba el sudor en la frente. A cada rato miraba a Verne con nerviosismo. T.C. era presa del pánico, y a pesar de su tamaño y su fuerza, yo sabía que era el eslabón débil que nos podía destruir. Solo esperaba que pudiera mantener la boca cerrada un poco más.

De repente se abrió de golpe la puerta de la oficina de Lino y entraron precipitadamente oficiales panameños, arrastrando a un hombre de baja estatura y tez oscura. Uno de los oficiales gritó que este era un hombre que Lino había estado buscando. En cuestión de segundos, los oficiales habían desnudado al hombre y lo obligaron a ponerse boca abajo en el piso.

Lino se cernía sobre el frágil desgraciado, abofeteándole la cabeza mientras le formulaba preguntas a gritos. Si el hombre hubiera intentando responder, le habría resultado imposible.

Los oficiales aporrearon a su víctima indefensa una y otra vez. Harold se mostraba inconmovible ante la escena horrible; Verne miró hacia otro lado. Pero T.C. daba la impresión de que en cualquier momento se desmoronaría. El sudor le corría por la cara.

Lino agarró un palo de escoba recortado de atrás de su escritorio. «¡Sosténganlo!» Les ordenó a los oficiales. Lino, con paso despreocupado, se ubicó detrás del prisionero. Con salvajismo inimaginable, hundió el palo de escoba en el recto del hombre. El hombre gritó de dolor.

—¡Hable! —rugió Lino. Diciendo eso, hundió el palo de escoba dentro de la víctima aun más. Salió sangre a chorros para todas partes, salpicando el piso y las paredes. El hombre golpeado en el piso no pudo soportar más. Orinó en el piso y perdió el conocimiento.

—¡Saquen esta porquería de aquí! —le ordenó Lino a los oficiales—. Y limpien este desastre.

Lino me echó una mirada fulminante. Resultaba obvio que esta tortura era su forma de hacernos saber de lo que era capaz... y lo que recibiríamos si nos negábamos a cooperar.

Por la puerta, alcancé a ver al agente Sedillo, el que encabezaba la DEA en Panamá y también había sido uno de los que me interrogaron inicialmente. Dada la estrecha cooperación entre la DEA y los panameños, si Sedillo no fue quien orquestó el acontecimiento despreciable, al menos debe haber dado su aprobación.

T.C. se puso de pie de un salto y empezó a gritar:

—¡Nos van a matar! ¡Nos van a matar!

Harold le cruzó la cara de una bofetada.

—¡Cállate! —le gritó—. ¡Esto no tiene nada que ver con nosotros!

Sin embargo, T.C. se desplomó, llorando. Con un alarido le dijo a Lino:

—¡Diré la verdad! ¡Diré la verdad!

Una sonrisa de suficiencia apareció en la cara de Lino. Sabía que había ganado una batalla importante. Les ordenó a sus hombres que nos llevaran a Harold y a mí a una habitación aparte mientras cuestionaba a T.C. y a Verne.

Pasó una hora. Dos horas.

Mientras intentaba considerar fríamente mis alternativas, Harold recorría la habitación, maldiciendo a T.C. con cada paso que daba.

—¡Voy a matar al desgraciado ese en cuanto le ponga las manos encima!

Pasaron tres horas. Luego cuatro. *Para salvar su propio pellejo, ¿qué les estaría diciendo T.C.?*

Pronto lo supimos. Después de cuatro horas y media de interrogar a T.C., Lino derivó gran placer de informarnos a Harold y a mí de lo que se había enterado. Al parecer, el piloto dio una información detallada de nuestro viaje a Bolivia, incluyendo dónde guardaba mis libros de contabilidad y los nombres de las personas en las fotografías que había sacado. Le dijo que yo era el cabecilla de la operación y que Harold era un fugitivo en Estados Unidos. Lo peor de todo fue que T.C. le reveló que yo había sobornado al fiscal general de Panamá.

La DEA había asegurado a T.C. y a Verne que si hablaban, podían estar a bordo de un avión rumbo a casa en menos de una hora. T.C. y Verne hablaron y la DEA cumplió con su trato. Ambos pilotos pronto estuvieron abordando un avión a Miami. Al mismo tiempo, a Harold y a mí nos llevaron a empellones por una oscura y empinada escalera parecida a un túnel, que descendía hasta las entrañas de la Modelo, la prisión más grande, segura y vil de Panamá.

Cuando me detuve un instante para recuperar la orientación en los escalones apenas iluminados, un guardia me golpeó la espalda con un palo. Me contraje de dolor, seguro de tener las costillas rotas, pero seguí avanzando a tropezones.

Todo estaba frío y húmedo, y cuanto más descendíamos, más aumentaba el hedor. La única luz provenía de una pequeña ventana en lo alto de las escaleras.

Llegamos a un bloque de celdas que constaba de ocho celdas pequeñas con un angosto pasillo que corría frente a ellas. Se nos obligó a Harold y a mí que nos quitáramos toda la ropa a excepción de la ropa interior, luego nos tiraron juntos en una celda propia. En la celda contigua, un cubículo que pudiera contener tal vez dos o tres hombres en una cárcel de Estados Unidos, había más de treinta hombres amontonados. Parecían animales salvajes, mayormente desnudos y sucios. Muchos gritaban a voz en cuello:

—¿Quiénes son ustedes? ¿Por qué están aquí?

El olor a excremento humano y vómito saturaba el aire. Yo apenas podía caminar. Mi cerebro estaba adormecido y estaba físicamente agotado.

—No permitas que te derroten, Jorge —decía a cada rato Harold—. No permitas que te maten. Cuanto más luches, más fácil resultará.

Yo sabía que lucharía, era parte de mi naturaleza, pero ya no sabía con seguridad por qué peleaba. Como T.C. había dejado todo al descubierto, incluso las personas que pudieran habernos brindado ayuda estarían ocultos… o bien estarían huyendo para salvar su vida. Nadie nos ayudaría ahora. Estábamos perdidos.

En nuestra ropa interior, Harold y yo permanecimos inmóviles en un piso de cemento manchado de un pegajoso mosaico de sangre, excremento y vómito. Me preguntaba cuántas lágrimas habían sido incluidas en la mezcla.

Harold de repente empezó a reír a carcajadas. Tuve temor de que hubiera perdido la razón.

—¿Estás loco? ¿De qué te ríes?

Tragándose otra carcajada, Harold me recordó nuestra conversación en el Bogotá Hilton acerca de dormir en el piso. Sin quererlo, yo también empecé a reír, mientras que los demás prisioneros nos miraban boquiabiertos como si fuéramos animales desquiciados.

—No se reirán por mucho tiempo —escuché que decía uno de los hombres—. Esperen a que venga la G-2.

Ese comentario hizo que recobráramos un poco de seriedad. Harold confirmó que era probable que viniera pronto la G-2 para torturarnos.

—He estado antes en situaciones como esta —me dijo—. Como único pude sobrevivir fue luchando en contra de ellos. Cuanto más me torturaban, más peleaba yo. Al presentar pelea uno libera energía. Hace que el dolor sea más tolerable.

—Jorge —me volvió a decir—, si hemos de sobrevivir aquí, será necesario que presentemos lucha.

Esto es una guerra, decidí. Harold y yo enfrentados a todos ellos: los demás prisioneros, los guardias, los agentes de la DEA, los gobiernos de Panamá y Estados Unidos, y cualquier otro.

Y jamás me derrotarán.

DIECISIETE

TORTURADO

El simple bullicio en la prisión débilmente iluminada hacía que fuera difícil pensar con claridad. Los demás prisioneros gritaban una constante sarta de obscenidades.

¿Será esto el infierno? me preguntaba.

Un tiempo después, no sabíamos si era de día o de noche porque siempre estaba tan oscuro en el interior de ese lugar espantoso, un escuadrón de ocho soldados panameños entraron corriendo al sector de celdas. Los otros prisioneros gritaron aterrorizados.

Los soldados abrieron nuestra celda, nos agarraron a Harold y a mí y nos tiraron al suelo. Para defendernos, intentamos morder y patear a los soldados, pero rápidamente nos vencieron. Nos tiraron de los brazos hasta llevarlos detrás de nuestra espalda, luego nos pusieron esposas en las muñecas y grilletes en los tobillos. Después nos levantaron y nos tiraron boca abajo en el piso de cemento.

El sargento, un hombre pequeño pero fornido que apestaba a sudor, ladraba órdenes en español.

—¡Patéenlos! ¡Golpéenlos! ¡Oblíguenlos a hablar! —rugió—. Estos hombres intentan envenenar nuestro país. Intentan sobornar a nuestros políticos. ¿Qué se creen estos gringos que vienen a nuestro país y hacen estas cosas?

La bota de un soldado crujió contra mi cara, haciendo que mi cabeza rebotara contra el piso de cemento. Le siguieron un golpe tras otro. Al cabo de unos diez o quince minutos de palizas continuas, ya no sentí nada. Pero mis pensamientos seguían siendo coherentes: *¡De alguna manera los voy a vencer! No me daré por vencido.*

De repente encontré la fuerza para presentar pelea, arremetiendo y pateando estilo karate con mis piernas atrapadas en los grilletes. Harold también estaba peleando, tanto física como verbalmente, maldiciendo a los panameños en voz alta.

Rápidamente me di cuenta que nuestras lenguas eran nuestra única verdadera arma de defensa.

—¿Eso es todo lo que pueden hacer? —los provocaba—. ¿Acaso no me pueden golpear más fuerte? Hagan lo que hagan, ¡no me pueden vencer!

Cuatro soldados me levantaron en el aire y me lanzaron contra la pared con fuerza. Me empujaron la cabeza contra las rejas mientras seguían pateando y golpeándome.

Doblado hacia adelante, con la cara apretada contra un costado, podía ver al agente Sedillo de la DEA afuera de la celda, riéndose con Lino y otros dos oficiales panameños. De mi interior brotó un odio inmenso y salvaje hacia Sedillo.

Con la cabeza aún trabada entre las rejas, le grité, lanzándole todos los epítetos insultantes que se me ocurrían.

—¿Por qué no nos quita las esposas y viene a la celda con nosotros y se comporta como un hombre? No, así son ustedes los muchachos del gobierno, todos gallinas que se escudan detrás de una insignia. Eres un cerdo. Por eso todos los días compro y vendo a los de su calaña. ¡Por eso voy a envenenar a sus hijos! —le disparé una andanada tras otra.

Cuanto más fuerte gritaba y más insoportable me volvía, más me golpeaban los soldados, hasta quedar completamente insensible. Al final, me golpearon la cabeza contra las rejas y perdí el conocimiento.

Me desperté acostado en el cemento en posición fetal. Poco a poco abrí los párpados cubiertos de costras de sangre. Ya no tenía puestas las esposas. Intenté moverme, pero mi cuerpo no cooperaba, así que me quedé allí acostado tratando de enfocar la mente. Harold estaba acostado en el piso frente a mí, su rostro cubierto de sangre. Habíamos ganado la primera batalla, ¿pero ganaríamos la guerra?

Retorciéndome de dolor con cada movimiento, Harold y yo lentamente nos fuimos corriendo hasta apoyarnos contra la pared. Nos sentamos y hablamos en la oscuridad, sin saber cuándo sobrevendría el siguiente ataque.

Intentamos dormir acostados sobre el cemento, dando vueltas hacia un lado y luego hacia el otro, tratando de acomodar nuestro cuerpo al dolor punzante y el frío del cemento contra nuestra piel desnuda. Insectos y ratas nos caminaban por el cuerpo en la oscuridad. La sangre fresca debe haber sido una delicia para ellos. Después de un rato, me quité lo que quedaba de mi ropa interior y me envolví la cara para impedir que las alimañas me entraran a la boca.

El dolor me envolvió. Me sentía como un pedazo de carne que había sido golpeado por el carnicero. Finalmente me escapé entrando en sueño.

Me desperté con la sensación de goma dura y cuero aplastándome las costillas. Lo que parecían ser diez guardias estaban otra vez en la celda, pateando y golpeándonos a Harold y a mí. No nos esposaron; esta vez tenían suficientes guardias para dominarnos.

Nuestra táctica defensiva era la misma: patear y lanzarles insultos.

—Les sugiero que hablen a la DEA —nos gritaba el sargento maloliente—. Sugiero que digan la verdad. ¿Quiénes son sus socios? ¿Quién es este Manuel Garcés? Llevaban drogas a Miami, ¿verdad?

Nuevamente, los soldados nos golpearon hasta dejarnos sin sentido en el piso. Con mi último suspiro de conciencia, le grité una obscenidad al sargento y luego caí en la oscuridad.

Al despertar, estaba demasiado adolorido para moverme. Aparentemente Harold estaba en estado similar. Dimos a conocer que estábamos con vida, pero no hablamos mucho. Sin energía para darnos vuelta, permanecimos acostados donde nos encontrábamos.

Escuchamos a uno de los presos que pasaba con una pila de bazofia, que les daba de comer a los otros prisioneros a través de las rejas. Se detuvo frente a nuestra celda.

—Los van a matar —dijo él—. Más les vale hablar.

Pero hablar no era una alternativa viable para mí, ya que había dado mi palabra de mantenerme leal a mis amigos.

Habíamos perdido toda noción del tiempo, pero nos pareció que pasó como un día sin que vinieran los soldados a darnos una nueva golpiza. Harold y yo nos quedamos sentados en el piso, mirando a través de las rejas, aguardando el siguiente ataque.

Nada de esto parecía estar alterando a Harold. Cuando nuestras circunstancias parecían ser desesperantes, él se reía y su risa se convirtió en mi fuente de fortaleza, el combustible que me capacitaba para seguir adelante. ¿Cuán mala podía ser la situación si el tipo desnudo que estaba a mi lado se reía?

Luego escuchamos que los demás prisioneros gritaban: «¡Aquí vienen!»

Harold y yo juntamos nuestra fuerza y nos acercamos a las rejas de la celda. No queríamos dar a nuestros atacantes espacio para entrar de golpe y atraparnos contra las paredes. A fin de demorarlos un poco, habíamos envuelto con nuestra ropa interior las rejas de la puerta de la celda. Estábamos dispuestos a probar cualquier cosa que pudiera darnos por lo menos un segundo adicional para presentar pelea antes de que empezara la golpiza.

Los soldados, esta vez demasiados para contarlos, se juntaron ante la puerta de nuestra celda, se abrieron paso por la ropa interior atada y se metieron a empujones, tirándonos al piso. Cuando varios soldados empezaron a aporrearme, escuché que Harold gritaba: «¡Lo van a matar! Es solo un muchacho. ¡Vengan a pelear conmigo, partida de cobardes!»

Sabíamos que nuestros mejores esfuerzos eran vanos; a estas alturas estábamos demasiado débiles para dar un puñetazo o incluso dar una patada. La mera fuerza y cantidad de soldados nos superaban y estábamos a la merced de ellos. Aun así, forcejeábamos.

Nos volvieron a esposar y nos aseguraron las piernas con cadenas. Luego arrastraron a Harold fuera del sector de celdas. Por primera vez desde que nos habían encarcelado, me sobrevino un temor descarnado. *¿Dónde llevan a Harold? ¿Qué le están haciendo a mi compañero?*

Los soldados volvieron a la celda cargando latas de gasolina. Estando acostado en el piso con las manos atadas detrás de la espalda, vi que el sargento daba indicaciones a los hombres que sostenían la gasolina. Se acercaron con cautela, luego me rociaron. Mi cuerpo gritaba de dolor al penetrar la gasolina en mis heridas abiertas.

Tenía la seguridad de estar a punto de morir. Sería mi última victoria sobre mis captores. Ya no podrían lastimarme y no tendrían la información que buscaban.

No tenía planes de ir al cielo, pero el infierno ciertamente no podía ser peor que el lugar donde me encontraba.

Aproveché una última oportunidad para decirles a mis torturadores lo que opinaba de ellos. Maldije a los soldados. Maldije a Lino y Sedillo, que sabía era el responsable de estas atrocidades. Maldije al oficial a cargo de mi tortura.

—Voy a violar a sus hijas —le dije rugiendo. Y al maloliente sargento dije despectivamente—: ¡Y voy a violar a su esposa estando usted presente!

—Nunca tendrá oportunidad de hacerlo —dijo riendo el sargento—. ¡Voy a ver cómo se ve usted encendido!

—Le daré una última oportunidad. Dígame que está listo para hablar con la DEA —dijo mientras tomaba un paquete de cerillas.

Volví a lanzar una andanada de improperios. El sargento hizo el ademán de encender una cerilla y tirarla sobre mí, pero esta no estaba encendida. Sacó otra.

De repente mi mente se llenó de pensamientos similares a los que experimenté al caer nuestro avión. Era casi como si viera toda la escena en una pantalla en mi mente. *¿Estoy en llamas ahora? ¿Cuánto tardará en quemarse mi piel? ¿Cuán-*

to tiempo me llevará morir? ¿Será esto la muerte? Decidí no luchar, no hacer de la muerte un proceso largo, sino que partiría rápido y con dignidad. *Pronto se acabará todo.*

El sargento me dirigió una mirada fulminante mientras recorría con los dedos el paquete de fósforos. Pero en lugar de encender uno, le hizo señas a otro guardia que estaba sosteniendo algo que parecía ser un bastón. Para mi horror, me di cuenta que el palo era una picana eléctrica.

Los soldados se me acercaron y me separaron las piernas. El que sostenía la picana se cernía sobre mí. «Veamos qué tipo de hombre es usted», dijo él.

Me presionó con fuerza la picana contra los testículos y me dio una descarga eléctrica. El cuerpo me dio un culatazo y un sacudón en el aire. Dejé escapar un grito fuerte, un aullido gutural. Una y otra vez me metieron la picana entre las piernas, descargando una corriente eléctrica que me recorría las partes pudendas. Sentí que convulsionaba. Al desvanecerme en un estado semiinconsciente, me oriné mientras mis torturadores reían a carcajadas.

Volví a la realidad por un momento, luego desaparecí en un hoyo profundo y oscuro. No sabía si estaba vivo o muerto, en este mundo o en el más allá.

Recuperé el conocimiento lo suficiente para escuchar que Harold maldecía a sus captores, insultándolos con palabrotas incalificables. Luego escuché que gemía al patearlo ellos repetidamente y luego atacarlo con la picana.

Finalmente, mi mente y mi cuerpo ya no pudieron soportar más. Perdí el conocimiento por completo.

Floté varias veces entre consciente e inconsciente antes de despertar del todo. Cuando abrí los ojos, tenía la vista borrosa, pero pude divisar el contorno ensangrentado de Harold acostado a mi lado.

No podía mover ninguna parte del cuerpo y tenía los labios demasiado hinchados para hablar. Lo único que podía hacer era abrir y cerrar los ojos lentamente, despertando apenas, para luego volver a dormir. Era demasiado doloroso permanecer despierto. El sueño se convirtió en mi mejor amigo.

DIECIOCHO

OLOR A LIBERTAD

Nuestros torturadores cometieron un error crucial al permitir que Harold y yo permaneciéramos en la misma celda. De habernos separado, uno o ambos quizá nos hubiéramos dado por vencido. Pero juntos, nuestra fuerza se incrementaba en forma exponencial. Cuando uno estaba o ambos estábamos cerca del punto de derrota mental, o cuando el dolor intenso parecía ser demasiado para soportar, el otro hacia bromas acerca de nuestras circunstancias. El poco de risa que lográbamos producir nos servía de anestesia, manteniendo nuestro espíritu en alto y ayudándonos a curar el cuerpo.

Durante una pausa en las golpizas, noté un pequeño ratón que correteaba metiéndose y saliendo de nuestra celda. Se nos acercaba descaradamente, como si supiera que estábamos indefensos y que no lo podíamos lastimar. No teníamos comida para darle, pero seguía apareciendo. Casi llegó a ser una especie de amigo. Le puse de nombre Mickey y empecé a aguardar con expectativa sus apariciones.

Mickey se convirtió en nuestro Paul Revere, advirtiéndonos de peligro inminente. Nos venía a visitar un rato, luego de repente salía corriendo y se ocultaba en la oscuridad. Cada vez que desaparecía, un rato después recibíamos la «visita» de los guardias.

Pasaron sin que sucediera nada en particular lo que parecieron ser dos días completos y Harold y yo empezamos a recuperarnos. Seguíamos estando doloridos por causa de las golpizas y débiles por no comer. Teníamos el cuerpo hinchado y amoratado, pero el espíritu en alto. Seguíamos con vida y no habíamos dado información a los guardias.

Luego se abrió de golpe la puerta del bloque de celdas y los soldados se apiñaron alrededor de nosotros. Harold y yo no podíamos movernos con mucha rapidez ahora, y todavía estábamos arrastrándonos por el piso cuando los soldados irrumpieron en nuestra celda.

—¡De pie! —ordenó uno de ellos.

Nos pusimos de pie con esfuerzo. Solo conté cinco soldados en la celda con nosotros. Al sacarnos a empellones, me invadió un rayo de esperanza. Quizá nos llevaban a otra parte.

Nos obligaron a caminar por el corredor y subir por una escalera hasta el techo, que estaba cubierto de celdas llenas de prisioneros. A pesar de recibir con gusto el aire fresco, temblábamos sin cesar al golpear el frío nuestros cuerpos desnudos.

—Caminen —ordenó el líder—. Este es su tiempo de ejercicio.

Harold y yo empezamos a caminar por el techo; con paso cansino pasábamos frente a las celdas. Los otros prisioneros se burlaban de nosotros, gritando:

—¡Oye, gringo! —mientras exhibían sus genitales y nos anunciaban cómo pensaban violarnos sexualmente. Parecía inútil responderles ya que necesitábamos toda la energía posible para nuestra próxima batalla con los soldados. Además, teníamos que seguir en movimiento para evitar congelarnos.

Caminamos durante horas antes de que los guardias finalmente nos empujaran nuevamente hacia abajo hasta nuestra celda. Durante el resto de la noche no pude dejar de temblar.

Siguieron las golpizas. A veces los soldados nos esposaban a las rejas de la celda mientras nos golpeaban con cachiporras. En otras ocasiones sencillamente usaban los puños y los pies. Con cada golpiza se reiteraba el mensaje:

—A la larga hablarán con la DEA; para el bien de ustedes, más les vale hablar ahora.

A veces nos recordaban que T.C. y Verne ya habían hablado.

—Sus compañeros ya nos dijeron todo. Sabemos que llevaban drogas desde Colombia a Estados Unidos.

—¿Quién es este hombre, Manuel Garcés? —me preguntaban sin cesar.

Mientras Harold y yo nos negábamos a hablar, un día se iba uniendo con otro. Los nervios se me iban crispando. *¿Cuándo volverán los soldados? ¿A cuál atrocidad nueva nos someterán? ¿Cómo lo podré soportar?*

Uno de los guardias, que de tanto en tanto venía a ver cómo estábamos, era más amigable que los demás y no tomaba parte en ninguna de las torturas. A veces, se detenía a hablar con Harold y conmigo. Un día pasó después de una paliza particularmente brutal.

—¿Están bien? —preguntó en voz baja.

Me arrastré hasta las rejas y gruñí:

—Quiero que vaya a decirle a Noriega que a menos que me mate, voy a violar a su esposa y a sus hijos y luego lo voy a matar a él y a toda su familia. ¡Destruiré su existencia por completo! Él sabe que dispongo del poder para hacerlo, así que mejor que se deshaga de nosotros mientras le quede la oportunidad de hacerlo.

—¡Usted está loco! —me susurró roncamente el guardia mientras sacudía la cabeza—. No le voy a decir eso al coronel Noriega. Sin duda lo matarán.

Eso es exactamente lo que quiero, pensé. Pero el guardia necesitaba un incentivo.

—Tráigame un papel —le dije.

Me trajo un pedazo de papel y le escribí una nota a mi hermano instruyéndole que le diera al guardia diez mil dólares. Agregué que este guardia me había ayudado y que no había tomado parte en mi tortura. Firmé el pedazo de papel, luego se lo entregué entre las rejas.

—Ahora vaya y dígale a Noriega lo que le dije.

Al día siguiente, entró alguien hasta nuestra celda caminando con arrogancia y se quedó parado frente a la puerta. Desde donde estábamos acostados Harold y yo sobre el cemento miré hacia arriba. Aun con los ojos hinchados y la vista reducida, reconocí a Noriega. Casi me reí en su cara marcada, cubierta de cráteres, al darme cuenta de inmediato por qué la gente lo había apodó Cara de Piña. A pesar de ello, en su uniforme militar transmitía una imagen imponente, emitiendo un aura que decía que era dueño de todo y podía hacer lo que quisiera.

Me miró directamente:

—¿Eres tú el hombre que amenazó mi vida? ¿Eres tú el hombre que va a violar a mis hijos y a mi esposa?

Instintivamente supe que esta era nuestra última oportunidad. Era jugarse a todo o nada. De manera calmada pero enérgica le lancé obscenidades a Noriega.

El coronel se mostró sorprendido ante mi audacia. Aquí estaba un prisionero desnudo y golpeado lanzando improperios al hombre más poderoso del país. Sus ojos me atravesaron a medida que se me acercaba, hasta ponerse en cuclillas junto a mí.

—Cálmese —me dijo con voz queda—. No me culpe a mí; culpe a esos dos obreros suyos.

Sabía que se refería a Verne y T.C., pero no dije nada.

—A propósito —siguió Noriega burlonamente—, usted pagó al que no correspondía.

Acepté esto como una señal de esperanza. Pensé: *Quizá podamos negociar.* Los pensamientos se me agolpaban en la cabeza a mil por hora intentando urdir un plan.

—No pienso hablar a la DEA, así que más vale que me mate —le dije mirándolo con frialdad.

—No me importa si habla o no. Este no es nuestro caso. Pero obtenemos dinero de la DEA y a cambio debemos hacer ciertas cosas por ellos —dijo encogiéndose de hombros.

—Tengo dinero —respondí con la mayor frescura—. Y tengo el poder necesario para pagarle lo que quiera, sin condiciones, si tan solo da la orden de que nos liberen.

Durante un largo rato, Noriega se quedó mirándome. Luego, con gran lentitud, una sonrisa le arrugó la cara de piña.

—Su abogado vendrá a visitarlo —dijo sencillamente.

Tras decir eso, dio media vuelta y salió.

Aproximadamente un día después varios soldados vinieron a nuestra celda.

—Tiene una visita —anunció uno de ellos con total naturalidad, como si fuera un acontecimiento cotidiano.

Harold y yo salimos a tropezones por la puerta de la celda, pero los soldados empujaron a Harold hacia atrás.

—No, solo él —dijo el líder, haciendo un gesto que me señalaba a mí.

Me llevaron a un sector abierto cercano que tenía una ducha improvisada.

—Báñese —ordenó el líder.

No hizo falta que me lo repitiera. El agua estaba helada, pero disfruté de cada gota que caía sobre mí. Poco a poco froté la sangre y la suciedad de mi cuerpo.

—Vamos —gritaban ya los guardias—. Salga. Es hora de hablar con su abogado.

Me llevaron a una oficina donde vi al mismo abogado que debía habernos facilitado la liberación después de hablar con Miranda, el fiscal general. Al principio tenía deseos de estrangularlo por no haber logrado nuestra libertad. Pero después comprendí que no era su culpa.

El abogado me informó que alguien se había enterado del dinero pagado para obtener nuestra libertad, lo cual equivalía a intento de soborno del fiscal general de Panamá. También me explicó que mi hermano, J.C., había sido encarcelado, pero que ahora había sido puesto en libertad con órdenes de abandonar el país.

—Está esperando para verlo antes de partir —agregó el abogado.

—¿Mi hermano? ¿Está aquí? —temblaba de emoción. Los ojos se me llenaron de lágrimas.

Una avalancha de emociones me corrieron por el cuerpo cuando el abogado trajo a mi hermano a la habitación. De repente me sentí vivo otra vez. J.C. y yo corrimos hasta encontrarnos y nos abrazamos. Las lágrimas nos corrían copiosamente por la cara.

Finalmente me soltó, dio un paso hacia atrás y exclamó:

—¡Mira cómo estás, Jorge! ¿Te hirieron? Estás todo amoratado. ¿Te golpearon?

—No —le respondí—, esas marcas son de la celda en la que hemos estado durmiendo en el piso. No me han tocado.

Me esforcé por mantener la compostura al hablar de cómo estaban mamá y papá. Me hizo falta hacer uso de toda la fuerza de voluntad que me quedaba para evitar romper en llanto. Quería que J.C. fuera a casa y les dijera: «Jorge está bien; ha perdido un poco de peso, pero está bien.» Pensé, *Nunca deben enterarse de lo que me hicieron los torturadores.*

Estando mi hermano presente, el abogado me informó que Noriega estaba dispuesto a soltarnos a Harold y a mí, pero nos costaría otros doscientos cincuenta mil dólares.

Miré a J.C.

—No te preocupes, Jorge —me dijo—. Ya he informado a las personas correspondientes. Saldrás enseguida de aquí.

—Asegúrate de que nos manden a Costa Rica —le dije.

—Sí —respondió él—. No debes regresar a Miami. Monti Cohen dijo que necesita tiempo para averiguar lo que está sucediendo. Se han convocado varios jurados de acusación, pero no sabe si se ha hecho alguna acusación formal en lo que a ti respecta.

Por el momento no me preocupaba ninguna actuación legal que debiera enfrentar en Miami. Lo único que me interesaba era la oportunidad de salir de Panamá con vida.

J.C. me había comprado una gran hamburguesa. Estaba agradecido, pero en cuanto intenté comer, empecé a vomitar.

Luego hablamos durante unos veinte minutos más.

—Espérame en Costa Rica —le dije—. Todo saldrá bien.

J.C. y yo nos abrazamos y nos besamos, luego el guardia me llevó de regreso a mi celda.

Harold estaba eufórico cuando escuchó la noticia.

—¡Nos dejarán en libertad! —me palmeó la espalda y me dijo—: Te lo dije.

A pocas horas de saber que nos soltarían, Harold y yo empezamos a planificar nuestro próximo viaje de contrabando de cocaína. Queríamos reponer el dinero y la cocaína que habíamos perdido en Panamá.

Mi deseo de ingresar drogas de contrabando a Estados Unidos ahora lo impulsaba algo aun más poderoso que la avaricia: el deseo de desquitarme. Un deseo incontrolable de venganza en poco tiempo me impulsaría a llegar a alturas apasionadas y profundidades horrendas. Desde ahora en adelante, mi actitud hacia el gobierno era: «Ustedes saben quién soy, ustedes saben lo que hago; ahora atrápenme si pueden.»

Harold y yo hablamos toda la noche. De vez en cuando, lo miraba y solo sacudía la cabeza, asombrado ante su resistencia. Estaba sucio y su cuerpo apestaba con un olor hediondo, pero su espíritu era el de un guerrero. Tenía el corazón de un gigante.

Pasó otro día. Luego los guardias vinieron a buscarnos y ordenaron:

—Vayan a ducharse.

De camino a la ducha, pasé junto al guardia que había llevado mi mensaje a Noriega.

—No se preocupe —le susurré—. Usted recibirá su dinero; se lo aseguro.

Después de nuestras duchas frías, pero bien recibidas, los guardias nos devolvieron la ropa que llevábamos puesta el día de nuestro accidente de avión. Me devolvieron mis gafas y mis zapatos que nos habían quitado cuando nos llevaron a la Modelo, pero se quedaron con mis alhajas, incluyendo un anillo de diamantes y un costoso reloj Rolex Submariner de cuadrante azul, un regalo de cumpleaños que me había dado Manny Garcés. Al preguntar a los guardias por ellas, el oficial a cargo respondió bruscamente:

—No tenemos alhajas.

Los guardias nos metieron a Harold y a mí a empujones en el asiento de atrás de un automóvil. No estábamos esposados, pero un guardia se sentó entre los dos y dos guardias más se sentaron en el asiento de adelante. El automóvil salió rugiendo de la Modelo y con cada milla que nos acercaba más al aeropuerto podía percibir el olor a libertad en el aire.

Cuando los guardias nos dejaron en la terminal, nos dijeron que saliéramos del país: una orden que nos daba gran gusto cumplir. Harold y yo caminamos hasta la puerta desde donde partiría nuestro vuelo a Costa Rica en unas dos horas.

Nos sentamos y estábamos recién empezando a relajarnos cuando un pelotón de soldados entraron en tropel a la explanada. Nos rodearon, y uno de ellos me miró a mí.

—¿Jorge Valdés?

—¿Sí?

—¿Harold Rosenthal?

Harold asintió con la cabeza.

—Acompáñennos, el vuelo está listo —dijo el oficial con firmeza.

Pensé que quizá la aerolínea había cambiado de puerta y que la gente de Noriega simplemente estaba asegurándose de que abandonara el país. Pero al acercarnos a la nueva puerta, me di cuenta que nos subían a un vuelo rumbo a Miami.

—No nos dirigimos a Miami, vamos a Costa Rica —les dije a los oficiales.

—Cállese —me dijo uno de ellos y me puso un arma en la espalda.

Los soldados se amontonaron a nuestro alrededor y nos empujaron por la puerta hacia el interior del avión. Literalmente nos tiraron a Harold y a mí dentro del avión como dos bolsas de papas.

Los pasajeros que estaban a bordo nos miraban horrorizados, pero ninguno se atrevía a levantar un dedo en contra de la policía militar. Los pasajeros rápidamente volvieron a sus revistas y a sus conversaciones. Finalmente Harold y yo quedamos sentados y el vuelo partió rumbo a Estados Unidos.

Nuevamente me invadió el temor a lo desconocido, pero no tenía intención de permitir que me dominara. Me recliné y cerré los ojos. *Lo peor ha pasado*, me dije. No me habían atrapado contrabandeando drogas en Estados Unidos, así que las autoridades de Estados Unidos no tenían nada en mi contra.

Además, aun cuando intentaran presentar cargos en mi contra en Miami, mi gente era dueña del ruedo legal en esa ciudad. Teníamos fiscales y jueces contratados, así como también un despliegue de oficiales municipales, estatales y federales. *No hay manera de que me declaren culpable siquiera de una infracción de estacionamiento en Miami.*

Al aterrizar el avión, permanecimos en la pista durante largo rato antes de que los pilotos arrimaran el avión a la manga. Pronto varios agentes de la DEA aparecieron en la puerta del avión y corrieron hasta donde estábamos sentados Harold y yo. El hombre al frente anunció:

—Soy el agente Adam Degaglia, de la Agencia de Control de Drogas. Queda usted arrestado. Se le ha acusado de conspiración para ingresar narcóticos a Estados Unidos —el agente me miró y dijo en voz baja—: Bienvenido a las ligas mayores, hijo.

Nos condujeron hasta un vehículo policial, en el que luego nos llevaron hasta una oficina de la DEA cerca del aeropuerto de Miami. En el camino, el agente Degaglia me informó que la DEA tenía grabaciones de video comprometedoras que me mostraban con claridad haciendo tratos de cocaína en el Hotel Mutiny de Miami, donde Sal y yo manteníamos alquiladas varias habitaciones para reuniones y para clientes de fuera de la ciudad. Estaba seguro de que me estaba engañando.

Nos hicieron entrar a una sala de interrogación y nos pidieron que hiciéramos una declaración.

—No —dije yo—. Quiero hablar con mi abogado.

—Muy bien —respondió el agente Degaglia—. Los llevarán a la cárcel del Condado de Dade. Al llegar allí, podrán hacer una llamada a su abogado.

Luego me habló en un tono de voz casi paternalista:

—Sabe una cosa, joven, he escuchado que usted es un tipo inteligente. Cuando lo miro, pienso en mi propio hijo que tiene aproximadamente su edad —sacudió la cabeza con tristeza, luego continuó—: Quiero dejarle algo en qué pensar.

Me quedé mirándolo sin expresión alguna, no queriendo dejar entrever ningún sentimiento.

—Piense en estas probabilidades, Jorge. Nosotros podemos permitirle que haga su contrabando impunemente un millón de veces. Usted puede ingresar un millón de cargas y nosotros no perdemos nada —hizo una pausa, mirándome directamente a los ojos—, pero usted no puede dejarse atrapar ni una sola vez.

Fijé los ojos en el piso y mi corazón se sintió herido ante sus palabras. No tenía respuesta para darle.

DIECINUEVE

SORPRESAS EN EL TRIBUNAL

Después de que los agentes de la DEA nos tomaran las huellas dactilares y nos sacaran fotos a Harold y a mí, nos llevaron a la sobrepoblada cárcel del Condado de Dade para aguardar la acusación formal. Todas las literas y los catres estaban ocupados, así que Harold y yo dormiríamos nuevamente en el piso.

Esa noche comimos nuestra primera comida de regreso en Estados Unidos, un sándwich desabrido de la prisión que a mí me pareció filet mignon.

Más tarde esa noche vino Monti Cohen a vernos. Después de abrazarnos y conversar brevemente, Monti me informó de modo formal que no me podía representar en este caso; tenía un conflicto de interés debido a su representación de nuestro piloto vuelto informante, T.C. Michaels, en dos otros casos, uno en el pasado y otro pendiente. En vista de esto, acepté la sugerencia de Monti de que permitiera que me representara su socio, Art Tifford.

Estaba programado que apareciéramos ante el tribunal al día siguiente y Monti hizo una predicción de que mi fianza se fijaría en el orden de los doscientos mil dólares.

—No creo que tengas de qué preocuparte —agregó—, ya que el gobierno no ha formulado cargos en tu contra.

Monti agregó que se habían formulado cargos contra mi socio, Sal Maglutta, en otro caso relacionado con drogas.

—¿Tienen algo en mi contra? —le pregunté.

—Pues, no formularon cargos —respondió Monti—, pero sí te tienen grabadas dos conversaciones telefónicas.

—Sin embargo, no formularon cargos, ¿verdad?

—No, ninguno.

No me preocupaba demasiado la situación de Sal. Con sus conexiones, fácilmente podía reunir la fianza para salir de la cárcel. Además, en el sistema legal de Florida podíamos sobornar a quien nos hiciera falta.

Me sentía igual de seguro por mi caso; con ingenuidad me recordaba que el gobierno no me había atrapado haciendo nada ilegal en los Estados Unidos.

Al hablar más tiempo con Monti me puso al tanto de los datos respecto de cómo la DEA había logrado atraparnos tan rápidamente en Panamá. Nunca se me ocurrió preguntarle a Monti cómo había recabado tanta información en tan poco tiempo. En cambio, lo escuché absorto al explicarme cómo una investigación de amplio espectro de la DEA, centrada en Harold Rosenthal y su avión, se había puesto en marcha unas cuantas semanas antes de nuestro accidente en Panamá. Aparentemente el avión había sido rastreado al hacer nuestro viaje a Sudamérica a fin de llegar a Bolivia y rápidamente había sido identificado después del choque en Panamá. La DEA sospechaba que el avión se dirigía de regreso a Estados Unidos cargado de drogas.

Al escuchar a Monti hacer un repaso de los entretelones de nuestro arresto, resultaba obvio que las fuerzas que operaban en contra de nosotros, la policía, los soldados y Noriega en Panamá, como también la DEA de EE.UU., habían estado todos en una sola nómina desde el principio.

Abracé a Monti mientras se disponía a partir.

—Te veré mañana en el tribunal —me dijo.

A la mañana siguiente, 10 de mayo de 1979, alguaciles federales nos esposaron a Harold y a mí; luego nos llevaron a la sala del tribunal. Mientras nos conducían por el pasillo pensé: *Saldremos de aquí en cuestión de horas.*

«Harold, ¿qué te gustaría cenar esta noche?» pregunté de buen ánimo. No habíamos tenido una buena comida desde nuestra fiesta en Bogotá varias semanas antes. Me moría por saborear comida cubana e invité a Harold a la casa de mi mamá esa noche para disfrutar de un banquete.

Al entrar al tribunal, vi a mis padres sentados en un banco. Junto a mamá estaba Luchy, mi ex esposa y amante, y junto a ella estaba mi esposa, Christine. No lo podía creer.

«Todos de pie», escuché que decía el alguacil, al entrar el magistrado Herbert Shapiro a la habitación. Me incliné y le susurré a mi abogado, Art Tifford: «Di a mi familia que me llevarás a casa en unas pocas horas. No me permitas salir ahora; no quiero tener que decidir con cuál mujer me voy de aquí.» Lo último que deseaba era que Christine se enojara conmigo. Siendo mi esposa no podía ser obligada a testificar en contra de mí, pero si se enojaba lo suficiente por causa de Luchy, podía llegar a hacerlo de todos modos, aunque poco sabía de mis negocios con drogas.

Art se rió y me prometió llevarme a casa una vez que terminaran las actuaciones en el tribunal.

Luego de asegurarse que Harold y yo comprendíamos los cargos en contra de nosotros, conspiración para ingresar cocaína de contrabando a Estados Unidos, el juez Shapiro pasó directamente a una audiencia por la fianza a fin de determinar si podíamos salir bajo fianza y, de ser así, a qué precio.

A estas alturas me enteré que Monti Cohen había omitido revelar una pieza clave de información cuando recomendó por primera vez que trabajáramos con Harold Rosenthal. Peter Koste, el fiscal federal, anunció al juez: «Deseo advertir a la corte que hay un doble auto de detención expedido contra el señor Harold Rosenthal en el distrito medio de Georgia, división de Macon, por haberse fugado estando bajo fianza.»

Miré sorprendido a Harold, que se permitió un esbozo de sonrisa mientras se encogía levemente de hombros.

Mientras tanto, Monti Cohen brillaba por su ausencia.

Koste siguió adelante solicitando una fianza de un millón de dólares para Harold; luego agregó: «Para el señor Valdés se recomienda una fianza de caución de cinco millones de dólares.»

¡Cinco millones de dólares! Casi no podía creer lo que escuchaba. ¿Cómo podían establecer una fianza de un millón para Harold, un fugitivo que se enfrentaba a cargos en otro estado por haberse fugado estando bajo fianza y estamparme cinco millones a mí, un muchacho de veintitrés años sin expediente criminal ni cargos previos?

Me di vuelta y observé que mi madre se secaba las lágrimas de los ojos. Me esforcé por dar la impresión de que no me preocupaba la fianza, pero el corazón me latía con fuerza.

Me tomaron el juramento como testigo y se inició el interrogatorio, la primera de mis cientos de horas de testimonio ante un tribunal. El magistrado Shapiro se encargó de gran parte de las preguntas iniciales, intentando establecer mis ingresos. Luego Peter Koste me interrogó sobre la misma información. A pesar de que solo cumplía con su trabajo, sentí desprecio por su actitud arrogante y todo lo que él representaba. *Puedo comprar a los de tu calaña cualquier día de la semana*, pensé, a la vez que le lanzaba una mirada fulminante. Respondía de manera cortante, dando apenas un mínimo de información. Se trataba de una guerra y no pensaba darle al enemigo más argumentos de los que ya tenía.

Las actuaciones se centraron principalmente en mis bienes económicos, mi capacidad de mantenerme fuera del país y el riesgo resultante de que huyera del país si se me otorgaba la libertad bajo fianza. Por causa del complejo sistema que había desarrollado para el lavado de dinero, mi salario de la compañía de comercio bananero figuraba como solo cincuenta mil dólares y mi patrimonio neto como ciento cincuenta mil dólares… lo cual era menos de lo que gastaba en champaña en un solo año.

El magistrado y el fiscal no se tragaban nuestra afirmación de que yo simplemente era un comerciante frugal. Querían saber todo con respecto a mis viajes fuera del país, las personas con las que me reunía, mis clientes en el comercio bananero y todo tipo de detalles al intentar demostrar que yo disponía de otros bienes a partir de los cuales podría sobrevivir cómodamente en Europa o en Sudamérica.

Los abogados pasaron un tiempo considerable tratando de determinar el valor de la cocaína encontrada en nuestro avión accidentado, arribando finalmente a una cifra de cinco millones ochocientos mil dólares como precio minorista en Miami. La discusión también giró en torno al dinero pagado a las autoridades panameñas para intentar lograr nuestra libertad. Art Tifford fue habilidoso en desbaratar los esfuerzos del gobierno por encasillarme y trabajó con diligencia para que me redujeran la fianza, permitiéndome así ir a casa. Art me agradaba; era brillante y directo, un abogado sin vueltas, ex integrante de la armada y ex abogado de la fiscalía federal. Sentía que estaba en buenas manos.

La encarnizada batalla legal de idas y vueltas se prolongó a lo largo del día... ¡y solo se trataba de la audiencia para fijar la fianza! Al principio disfrutaba de mi lucha verbal con el juez y el fiscal, haciendo una competencia de nuestra agudeza en cada punto. Pero después de un rato las preguntas se volvieron repetitivas y tediosas.

Finalmente el juez Shapiro anunció: «El tribunal ha determinado que el acusado dispone de considerable patrimonio fuera de Estados Unidos, tiene acceso a dicho patrimonio y tendría la posibilidad de huir del país y existir fuera de Estados Unidos... A menos que el presente tribunal fije una fianza considerable, este tribunal no tiene la seguridad de que este hombre se presente en todas las etapas de estas actuaciones. Por consiguiente, el tribunal fija una fianza de dos millones de dólares.»

Art Tifford anunció de inmediato que apelaríamos; el juez fijó el 18 de mayo de 1979 como la siguiente fecha para comparecer ante el tribunal.

A pesar de que dos millones era una cifra mucho mejor que cinco millones, seguía siendo una suma enorme de dinero. Podía reunirla con facilidad, pero ese no era el tema en cuestión. ¿Por qué hacerlo? ¿Cómo justificar presentar una suma tan grande de dinero al gobierno siendo que la probabilidad de que me condenaran sobre la base de las pruebas disponibles era altamente dudosa? Al fin y al cabo, la prueba principal ya no existía; Noriega ya había vendido la cocaína. Además, sabía que si pagaba los dos millones, el gobierno procuraría implacablemente determinar de dónde provenía.

Estaba confundido, enojado y desanimado cuando los alguaciles empezaron a escoltarme de regreso a la cárcel. Intenté mostrar un rostro sereno al pasar junto a mis padres, pero no pude evitar notar las lágrimas que corrían por la cara de mi madre. *¿Cuántas balas le he disparado al corazón?* Sobrecogido de emoción, rápidamente miré hacia otro lado. Ese día, la fiscalía se había esforzado por destacar los millones de vidas destruidas por causa de mis supuestas actividades de drogas, pero al salir caminando de ese tribunal, la persona cuyo dolor sentí más fue mi madre.

Nos llevaron a Harold y a mí al Miami Correctional Center [Centro Correccional de Miami] (MCC). Al entrar debimos cumplir con los procedimientos de recepción de rutina, completar formularios, soportar un cateo corporal y breve examen médico y vestirnos con ropa de la prisión. Nos pusieron a Harold y a mí en una misma celda, con dos camas, un inodoro, un lavamanos y un escritorio… casi como una habitación en la residencia de estudiantes universitarios. La prisión con aire acondicionado disponía de una gran sala común alfombrada, una sala para mirar televisión e instalaciones de recreación y ejercicio. Harold y yo aprendimos rápidamente la rutina de la prisión, el código de conducta de los presos y el sistema ilegal pero floreciente de adquirir mejor comida, ropa planchada e incluso sábanas más limpias.

Me hice amigo de un preso de nombre Celestino que se convirtió en mis ojos, oídos y manos dentro de la prisión. Lo que yo quisiera o necesitara, Celestino se encargaba de que se hiciera realidad.

Por causa de mi condición de barón de la droga, pronto tuve un escuadrón de presos que querían estar a mi alrededor. Algunos tenían la esperanza de obtener dinero, otros querían drogas y otros sencillamente estaban prendados de mi reputación y poder. Sean cuales fueren sus motivos, ellos cuidaban de mí, así que yo cuidaba de sus necesidades económicas.

Mis socios que estaban afuera lograron pasarme de contrabando mil dólares y una bolsa de cocaína para hacer trueques. La cocaína era la moneda de preferencia entre los presos ya que tenía mayor poder de adquisición que el dinero en efectivo. Le entregué la coca y el dinero a Celestino para que me lo escondiera, luego lo repartimos a nuestros «obreros» de acuerdo con la necesidad.

Un día recibí una visita de un contacto vinculado con el sistema legal, que de manera informal mencionó que había escuchado que el juez que presidía mi caso posiblemente podía ser «alcanzado», lo cual significaba que podía mostrarse abierto a un soborno por medio de otro abogado que pudiera «ejercer cierta influencia». El precio del abogado eran treinta mil dólares.

«Veremos lo que se puede hacer», respondí.

Trazamos el panorama ideal para pasárselo a nuestro abogado intermediario: una fianza de caución de quinientos mil dólares respaldado por mi hacienda y la casa de mis padres. Si el juez fijaba esta cifra como fianza, supondría que el juez había sido alcanzado y que no me habían engañado.

«Si esto da resultado», le prometí al contacto, «te pagaré cincuenta mil dólares.»

En la siguiente audiencia el 18 de mayo, Art parecía sentirse increíblemente confiado y el juez Shapiro parecía estar más relajado y menos autoritario. Al principio de las actuaciones del día, Peter Koste nos tomó desprevenidos al insistir que mi fianza se aumentara de dos millones a cinco millones de dólares. Él y Art Tifford se volvieron a enfrentar al repasar todos los detalles del caso. Art habló de manera convincente y bien articulada; conocía la ley y podía citar casos relevantes de memoria.

En cierto momento el magistrado Shapiro interrumpió el debate de ellos para mencionar que el juzgado estaba preocupado por todo el «dinero que andaba flotando» en las pruebas de mis tratos comerciales, dinero que pudiera ayudarme a salir de Estados Unidos para escapar a la extradición.

El juez Shapiro y Art Tifford continuaron su lucha verbal. Cuando el juez se dirigió a Peter Koste y le preguntó si tenía algo más para decir, el fiscal respondió de manera sucinta:

—El gobierno opina que si el tribunal fija una fianza de dos millones de dólares para el señor Valdés, se fugará. Si el tribunal fija una fianza de cinco millones, se fugará.

Ante eso, el fiscal y el juez entablaron una discusión más prolongada.

—Es un gran riesgo, Su Señoría —concluyó Koste—. Él se enfrenta a quince años. Tiene motivo de sobra para fugarse y dispone del dinero para hacerlo.

El juez parecía estar ansioso por volver a tratar el asunto de mi patrimonio y el de mis padres y mi hermano que pudiera usarse como colateral para la fianza. A esas alturas tenía la certeza de que el juez era de los nuestros.

Art se dirigió a mí.

—Señor Valdés, si el tribunal redujera la porción financiera de su fianza, ¿promete cumplir absolutamente todas las órdenes del tribunal?

—Sí, lo haría, Su Señoría —dije mirando fijo al juez.

Para presentar nuestros puntos finales, Tifford llamó al estrado a William Bailey, un abogado anciano y amigo cercano del juez Shapiro. Bailey señaló que el delito del que se me acusaba no era una ofensa capital y enfatizó que el propósito de la fianza era garantizar mi presencia en el tribunal; no fijarle un valor tan elevado que me mantuviera en prisión hasta el día de mi juicio.

Me sentía confiado de que habíamos ganado ese día.

—Otro elemento de juicio que el tribunal debe considerar al fijar la fianza es el peso de las pruebas en su contra… —continuó Bailey—. El tribunal ha declarado que la prueba no es tan grande. No será fácil condenar a este hombre. El señor Valdés estuvo allí sentado y escuchó eso tan bien como yo. No va a desperdiciar sus posibilidades dándose a la fuga.

Hoy salgo caminando de aquí, pensé.

Finalmente el juez Shapiro tomó su decisión. «El tribunal ha tomado en cuenta la prueba en contra del acusado, la familia del acusado, su empleo, su historial y sus recursos económicos... El tribunal reducirá la fianza a quinientos mil dólares.»

Siempre me preguntaré si mi contacto en realidad abordó al juez... o si simplemente me engañó. Sea cual fuere la realidad, a Koste no le satisfizo aceptar la decisión del juez sin presentar pelea.

—La fiscalía desea solicitar a Su Señoría que suspenda el efecto de la reducción hasta el martes por el mediodía —dijo—. La fiscalía tiene la intención de apelar este asunto.

El juez Shapiro se mostró irritado, pero respondió con calma.

—Que la fiscalía presente hoy su apelación.

—Señor juez, son las tres menos veinte del viernes —protestó Koste.

—Nos quedaremos hasta las cinco —respondió el juez Shapiro.

Koste se veía exasperado.

—Su Señoría, no hay suficiente tiempo... Le pediría a Su Señoría que suspendiera el asunto por lo menos hasta el lunes para dar a la fiscalía la oportunidad de apelar.

Tuvo unos intercambios referidos a la cuestión con mi abogado y con el juez, pero era obvio que Shapiro estaba empeñado en soltarme.

—¿Su Señoría deniega mi solicitud? —preguntó Koste de manera cínica.

—Le concedo hasta las cinco de esta tarde —respondió Shapiro. Sugirió otros jueces que posiblemente pudieran prestar audiencia inmediatamente a la apelación de la fiscalía.

Fue una larga y contenciosa sesión de audiencia y todos parecían estar un poco tensos... es decir, todos menos yo. La sensación de victoria me recorrió como un rayo eléctrico.

Cuando pasé nuevamente junto a mi familia al salir de la sala, dije:

—Mamá, prepárame una cena sabrosa. Ya voy para casa.

VEINTE

«UNA AMENAZA PARA LA COMUNIDAD»

En cuanto volví a entrar al tribunal al finalizar esa tarde, supe que el juego había cambiado. Koste había hecho los arreglos para que un juez de distrito, Sidney Aronovits, examinara el caso, y volvimos a pasar con pesadez por las mismas mociones y el mismo material.

Luego de un breve receso para evaluar el caso, el juez Aronovits regresó para rendir su decisión. Con cada frase de su pronunciamiento, el alma se me iba cayendo a los pies: «El tribunal siente que sí existe la probabilidad de que el acusado se fugue... El valor en la calle de la cocaína involucrada pudiera llegar a ser tanto como cuarenta millones de dólares... Una cosa de la que estoy absolutamente seguro es que siento que el magistrado ha fijado una fianza demasiado baja... Este tribunal ordena por lo tanto que la fianza sea fijada en la suma de dos millones de dólares... El acusado debe volver a la custodia del alguacil de los Estados Unidos.»

¡Voy a volver a la cárcel!

No lograba juntar todas las piezas. ¿Por qué el gobierno insistía tanto en mantenerme en la cárcel? ¿Qué habían escuchado acerca de mí?

Me llevaron de regreso a MCC para aguardar mi próxima aparición ante el tribunal. Todavía tenía la absoluta confianza de que saldría pronto, que volvería a mis negocios habituales, solo que sería mejor.

Art Tifford me informó que volveríamos a apelar. Además, había solicitado que se dictaminara un proceso imparcial sin demora. El gran jurado no había rendido una acusación en mi caso; si no me acusaba de manera formal dentro de los noventa días de haber sido traído desde Panamá a Miami, las autoridades tendrían que dejarme en libertad.

Pasaron las semanas. A pesar de estar en la prisión, seguía llevando a cabo mis operaciones de cocaína. Por medio de socios que me visitaban hacía llegar órdenes con respecto a lo que debía hacerse para mantener abastecidos a mis contactos en California. En general, mi estadía en MCC no estuvo tan mal. Seguía ganando mucho dinero, mientras gastaba mucho menos que de costumbre. Y seguía comportándome como gran señor. En la cárcel me vinculé con algunos individuos poderosos, contactos que sabía me podían venir bien una vez que fuéramos puestos en libertad.

Celestino se aseguraba que tuviera ropa de prisión entallada y prolijamente planchada, además de abundante comida. Mi «gente» le pagaba a los guardias de la prisión para que nos trajeran de todo desde costillas asadas y pizza a langosta y vino.

Pagaba a abogados para que vinieran a visitarme todos los días, nunca el mismo dos días seguidos, y por medio de ellos enviaba mensajes a las personas de afuera con las que debía comunicarme. Muchos de estos abogados sabían poco y nada de mi caso; lo único que sabían era que se les pagaba bien para visitarme en la prisión.

En julio de 1979 debíamos comparecer ante el tribunal. Teniendo la certeza de que finalmente volvería a casa, le había instruido a mi hermano que me comprara ropa nueva de la más elegante tienda de ropa de Miami, y ese día fui al tribunal en un traje de gran estilo, listo para volver a los negocios.

Monti Cohen seguía brillando por su ausencia en todas mis actuaciones ante el tribunal, y no podía comprender por qué no había venido a visitarme en la prisión. Pero lo dejé pasar… estaba atareado quizá, o tal vez no deseaba acercarse demasiado a mi caso por haber sido él quien me recomendara a

Harold y a los otros pilotos. Aun así, no era habitual que Monti se mantuviera distante.

Nos reunimos en la sala presidida por un tal Juez Palermo. Enseguida el juez les preguntó a los fiscales:

—¿Ha emitido el gran jurado una acusación formal?

—No, Su Señoría, no ha emitido ninguna acusación —respondió el fiscal desanimado.

—Doy por terminada la demanda. Señor Valdés, queda usted en libertad —anunció el juez Palermo con el ceño fruncido.

Mi sensación de felicidad rápidamente se vio frenada. Estando a punto de partir, se me acercó corriendo un alguacil de los Estados Unidos y me dijo:

—Acabamos de recibir un facsímil de Macon, Georgia. Señor Valdés, queda usted arrestado por una acusación del distrito medio de Georgia.

¡Macon, Georgia! Jamás en mi vida había estado en ese lugar, ni siquiera de camino hacia otro sitio. *¿Qué tipo de broma pesada era esta?*

Art Tifford se acercó apresuradamente a mi lado.

—Art, ¿qué sucede? —le pregunté.

Prometió averiguarlo.

Al parecer, los fiscales habían estado ofreciendo mi caso al gran jurado de diversos lugares, y el único que estaba dispuesto a emitir una acusación en ese momento estaba en Macon. Su acusación se basaba en mi relación con Harold Rosenthal y mi supuesta participación con él en su caso previo ante dicho tribunal. Era muy improbable que pudiera probarse un cargo en mi contra, especialmente porque ninguno de mis tratos comerciales había ocurrido ni siquiera cerca de Macon. Sin embargo, era el mejor caso que el gobierno podía producir en mi contra.

Seguí albergando la esperanza de poder conseguir una fianza razonable en Georgia que pudiera dejarme en libertad hasta que llegara el tiempo de mi juicio.

Mi celda en la cárcel del condado de Bibb en Macon constaba de cuatro paredes de metal con un lavamanos y un inodoro de metal en el rincón. Una gran placa metálica cubierta de una delgada capa de nylon servía de cama. La única ropa que se me permitía conservar era mi ropa interior, que tal vez haya sido lo mejor, ya que tenía el cuerpo empapado de sudor por el calor sofocante del verano de Georgia. La cárcel no tenía aire acondicionado.

Pronto me hice amigo de un guardia llamado Mike, que intentó hablarme de Jesús. Lo escuché con paciencia, no porque me interesara sino porque disfrutaba de su compañía. Mike parecía considerarme de manera diferente que muchas de las otras autoridades que me rodeaban. Un día me explicó por qué algunos de los guardias se negaban a prestarme atención cuando los llamaba. Temían acercarse a mí, dijo Mike, porque escucharon que era amigo de Castro y que un día enviaría un escuadrón de matones para sacarme de la cárcel.

Me reí con tanta fuerza que casi lloro. Los georgianos ni se imaginaban cuán lejos estaba yo de ser amigo de Fidel.

Un día tras otro Mike me visitaba, e inevitablemente nuestras conversaciones gravitaban hacia cosas espirituales. Hablaba como si él y Jesús fueran verdaderos amigos, y su fe parecía ser la cosa más importante del mundo para él. Le conté del dolor que había sufrido siendo niño, cómo me había sentido tan abandonado que llegué a convencerme de que Dios no existía. «Si los poderes del bien y del mal son verdad», le dije a mi amigo, «uno debiera aliarse con el diablo porque es el único que alguna vez ha hecho algo por mi bienestar.»

Le dije lo que sentía con respecto a la iglesia que no ayudaba a nadie, y cómo nosotros los de la cultura de la droga habíamos construido casas para las personas de barrios pobres y habíamos dado vastas sumas de dinero a orfanatos y a estaciones de radio en las selvas.

«Si existe el bien y el mal», concluí, «el mal domina.»

Mike no intentó discutir conmigo; solo siguió haciendo todo lo que podía para que mi estadía en Macon fuera lo más cómoda posible.

Mi comparecencia preliminar en Macon fue ante el juez Wilber D. Owens, un hombre estricto pero justo que tenía la reputación de insistir en el cumplimiento de la ley. Después de revisar mi caso, el juez Owens emitió una decisión que sirvió de parámetro cambiando el curso de los juicios por drogas en los Estados Unidos. Me negó la libertad bajo fianza fundamentándose en que mi supuesta participación en el tráfico de drogas me convertía en una «amenaza para la comunidad»… siendo dicha «comunidad» la totalidad de los Estados Unidos. Anteriormente, el tráfico de drogas, en general, no se percibía como un delito violento, pero ahora cualquiera que tuviera una acusación formal de una ofensa mayor relacionada con drogas encontraría que es sumamente difícil recibir libertad bajo fianza.

Por causa de la demora del tribunal en llevar a cabo mi juicio, mis abogados solicitaron que se me permitiera regresar a MCC hasta la fecha del juicio. Como mis abogados y los integrantes de mi familia estaban en Miami, el juez nos concedió lo solicitado.

En las semanas que antecedieron a mi transferencia se me mantuvo incomunicado. La vida en la cárcel del condado de Bibb parecía ser solo un poco superior a la de la prisión panameña, sin las torturas. Me negué a permitir que mi familia me visitara en Macon, por no querer que ellos me vieran en ese entorno. Usé la excusa de que era demasiado distante para que viajaran e intenté tranquilizarlos asegurándoles que de todos modos pronto estaría en casa.

Le pedí a Art Tifford que contratara un abogado local con el único fin de que me visitara todos los días, sacándome así de esa celda oscura y sofocante durante unas horas que pasaba en una sala de conferencia con luz y aire acondicionado. El abogado que contratamos fue Brayton Dasher, que a menudo me traía libros y sándwichs. Conversábamos y contábamos historias durante largas horas.

Jorge L. Valdés, Ph.D. con Ken Abraham

Para celebrar mi regreso cuando finalmente me transfirieron de vuelta a MCC, mis amigos presos del lugar querían hacer una fiesta... lo cual no era lo más sencillo de llevar a cabo en la prisión. A pesar de eso, mis asociados entregaron a los guardias cuatrocientos dólares para hacer entrar una botella de champaña y un poco de langosta.

Centré mi atención en obtener el mejor equipo de defensa legal que se pudiera contratar... y yo podía darme el lujo de contratar a quien quisiera. Ahora que me habían acusado formalmente en Macon, Art Tifford ya no podía seguir siendo mi abogado. Tenía un conflicto personal de intereses por causa de su participación con Monti en la representación de Harold Rosenthal y T.C. Michaels en un caso previo en Macon. Art me hizo llegar la sugerencia de Monti Cohen para mi siguiente abogado: Marty Weinberg de Boston. Se había graduado de la Facultad de Derecho de Harvard a la cabeza de su clase y se lo consideraba uno de los mejores y más caros abogados del país.

Luego de conocer a Marty lo contraté de inmediato. A la larga también lo representó a Sal Magluta, y Sal y yo nos divertíamos bromeando con Marty por su peluquín. «Con lo que te pagamos», le dijimos, «con toda seguridad te debiera alcanzar para comprarte un peluquín mejor.» Pero debajo del cabello postizo de Marty estaba el cerebro de un abogado brillante. Podía recitar la ley al derecho y al revés.

Art Tifford también me aconsejó que contratara a un abogado respetado, alguien con quien el jurado de una pequeña ciudad sureña pudiera identificarse más fácilmente que con un abogado de drogas de Boston educado en Harvard. Lo recomendó a Shelby Highsmith, un ex juez estatal de Miami. Un educado caballero sureño de poco más de cincuenta años de edad, Shelby, era astuto, inteligente y pulido; ideal para el jurado de Macon.

Solo había un problema, me dijo Art: Si Shelby supiera que yo realmente estaba involucrado en narcóticos no me representaría. Cuando Shelby vino a verme a la prisión, me dijo con claridad que nunca representaba a criminales involucrados en drogas. «Creo en el sistema legal», agregó. «He trabajado en él durante toda la vida y quiero que la justicia prevalezca.»

Hablamos durante varias horas, y convencí a Shelby de que no había cometido la ofensa de la que se me acusaba; le dije que había estado involucrado en el tráfico de armas militares. Shelby decidió aceptar mi caso y trabajar a la par de Marty Weinberg.

Poco después de regresar a MCC, me sorprendió descubrir que Oscar Núñez, el oficial militar que había sido nuestra fuente de cocaína en Bolivia, también estaba encarcelado allí. Casi no podía creer que lo habían arrestado. Sin embargo, más me inquietaba lo que me dijo Oscar. Dijo que la DEA le había mentido, diciéndole que yo ya había testificado en su contra.

Un día me enteré, a través de mi sistema de informantes pagos entre los guardias, que Oscar acababa de reunirse con un agente de la DEA por espacio de casi tres horas. *¿Ahora qué podía estar diciéndoles Oscar?*

Además, el compañero de celda de Oscar me hizo saber que Oscar me culpaba a mí de que él estuviera en la cárcel, afirmando que yo había testificado en su contra.

Urdí un plan rápido y sencillo para averiguar más.

El compañero de celda de Oscar era un tipo violento llamado Jack, un supuesto asesino a sueldo de la Mafia. Di indicaciones a Jack de que se escondiera en el baño mientras yo llamaba a Oscar para hablar.

Cuando entró al baño, le pregunté:

—Oscar, ¿con quién te reuniste?

—Pues, con mi abogado —respondió con actitud despreocupada.

—Se corre el rumor —seguí yo—, de que has dicho que yo testifiqué en tu contra.

—No, Jorge, eso es mentira.

De repente, Jack saltó del cubículo donde había estado escondido. Le asestó a Oscar un golpe en el rostro y el boliviano se desplomó cayendo al piso, inconsciente. Fácilmente podría haberle pagado cinco mil dólares a Jack para que matara a Oscar, pero algo me frenó.

Cuando volvió en sí, lo enfrenté otra vez.

—¡Eres un mentiroso! —dije—. No vino a verte tu abogado; fue un agente de la DEA.

Nervioso, Oscar dijo:

—Pensé que venía mi abogado, pero cuando llegué allí, había un hombre que dijo haber sido enviado por mi abogado. No sabía quién era, de modo que no hablé con él.

Respondí enérgicamente:

—¡Estuviste allí durante dos horas y media!

Oscar empezó a llorar. Sabía que estaba atrapado. A pesar de mi furia, de repente sentí pena por este oficial militar que lloraba como un bebé.

—A partir de ahora, usarás el abogado que yo te diga.

La siguiente vez que vi a Shelby Highsmith, le pedí que recomendara un abogado para Oscar. Shelby concertó una reunión con Alan Ross, un joven abogado de Miami que recién se estaba dando a conocer.

Al conocer a Alan, me sorprendió ver un hombre que no llegaba a los treinta años, solo unos pocos años más que yo. A pesar de ser un tanto extravagante, Alan era de inteligencia aguda. Podía percibir que estaba «hambriento» y era un luchador. Aceptó hacerse cargo del caso de Oscar.

Junto con Alan, pronto descubrí algo más acerca de la situación de Oscar. Había sido atrapado en Panamá apenas dos meses después de nuestro accidente de avión. De manera necia había tomado un vuelo hasta allí mientras intentaba establecer un trato lucrativo de contrabando de videograbadoras. Oscar debió haber sido más sagaz; sabía de mi arresto en Panamá. Al igual que muchos otros, no podía dejar pasar otra oportunidad de ganar mucho dinero.

Oscar fue llevado a la oficina del teniente Jorge Latínez: el temido Lino. El cruel teniente lo sometió a un interrogatorio agotador sobre lo que sabía de mí y de la cocaína que se había encontrado en el avión. Oscar fue golpeado repetidamente en el estómago, luego desnudado y amenazado por Lino mientras el agente Sedillo de la DEA observaba. Oscar también fue golpeado y maltratado por el infame palo de escoba de Lino, luego de lo cual el pobre hombre confesó.

Permaneció incomunicado, y se le obligó a dormir en el piso y solo lo alimentaron a pan y agua. A la larga fue llevado a Florida, donde de inmediato fue arrestado y acusado en un caso que acompañaba el mío.

Cuando Alan Ross me dijo lo que le había sucedido a Oscar, no pude seguir estando enojado con el boliviano por haberme delatado. Lo perdoné a Oscar, pero me aseguré de que de ahora en más ejerciera yo el control de su caso.

Mi juicio se demoró otra vez en octubre. Eso fue demasiado para Shelby. Había elevado numerosos recursos quejándose de que yo era la única persona, aparte de Harold Rosenthal, contra el cual había cargos preexistentes, que había sido acusado en este caso y que seguía estando en prisión; todos los demás habían salido bajo fianza. Un día Shelby me llamó y dijo que había hecho un trato con el juez permitiéndome que saliera bajo fianza si aceptábamos una nueva postergación del juicio. Acepté de inmediato, y mi familia se puso en campaña para conseguir los quinientos mil dólares para la fianza con sus propiedades e hipotecas.

Finalmente, la mañana del Día de Acción de Gracias de 1979, salí caminando de MCC al aire fresco y a los brazos extendidos de mi familia. Luego de una de las mejores comidas de Acción de Gracias que haya saboreado jamás en casa de mis padres, fui a una suite de hotel con Sal, su socio Willie Falcon y otros. Estuvimos de fiesta toda la noche.

Art Tifford me trajo el nuevo Mercedes descapotable que había tenido la intención de buscar en Europa antes de que el accidente de avión me descarrilara los planes. El automóvil era más bello de lo que esperaba.

Finalmente, tenía otra vez el control de mi vida.

Más adelante esa semana, me encontré con Monti Cohen, la primera vez que lo veía desde mi llegada a Miami tras las torturas de Panamá. Ingenuamente, le dije a Monti que me parecía que el gobierno tenía algún plan e intentaba tenderme una celada. Monti estaba totalmente de acuerdo, y hablamos sobre mi necesidad de contar con un guardaespaldas. Monti dijo que conocía a una persona ideal.

William «Bubba» Leary era un ex alguacil de los Estados Unidos que había servido como guardaespaldas del cha de Irán. Bubba medía un metro noventa y ocho centímetros, pesaba más de noventa y un kilos y tenía excelente puntería. Le pagaba mil dólares por semana para estar junto a mí en todo momento. El único problema era que Bubba era demasiado grande para caber en mi Mercedes.

Mientras aguardaba el juicio, mis negocios de cocaína siguieron avanzando sin complicaciones. Vendí mi jet porque estaba seguro de que el gobierno podía fácilmente seguir el rastro de sus viajes. En lugar de hacer envíos de cargas más grandes de cocaína a California por jet, embalamos cargas más pequeñas de quince a veinte kilos dentro de un Lincoln Continental conducido por uno de mis obreros de confianza.

Suponiendo que el gobierno me estaría siguiendo, mantuve mi distancia y permití que Sal y otros se involucraran de manera más directa en la distribución de la coca. Pasé mucho tiempo con mi padre y mi madre, que parecían haber envejecido varios años durante los pocos meses que había estado en prisión. Resultaba claro que mis actividades en las drogas habían ejercido un efecto mayor sobre ellos del que yo había percibido.

VEINTIUNO

«SOY LO QUE SOY»

Mi formidable equipo legal armó nuestra estrategia para el juicio, ahora programado para empezar a principios de enero de 1980. No argumentaríamos que yo era inocente del tráfico de drogas. Sin admitir nada, contenderíamos que *si* había estado involucrado en el tráfico de drogas, por cierto nunca había cometido ninguna ofensa en Macon. Por lo tanto, el tribunal en Macon, Georgia, no tenía jurisdicción alguna sobre mí.

Me sentía confiado de que me alejaría intacto de los cargos.

Shelby Highsmith y yo forjamos una estrecha relación al trabajar juntos, y empecé a confiar en él. Le hice saber que muchos jueces y otros oficiales de gobierno estaban en nuestra nómina de pago… sin decir a Shelby directamente *por qué* lo estaban. Shelby, la epítome del hombre intachable, quedó anonadado de pensar que funcionarios públicos pudieran ser corrompidos con tanta facilidad. Él y su esposa, Mary Jane, eran cristianos devotos. Mary Jane me había escrito a menudo estando yo en la prisión y sus cartas y tarjetas venían llenas de palabras de aliento instándome a mantenerme firme y tener fe.

Mientras aguardaba el juicio me acomodé a una vida de padrino de un cartel en Miami. Tras ser liberado de la prisión le notifiqué a Christine que me hacía falta un poco de tiempo alejado de ella para pensar. En realidad, ella sabía tan bien como yo que nuestra relación estaba acabada, pero yo no quería tomar ninguna acción definitiva hasta haber concluido el juicio.

Mientras tanto, renové mi relación con Luchy. Ella y yo pasamos el tiempo de parranda como si no existiera el mañana, a menudo quedando levantados toda la noche bebiendo y mirando películas pornográficas. Mi influencia sobre ella fue horrenda. Era una muchacha joven que no conocía otra cosa, y estaba enamorada de mí. La había dejado una vez, así que ahora estaba dispuesta a hacer lo que hiciera falta para retenerme... y yo continuamente le exigía más. La devoción de Luchy, sin embargo, no engendró fidelidad de mi parte. Cada vez que se me presentaba la oportunidad, la engañaba.

Como era habitual, pasé Navidad con mamá y papá, esta vez en la hacienda. Con el juicio inminente, nuestra celebración estuvo un poco apagada pero aun así fue reconfortante. Fue la calma antes de la tempestad.

Poco antes del juicio, mis abogados me informaron que el gobierno estaba dispuesto a hacer un trato: Si me declaraba culpable, me darían dos años en prisión más un período de libertad condicional. A Harold, a Oscar y a mí nos juzgarían juntos, y al parecer el caso del gobierno se debilitó cuando atraparon en Colombia a dos de los testigos clave contrabandeando cocaína. La DEA pagó sesenta mil dólares para sacar a los tontos de Sudamérica, pero su credibilidad como testigos quedó seriamente mancillada. A pesar de que el juez con seguridad rechazaría la presentación de esta información en nuestro caso, mis abogados se sentían confiados de que nos pudiera venir muy bien si tuviéramos que presentar una apelación.

Escuché con atención mientras los abogados me explicaban el trato, luego miré a Marty con resolución.

—Nunca vuelvas a ofrecerme ningún trato con el gobierno —le dije—. Yo no hago tratos con el enemigo. Esta es una guerra, y estoy dispuesto a pelear. Si los vencemos, los vencemos; pero si ellos me vencen, me vencen.

Hablé más con Shelby al respecto.

—Hijo —me respondió Shelby—, no hay modo de que te diga lo que debes hacer. He visto que casos como este acaben para un lado o para el otro. Siempre existe la posibilidad de perder.

—Quiero arriesgarme —le dije a Shelby—. He luchado toda la vida, y este solo es un obstáculo más.

Poco después del Año Nuevo, regresé a Macon para ser juzgado. A fin de impedir que la DEA escuchara mis conversaciones, alquilé todo el piso superior del Macon Hilton, incluyendo una gran suite donde pudiera reunirme con mis abogados, también habitaciones para todos los abogados, sus asistentes, y nuestra familia y amigos. Luchy vino con Jorgito, y mamá también estaba allí, pero el suplicio de que yo fuera procesado por contrabando de drogas era más de lo que mi querido padre podía aguantar. Mi hermano, J.C., se quedó en casa en Florida para servirle de apoyo.

Saqué de mis maletas todo un vestuario de costosos trajes nuevos que tenía pensado ponerme para asistir al juicio. Luchy también había traído un exquisito despliegue de vestidos de diseño exclusivo, todos ceñidos y exóticos. Cuando Alan Ross vio nuestra ropa, hizo un gesto de desagrado.

—Jorge, en realidad no debieras vestirte así frente al jurado. Estarás representando justamente las imágenes que tienen de lo que pudiera parecer un gran barón de la droga.

—Alan, permíteme que te diga una cosa —le dije—. Soy Jorge Valdés. Soy lo que soy y a los que no les agrada... lo lamento por ellos.

Luchy y yo llegamos al tribunal en un Lincoln Continental. Cuando bajamos del automóvil, vestidos como si hubiéramos venido directamente de una sesión de fotografía para la tapa de la revista *CQ*, estando rodeados de mis guardaespaldas, los medios de comunicación de la localidad se enloquecieron. Podía escuchar lo que decían por sus micrófonos: «El millonario barón de la droga de veintitrés años y su ex esposa llegaron hoy al tribunal...»

Durante las audiencias previas al juicio, alcancé a ver a Jorge Latínez, que había venido desde Panamá para testificar en mi contra. Me sentí invadido de una repulsión extrema al ver a Lino, el desquiciado que había ordenado mi tortura y la de Harold y Oscar. Ahora Latínez representaba el papel de un consumado oficial militar extranjero, de punta en blanco en su uniforme panameño de gala. Al mirarlo, lo codeé a mi abogado y le susurré con sequedad: «¡Mira! ¡Lleva puesto el Rolex que me robó!» Latínez debe haberme escuchado; cuando volvió a aparecer en la sala del juzgado después del primer receso, ya no llevaba puesto el reloj.

A medida que el juicio se desarrollaba, observé el modo diestro en que Alan Ross, el abogado que había contratado para que se encargara del caso de Oscar Núñez, manipulaba las emociones del jurado. Alan había comprado la ropa de aspecto más humilde que había podido encontrar para que se la pusieran a Oscar y a su esposa. Se veían tan pobres que muchas veces casi sentía lástima por ellos.

A lo largo del juicio de seis semanas de duración, Marty Weinberg hizo un despliegue increíble de destreza legal, a menudo citando casos legales de memoria cuando surgía una objeción. En cierto momento el juez Owens elogió al abogado de Harvard, diciéndole que era un honor que practicara en su sala de tribunal.

El juez Owens parecía reconocer que la fiscalía era incapaz de competir con el equipo legal que había armado; cuando al fiscal se le escapaba algún punto, el juez se encargaba de volver a interrogar a los testigos, asegurándose de tapar los agujeros en el interrogatorio. Mis sentimientos hacia el juez Owens cubrían la gama que iba del odio, el enojo y el disgusto a una profunda admiración.

Las cosas parecían estar saliendo a nuestro favor en las primeras semanas del juicio. Shelby Highsmith era hábil, ganándose con su encanto sureño muchos puntos con el jurado. Alan Ross realizó un trabajo fabuloso defendiendo a Oscar, y Marty Weinberg parecía tener muchísimo éxito en destruir a los testigos que presentaba el gobierno en mi contra.

Luego, sin previo aviso, sufrimos un revés. El gobierno ofreció un trato a Harold Rosenthal: Si se declaraba culpable a

Jorge L. Valdés, Ph.D. con Ken Abraham

una conspiración de cocaína, recibiría una sentencia de solo quince años, y se retirarían los cargos en su contra por contrabando de mariguana y quaaludes. Sin consultar a nuestro equipo legal, Harold aceptó el ofrecimiento del gobierno. Mi principal coacusado se había declarado culpable. La admisión de Harold con seguridad tendría un efecto poderoso sobre el jurado.

Cuando finalmente concluyeron los testimonios y los argumentos de los abogados, regresamos a nuestras habitaciones de hotel para aguardar la decisión del jurado. Pasó un día sin que se recibiera palabra del juzgado. Pasó un segundo día, y el jurado seguía estando fuera.

Mamá pasó esos días angustiosos orando continuamente; al menos eso me pareció. Yo valoraba su preocupación, pero no sentía la misma necesidad. Había gastado más de quinientos mil dólares en honorarios legales para asegurarme que nada saliera mal. Todos los ángulos estaban cubiertos. *Dejaré a mamá que trate con sus supersticiones. En lo que a mí respecta, apuesto a los abogados.*

Al fin, al tercer día, recibí una llamada de Marty informándome que el jurado había llegado a un acuerdo sobre el veredicto.

—Prepárense —les dije a Luchy y a mi mamá—. Nos vamos para el tribunal.

Antes de abandonar el cuarto del hotel, mi mamá volvió a orar fervientemente.

Nos encontramos con Marty y nuestro equipo en el vestíbulo del hotel. Luego nos llevaron rápidamente al tribunal.

Cuando entró el jurado, el juez preguntó al presidente si el jurado había llegado a un acuerdo sobre el veredicto.

—Sí, Su Señoría, hemos llegado a un acuerdo.

—¿Es unánime el veredicto? —preguntó el juez Owens.

—Sí lo es, Su Señoría.

Se leyó primeramente el veredicto de Oscar:

—Oscar Núñez —leyó el presidente—, no culpable de todos los cargos.

Me envolvió una ola de emoción, y dejé escapar un suspiro de alivio. Si Oscar no era culpable de venderme la cocaína, me sentía seguro de la victoria. *Los he vencido*, pensé. *He vencido otra vez.*

El juez me dio instrucciones de que me pusiera de pie para la lectura de mi veredicto. Me levanté con confianza, como si estuviera a punto de recibir un galardón.

—Jorge Valdés —leyó el presidente—, culpable de todos los cargos.

No podía creer lo que escuchaba. *¡Imposible!*

La columna vertebral se me convirtió en gelatina. Me daban ganas de caerme. Sentí como si el corazón me hubiera dejado de latir, o aun peor, que alguien me lo había arrancado del pecho.

Podía oír el sonido surrealista del llanto de mi madre, pero no sabía qué hacer, qué pensar. Shelby me rodeó los hombros con el brazo, y me dio un apretón al hombro, pero yo estaba entumecido.

Y estaba enojado, pero me negaba a dejar entrever cualquier emoción. Me di vuelta para mirar a mi madre. «Está bien, mamá. Siempre lo supimos. Les vamos a ganar en la apelación.»

Mamá me devolvió la mirada, con los ojos hinchados y enrojecidos, las mejillas manchadas por las lágrimas. Mamá seguía creyendo en mí, pero yo hacía que cada vez le resultara más difícil.

Shelby informó al juez que pensábamos apelar y argumentó que se debiera permitir que siguiera en libertad bajo fianza mientras aguardaba la sentencia. El juez Owens concedió lo solicitado y aun eliminó todas las condiciones de mi fianza.

Tomé un vuelo de regreso a Miami. A los pocos días, mis abogados se reunieron para conversar sobre cómo podríamos ganar nuestra apelación. Shelby estaba particularmente consternado. «Hijo», dijo él, «estaba plenamente convencido de que ganaríamos este caso.» Dijo que se sentía estafado por la decisión. Podía percibir el dolor de su corazón.

Sin embargo, yo había cometido un delito… y estaba a punto de pagar por él.

TERCERA PARTE

1980-1987

——

Intenté hablar, pero las palabras se me atascaron en la garganta. No tenía importancia…

Colgué el teléfono y de repente me di cuenta de que por primera vez en la vida sentía paz en el corazón. No tenía idea de lo que sucedería, pero sabía que tenía que hacer un corte definitivo con mis socios comerciales colombianos. No podía hacer las cosas a medias. Instintivamente, supe que para que este cambio tuviera una oportunidad, haría falta una acción drástica: todo o nada.

VEINTIDÓS

EL RECIÉN LLEGADO

Dos semanas después de mi convicción, invité a varios amigos a asistir a la Exposición de Ganado de Houston, la más grande exposición de caballos del país. Sería una gran fiesta antes de mi sentencia.

Manny, Sal, Willie y varios más nos acompañaron a Luchy y a mí en el viaje. Cada uno de nosotros llevaba aproximadamente cincuenta mil dólares para gastar en diversos puestos de venta. Compré varios regalos costosos y recuerdos para familiares y amigos, así como también monturas elegantes para nuestros caballos. Al recorrer la exposición éramos el sueño de los expositores, comprando todo lo que se veía sin siquiera preguntar el precio.

Llamé a un popular restaurante mexicano e hice arreglos de pagarles diez mil dólares para que cerraran esa noche y nos ofrecieran una fiesta privada. Esa noche, después de hartarnos de comida mexicana y beber más margaritas de la cuenta, me senté en un rincón del restaurante con Manny para conversar sobre futuros embarques de cocaína. Pasara lo que pasara con mi sentencia, el negocio seguiría funcionando.

Desde Houston regresamos a Macon para escuchar mi sentencia. Antes de partir le dije a Sal: «Espérame aquí. Solo me tardaré un día.»

De regreso en la sala del tribunal de Macon, Shelby Highsmith presentó mi caso a favor de una sentencia leve. Argumentó con elocuencia que yo era un hombre joven y, como tal, me merecía una consideración bajo el Youth Offender Act [Acta del Agraviador Juvenil], lo cual hacía que reuniera los

193

requisitos necesarios para quedar en libertad condicional después de un año en prisión fuera cual fuere mi sentencia.

Al sentarse Shelby, el juez Owens dirigió una mirada fría hacia nuestro equipo legal y hacia mí. «Señor Highsmith», dijo de manera categórica, «este tribunal no solo opina que el señor Valdés no se beneficiaría del Youth Offender Act, sino que es de la opinión que el señor Valdés no se beneficiará de los quince años en prisión que estoy a punto de dictarle.»

Owens procedió a dictarme una sentencia formal de quince años en prisión, una multa de veinticinco mil dólares, y un porcentaje avaluado de los costos del procesamiento. Debía ser reencarcelado sin fianza, a fin de empezar a cumplir mi sentencia de inmediato. No volvería a Houston, no volvería a casa a Miami; iría a la prisión... por espacio de quince años.

Y ni siquiera había traído una muda de ropa. Miré a mi alrededor y vi lágrimas en los ojos de Luchy. Mi mamá lloraba desconsoladamente al tomarme el alguacil del brazo y llevarme hacia la puerta. «No te preocupes, mamá», le dije al pasar junto a ella, «saldré en poco tiempo.» Las palabras sonaban tan huecas como me sentía yo.

Me llevaron de regreso a la cárcel de Macon para esperar la transferencia a la prisión federal. Al cerrarse la puerta de la celda a mis espaldas, me subí a rastras a la litera en un estado de aturdimiento. No quería volver a levantarme nunca. Cerrando los ojos, intenté dejar fuera a todo el mundo. Dormí toda la tarde y buena parte del día siguiente.

Un día y medio después empecé a caer en la cuenta de la realidad. Era el 28 de febrero, la mañana del día que cumplía veinticuatro años, y estaba sentado en la cárcel, convicto, sentenciado a quince años de esta vida monótona.

Dos semanas más tarde, los alguaciles de Estados Unidos me llevaron al Federal Corrections Center [Centro Correccional Federal] en Tallahassee. A excepción del alambrado de púas que lo rodeaba, el establecimiento se asemejaba a un monótono campus universitario, con un patio bordeado de cuatro grandes edificios de ladrillo que contenían bloques de celdas. Cuando llegué, me enteré que era el que tenía la sentencia más larga de todos los que estaban allí.

Durante el tiempo de orientación de mi primer día, mientras esperaba que me llamaran, fui hasta la sala de la TV al final del bloque de celdas. La sala estaba vacía. Encendí la televisión, saqué una silla plegable de metal, y me senté. Mientras miraba ociosamente un programa, entró otro preso, puso una silla frente a mí, y cambió de canal. Sin decir palabra, sencillamente me puse de pie, me acerqué a la TV y volví a cambiar el canal al que yo había estado mirando. El otro hombre me soltó una palabrota y dijo: «¿Qué haces?» Se levantó, cambió otra vez el canal y se sentó.

Mi mentalidad de prisión se estaba formando rápidamente. Cumpliría el tiempo que me correspondía, y respetaría a otros, pero no permitiría que me faltaran el respeto. Me puse de pie, doblé mi silla de metal, y la usé para golpear al otro hombre en la cabeza con toda la fuerza posible. Se cayó de su silla al piso, brotándole sangre de su herida. Dejé caer la silla y salí de la habitación.

Debieron llevar al hombre al hospital para que le hicieran puntos. Más tarde me enteré que era el ordenanza a cargo de mantener aseada la sala de TV; esa habitación era su territorio y todos los días hasta las cuatro de la tarde era su derecho reconocido que viera lo que quisiera.

Cuando volvió del hospital le pedí disculpas, pero nunca volvió a sentarse frente a mí en la sala de TV.

Aun antes de ser transferido a Tallahassee, había estado en contacto con mi amigo Celestino, que había sido llevado a ese lugar unos meses antes. Para cuando llegué, Celestino tenía todo en orden: No solo había armado mi séquito e investigado cuál sería el mejor puesto de trabajo, sino que había provisto ropa limpia de prisión para mí y sábanas nuevas para mi cama. Con la promesa de Celestino de ser mi asistente y guardaespaldas en la prisión, mi llegada a Tallahassee parecía ser una fiesta de bienvenida a casa.

La mariguana era la moneda de preferencia para los presos de Tallahassee y pronto puse a Celestino a armar los cigarrillos. Para asegurarme que mi «moneda» fuera de primera calidad, hacía que Celestino solo armara ocho cigarrillos de la bola habitual de mariguana de la que se armaban cien cigarrillos de tamaño normal. Quería que todos supieran que cuando comerciaran con Jorge Valdés recibirían mejor trato que de cualquier otro.

Diez presos más servían como asociados míos, permaneciendo cerca de mí en todo momento. A cambio de sus servicios yo hacía los arreglos necesarios para que se depositara dinero en sus cuentas del economato. Como no se les permitía a los presos llevar dinero encima, cada prisionero tenía una cuenta con el economato en la que se depositaba su pago de la prisión, como también cualquier dinero que le enviaran amigos o parientes. El economato era como una pequeña tienda de ramos generales donde los presos podían comprar alimentos, cigarrillos y otros lujos.

También les proporcionaba a mis asociados diversos privilegios más. A algunos les pagaba los gastos de motel para que sus familias pudieran venir de visita. Y para la Navidad, mis asociados y sus familias recibían paquetes especiales de regalo. De muchas maneras, compraba la lealtad de los hombres que me rodeaban, y lo consideraba dinero bien empleado.

Nuestro bloque de celdas era una gran habitación abierta de forma cuadrada, semejante a unas barracas militares, con hileras de literas y armarios contra la pared, una cantidad suficiente para doscientos presos. Durante una de mis primeras noches allí, me despertaron unos sonidos que provenían de la litera que estaba debajo de la mía. Me arrimé al borde de mi litera, espié hacia abajo, y vi que dos de los presos estaban en plena actividad homosexual. Salté de la cama y empecé a gritarles, soltándoles las palabrotas más fuertes que conocía.

Me lanzaron una mirada desafiante como si a mí me pasara algo raro. «Más vale que te acostumbres a esto», dijo uno de ellos. «Este es el modo de vida en la prisión.»

Quizá, ¡pero no era mi modo de vida! Y de ninguna manera pensaba acostumbrarme a él.

Una vez establecida mi zona de influencia, decidí hacer algo para corregir las violaciones homosexuales que ocurrían en la prisión, que por diversos motivos a menudo no se denunciaban. Una noche, un matón grandote violó a un muchacho de veinte años que no se había podido defender. Reuní a mis asociados y les dije: «¡Vamos a ponerle fin a esto!»

Poco después pasé por la estación de los guardias y advertí al guardia de turno: «Haz oído sordo a cualquier ruido que oigas esta noche.» Para ese entonces, los guardias sabían quién era yo y estaban más que complacidos de permitirme la oportunidad de traer un poco de orden al lugar.

Después del recuento de medianoche, mis asociados y yo quitamos los candados de nuestros armarios, luego los metimos y los amarramos dentro de un par de medias de gimnasia. A continuación llenamos jarras de agua casi hirviendo del grifo usado para preparar café.

Habiendo identificado previamente al depredador sexual, cuatro hombres y yo nos deslizamos sigilosamente hasta la litera del matón. Moviéndonos tan rápida y silenciosamente como un equipo de comando militar, le caímos encima, agarrándolo de los brazos y las piernas, y le echamos el agua hirviente en los ojos para que no pudiera identificar a sus atacantes. Aulló de dolor y empezó a pedir a gritos que alguien lo ayudara, pero nadie se atrevía. Uno de nuestros hombres le bajó los calzones, y me acerqué. Usando el arma de candados como una pesada honda, lo golpeé con toda la fuerza que pude en sus partes pudendas. Al tercer golpe, el violador perdió el conocimiento y lo dejamos acostado allí mismo.

Al pasar junto a la estación de los guardias, golpeamos la ventana. Los guardias salieron corriendo, se encendieron las luces, y encontraron al depredador aún inconsciente en su litera. Los guardias lo llevaron a la enfermería, y nunca lo volvimos a ver.

En poco tiempo pude trasladarme a un pabellón especial en Tallahassee. De características mucho más agradables que las instalaciones habituales, dicho pabellón albergaba a los presidiarios que participaban en un programa experimental conocido con el nombre de la Comunidad. Los presos eran alojados de a dos hombres por habitación (cuartos de verdad en lugar de barracas) y los guardias les prestaban poca atención a menos que hubiera una emergencia. El pabellón tenía autonomía propia, y los presos lidiaban con los problemas de conducta aberrante reuniéndose en un círculo para conversar y recomendar medidas de disciplina o procedimientos de mejora personal.

Me uní a la Comunidad con el único fin de mejorar mi ambiente externo, pero al poco tiempo empezó a producir también un cambio en mi actitud. El énfasis del programa sobre la introspección me llevó a examinar mi vida, ver por cuenta propia la persona en la que me había convertido, un hombre muy alejado de los valores que mi mamá y mi papá me habían inculcado. No me agradaba la persona que se reflejaba en el espejo. Por primera vez, empecé a admitir que quizá algunas de mis maneras de actuar estaban erradas. Pero mi confesión era apenas una minúscula grieta en la coraza dura como el diamante que me recubría el corazón. Mi conciencia estaba tan cauterizada por el pecado que era más fácil ponerle parches a mi exterior endurecido que admitir que en mi interior había un muchacho deshecho que clamaba por aceptación, perdón y amor.

Parte del trabajo de la Comunidad incluía un programa de diez semanas de reuniones dispuestas por el tribunal con jovencitos que habían cometido delitos menores pero serios. El propósito era mostrarles un cuadro realista del futuro que les aguardaba en la prisión si no cambiaban de rumbo. Se esperaba que nuestras advertencias los asustaran de modo que se enderezaran, inspirándolos a rehabilitarse antes de que fuera demasiado tarde.

Durante las primeras cuatro de las diez semanas, un equipo de presidiarios de la Comunidad se reunía con los jovencitos mientras que otro equipo se reunía con sus padres. Luego cambiábamos de lugar durante unas cuatro semanas más. Durante las últimas dos semanas, juntábamos a padres e hijos en una misma habitación.

Al aprender más acerca de mí, empezó a crecer en mi interior un deseo de ayudar a los jovencitos a evitar los errores que había cometido yo. Una muchacha de catorce años con la que trabajamos era adicta a la heroína y había estado llevando una vida de prostituta por espacio de dos años. Se la derivó al programa después que empuñara un cuchillo para robar a un hombre. Era la muchacha más endurecida e indiferente que había visto jamás: mala, rebelde y odiosa. Nada de lo que llevábamos a cabo en las sesiones hacía mella en sus defensas. Le soltábamos improperios, intentando ser duros con ella, y ella, sin pausa, nos devolvía con la misma moneda.

Luego en una de las sesiones de grupo, mientras hablábamos con otra persona, empezó a llorar. Detuve al grupo y dirigimos nuestra atención hacia ella. Empecé a hablarle con tono suave y afectuoso. Ninguna de nuestras amenazas y advertencias habían podido tocarla, pero ahora, una mera insinuación de amor incondicional había logrado pelar las capas que le recubrían el corazón. Tras sufrir maltrato sexual a manos de su padrastro siendo ella pequeña, admitió que lo único que siempre había deseado era que alguien la amara, le dijera que era importante, que se la necesitaba, que era amada.

Empecé a darme cuenta que muchos de los jovencitos que estaban en pandillas y en prisión debían estar sufriendo por causa de necesidades no satisfechas que tenían en la profundidad de su ser. En el marco de la Comunidad, nació en mí un deseo y una carga de ayudar a los jovencitos a encontrar el rumbo adecuado.

Mis actividades de la Comunidad también me inspiraron a leer más, y el programa me produjo una impresión lo suficientemente fuerte como para disponer una compra de libros por valor de más de mil dólares a fin de crear una biblioteca para la Comunidad. Escribí un artículo: «Therapeutic Communities in Prison: A Transactional Analysis Approach» [Comunidades

Terapéuticas en la Prisión: Un Abordaje desde el Análisis Transaccional], que se publicó en una revista, y se me invitó a asistir a una conferencia en Tallahassee sobre correcciones en las penitenciarías, en el que presenté el artículo.

Sin embargo, poco después, fue nombrado un nuevo director de la prisión, y se suspendió el programa de la Comunidad.

Se me ablandó el corazón de manera especial durante la primera temporada navideña que pasé en la prisión. Mi familia vino a visitarme para Nochebuena y Navidad y luego regresaron a Miami. La noche de fin de año, llamé a casa justo antes de la medianoche. Mi padre contestó el teléfono. Después de hablar conmigo brevemente, empezó a llorar. La puso a mi madre al teléfono, y en poco tiempo, ella también estaba llorando. Mamá le entregó el teléfono a J.C.

«¿Hay mucha gente allí?», le pregunté a mi hermano. Recordaba que aun en la época que éramos pobres, nuestra casa siempre bullía de amigos y familiares durante la época de las fiestas, comiendo, bebiendo y festejando juntos.

Esperaba que J.C. me diera una larga lista de personas que estaban de visita, pero me sorprendió.

«No, Jorge», me dijo con suavidad. «No hay nadie aquí a excepción de nosotros.»

De repente, vi con claridad la inconstancia y la superficialidad de mi «éxito». Con dolor me di cuenta que las muchas personas que antes clamaban por estar a mi alrededor, por causa de mi dinero y poder, habían abandonado a mis padres.

Haciendo un esfuerzo por sonar positivo, deseé a mi familia un feliz Año Nuevo y les prometí que volveríamos a estar juntos al año siguiente.

Luego regresé a mi celda, me subí a mi litera y lloré durante horas.

VEINTITRÉS

CON LOS OJOS ABIERTOS

Christine y yo nos habíamos divorciado a poco de recibir mi sentencia. Yo valoraba que ella me hubiera acompañado tanto tiempo, en especial sabiendo que había estado viendo otra vez a Luchy. Me sentía mal por el trato que había dado a Christine, y a mi manera intenté ofrecerle compensación comprándole una casa y regalándole uno de mis Corvettes y también suficiente dinero para iniciar una nueva vida.

Una noche llamé repetidas veces a Luchy y ella no contestó el teléfono. Cuando finalmente me pude comunicar con ella, dijo que había estado ayudando a una amiga. En mi mente eso solo significaba una cosa: Ella me estaba engañando. Después de todas las veces que yo la había engañado a ella, no tenía ningún derecho de juzgarla con tanta severidad, pero eso no impidió que me enfureciera. Llamé a mi padre y le dije que la echara de la casa y recuperara mi Mercedes. No iba a permitirle que me engañara en mi casa y en mi automóvil.

Luchy me negó que hubiera sido infiel, pero la poca confianza que habíamos tenido entre los dos ya no estaba más. Venía cada vez menos a visitarme, y ambos sabíamos que nuestra relación se había acabado. Le compré una casa y un automóvil, y le di suficiente dinero para cuidar de ella y de Jorgito hasta que yo saliera de la prisión.

La dolorosa separación de Luchy me hundió en una depresión, y no sabía cómo volver a surgir. Durante un tiempo decidí que no quería recibir más visitas mientras estaba en la prisión. Luego mi péndulo emocional osciló en otra dirección, y puse a todos en mi lista de visitas: especialmente mujeres

Jorge L. Valdés, Ph.D. con Ken Abraham

bellas de mis días pasados de juerga. Una semana tras otra, bellas modelos y otras mujeres atractivas se presentaban a la prisión para visitarme, y mi posición entre mis compañeros presidiarios remontó hasta alturas sin precedentes.

Como resultado de mis actividades en la Comunidad, había establecido vínculos favorables con muchas de las personas principales en la administración de la prisión. Al darse por terminado el programa de la Comunidad, el asistente social a cargo de mi caso me preguntó qué opinaba de la posibilidad de ser transferido a un establecimiento donde se les daba a los presos un mayor grado de libertad personal que en la «casa grande» en Tallahassee.

«Eso sería ideal», le dije a mi asistente social, «pero siempre que he solicitado una transferencia me la han negado.»

«Pues bien», me respondió él, «volveré a presentar tu papelería una vez más.» A fin de aceitar el sistema, pagué una alta tarifa a un oficial en la oficina regional del departamento penitenciario, pero igualmente me causó sorpresa cuando poco después se me notificó que me habían aprobado una transferencia al campo federal de prisioneros en la Base Eglin de la Fuerza Aérea cerca de Pensacola, Florida. Lo que alentaba aun más era la noticia de que la junta de libertad bajo palabra había determinado que, de continuar el buen comportamiento, pudiera recibir libertad condicional con solo cumplir cinco años de mi sentencia.

El campo de prisioneros de Eglin tenía una atmósfera mucho más relajada. En lugar de alambrados de púa, líneas blancas pintadas en el asfalto demarcaban los límites para los presidiarios. La mayoría de los presos trabajaba en destacamentos de trabajo en la base de la Fuerza Aérea contigua al campo de prisioneros, de modo que presidiarios, personal militar y civiles se mezclaban libremente.

Quizá lo mejor de Eglin era que se permitía que familiares y amigos trajeran alimentos a la sala de visitas. Mamá podía traer algunas de sus especialidades cubanas, y por lo general las devoraba antes que ella se fuera de la habitación. Por el lado negativo, Eglin quedaba doscientas trescientos veintidós kilómetros más lejos de Miami que Tallahassee, de modo que para mi familia era más difícil visitarme. Sin embargo, mamá, papá y J.C. realizaban la travesía de doce horas todas las semanas. Más tarde me enteré que papá lloraba cada viaje.

Además del largo viaje, frecuentemente se estacionaban frente a las puertas de la prisión donde pernoctaban en el automóvil para poder ser los primeros en la abarrotada fila de visitantes que aguardaban que se los procesara para ser admitidos a la mañana siguiente. Hacían grandes sacrificios para que pudiéramos pasar más tiempo juntos.

Mi reputación de barón de la droga multimillonario había precedido mi llegada a Eglin. Durante mi período de orientación, el director dijo que no se me permitiría trabajar en la base de la Fuerza Aérea. Me destinó a la cuadrilla de mantenimiento que trabajaba dentro del perímetro del campo de prisioneros, lo cual significaba que durante los siguientes años estaría cortando el césped todo el día, todos los días.

Sin embargo, pronto me enteré que uno de los mejores sitios para trabajar en Eglin era en el hospital, en especial en el consultorio dental. Cuando supe que el preso que había sido asignado a trabajar con el dentista de la prisión tenía programado partir en dos semanas, me propuse llegar a conocer al dentista. Era un joven de California, y congeniamos desde un principio. Al cabo de unas pocas semanas, estaba trabajando en el consultorio dental de la prisión, incluso me vestía de uniforme blanco. Sin embargo, se acabó mi trabajo para el dentista cuando me atraparon procurando tener una aventura amorosa en su consultorio con una empleada civil del hospital. De castigo, me asignaron a un destacamento de trabajo en la base de la Fuerza Aérea: exactamente donde el director me había dicho que nunca trabajaría.

Los guardias en Eglin no tenían la misma susceptibilidad al soborno de los de otras prisiones. Los guardias sabían que el estar alojado en Eglin se consideraba un privilegio dentro del sistema penitenciario, de modo que los oficiales tenían más influencia sobre los presidiarios. La mayoría de los presos no quería arriesgarse a quedar mal con los guardias.

La mayoría, pero ese no era mi caso.

No me llevó mucho tiempo reunir a mi «gente». En poco tiempo contaba con un equipo de asociados que me ayudaban a introducir contrabando por los puntos de control y obtener para mí otros beneficios de la prisión.

En Eglin, se les permitía a los presos asistir a servicios en la capilla con sus visitantes. A pesar de estar todavía muy lejos de creer en Dios, asistía a misa con regularidad. La capilla era un buen lugar para que las visitas me pasaran dinero, relojes y otros artículos de contrabando. También era un buen sitio para que los hombres lucieran a sus esposas y novias.

Dio la casualidad que estaba encarcelado en Eglin un ex abogado de gran renombre, y por cien dólares se ofrecía para realizar toda la papelería necesaria para obtener los expedientes de los presidiarios, que ahora estaban disponibles por medio del Freedom of Information Act [Acta de Libertad de Información]. Para muchos presos, era la primera vez que veían la documentación referida al caso del gobierno en su contra. Pensé, por cien dólares, ¿por qué no? Le di al abogado el dinero, y él preparó las solicitudes para obtener toda la información disponible sobre mi caso.

Cuando llegó por correo el gran sobre de aspecto oficial, ni siquiera lo abrí. Lo metí en una gaveta y lo olvidé completamente durante un tiempo. Luego, un día estaba limpiando la gaveta y noté el sobre. Lo abrí y empecé a leer.

De repente, me corrió electricidad por las venas. De pronto empezaron a encajar las piezas del rompecabezas de mi encarcelamiento en Panamá y posterior traición de Noriega al entregarme a la DEA. Por primera vez entendí por qué al gobierno le había obsesionado tanto atraparme. Ahora comprendía por qué mi abogado y amigo, Monti Cohen, había mantenido su distancia después de mi arresto.

En el material obtenido mediante el Acta de Libertad de Información, leí acerca de una reunión que Sal y yo habíamos tenido con otra persona, cuyo nombre había sido tachado con negro por el gobierno en el documento. A lo largo del informe, la investigación gubernamental describía información obtenida de dicho individuo al que se aludía describiéndolo como un «abogado criminal que también representa a traficantes de droga de alto nivel». El traidor solo podía ser una persona: Monti Cohen.

Me senté en un estado de aturdimiento. Monti Cohen me había traicionado. Monti, una de las personas que me había acompañado desde un principio, me había entregado.

Llamé a Marty Weinberg de inmediato.

—¡Marty, sé quién es! ¡Sé quién me lo hizo! —prácticamente grité en el teléfono.

—¿De qué hablas, Jorge?

—Sé quién estaba cooperando con el gobierno.

—Tranquilízate, Jorge —dijo Marty en su acento bostoniano—. ¿A qué te refieres?

—Ahora sé por qué el gobierno estaba siempre un paso adelante de nosotros en todo lo que hacíamos. ¡Sé quién lo hizo!

—¿Quién?

—Monti Cohen.

Podía escuchar la sorpresa en la voz de Marty al responder:

—¡No, no puede ser!

—¡Sí, Marty, es cierto! ¡Lo veo aquí mismo escrito bien claro!

Después de describir el material que había obtenido, Marty permaneció en silencio por un rato, luego respondió:

—Jorge, lo siento. Espero que estés equivocado.

Poco después, Monti Cohen vino a visitarme a Eglin. Nos encontramos en una de las salas en la prisión para abogados y clientes, y no desperdicié tiempo alguno en enfrentarme a él.

—Monti, tú me entregaste. ¡Me traicionaste!

Monti lo negó, pero me negué a prestar atención a sus mentiras. Me acerqué más a él y lo miré a los ojos.

—Durante el resto de tu vida —le dije—, mira hacia atrás porque un día te meteré una bala en la parte de atrás de la cabeza.

Aunque en mi corazón sabía que nunca podría lastimar a Monti, quería que él creyera que sí podía suceder; quería que pagara de alguna manera.

Dándole la espalda, volví a mi habitación. A pesar de lo furioso que estaba, la ira no era la emoción abrumadora que sentía. Dolor, decepción, frustración y desilusión surgieron en mí. Sencillamente no me era posible creer el dolor que sentía al haber sido traicionado por alguien a quien había amado tanto.

¿Pero qué esperaba? Al fin y al cabo, este era el mundo de supervivencia del más fuerte que yo había escogido y también creado. En lo que se refería a proteger a otro, ¿quién llegaría alguna vez a sacrificarse él mismo? ¿Quién entregaría su vida para salvar y dar libertad a otro? ¿Quién haría tal cosa?

Nadie que estuviera en mi mundo.

VEINTICUATRO

INVITACIONES

Un sábado, al encontrarme con mi hermano en la sala de visitas en Eglin, dos mujeres se sentaron ante una mesa cercana a la nuestra. La menor de las dos, que parecía ser unos años menor que yo, tenía cabello largo y ondulado y ojos brillantes de color avellana. La mujer que la acompañaba, también atractiva, parecía ser su madre.

Mientras hablaba con J.C., mi vista se desviaba a cada rato hacia donde estaban ellas. La madre era bastante amistosa, de modo que empezamos a conversar. Me dijo que ella y su esposo eran dueños de una óptica. Su contador les había robado dinero y le había tendido una celada a su esposo, un cristiano devoto, para que tuviera que aceptar la responsabilidad del hecho: seis meses en prisión por evasión de impuestos. Ahora ella sola debía hacerse cargo del negocio y del cuidado de su hija.

Complacido de que el tema de la conversación hubiera girado finalmente hacia donde quería, le pregunté a la hija cómo se llamaba. Me respondió con timidez:

—Sherry.

—Mucho gusto, Sherry. Me llamo Jorge Valdés.

Me di vuelta y empecé a hablarle a mi hermano en español.

—¿Qué es lo que le dices? —preguntó Sherry.

Le respondí con un brillo en los ojos.

—Le dije que ibas a ser mi esposa.

Ella se rió y seguimos hablando.

Sherry venía todos los fines de semana a visitar a su padre y desarrollé una amistad con ella y con su familia. Un día le dije a Sherry:

—Me gustaría salir contigo.

—¿Cómo podrás hacerlo?

—No te preocupes —le dije—. Solo di que sí y encontraré cómo hacerlo.

—Bueno, cómo no —respondió ella.

Encontrar una manera de salir con Sherry mientras yo seguía estando en la prisión no fue nada fácil, pero supuse que las mejores posibilidades se centrarían en torno al trabajo que me tocaba realizar, que era limpiar las áreas de estacionamiento alrededor de las viviendas de los oficiales en la base aérea. Finalmente, Sherry obtuvo un pase a la base porque su padre había sido un militar, y empezamos a encontrarnos en un área de bosque que estaba cerca de donde yo trabajaba. Era sencillo eludir a mi supervisor: él se encontraba con nosotros a las siete de la mañana y volvía a controlarnos aproximadamente a las tres y cuarto de la tarde todos los días, lo cual dejaba tiempo de sobra para un encuentro con Sherry.

A la larga quedó bajo mi cargo el destacamento de trabajo. Con el tiempo, puse hombres en la cuadrilla que eran de mi confianza, para que me pudiera escabullir siempre que fuera necesario, y el trabajo igualmente se cumplía. Le pagaba a los hombres costeando sus cuentas del economato y también cubría los gastos de visita de sus familias. Estos hombres eran sumamente leales y hacían cualquier cosa que les pidiera. Además les daba prestigio en la prisión que se los conociera como parte de mi séquito.

Más adelante conseguí un pase para la base por medio de la esposa de un coronel a cambio de algunos favores que le había hecho; le dije que quería una tarjeta de autorización para que mi familia tuviera en su automóvil, a fin de ayudarlos a entrar más temprano al venir a visitarme. En lugar de eso, puse la tarjeta en la ventana de una nueva furgoneta Chevrolet que le había comprado a Sherry. Varios días por semana, cuando Sherry venía a visitar, dejaba el destacamento, me ponía ropa de civil que había escondido en los matorrales, y luego me encontraba con Sherry en la furgoneta. Salíamos conduciendo el vehículo, pasando por los puntos de control como si yo fuera un civil que salía de la base. Íbamos a una casa que había comprado a corta distancia del campo de prisioneros, y con el tiempo incluso salí de compras por la ciudad con Sherry. Ella me llevaba de regreso a la base a tiempo de reunirme con los de mi destacamento al finalizar el día de trabajo. Llevamos a cabo esta rutina por espacio de casi un año.

Por causa de mi interés en Sherry, forjé una sólida amistad con su padrastro, Joe, un hombre callado de espíritu amable. Le prometí a Sherry y a su madre que cuidaría de Joe y me aseguraría que nada malo le sucediera mientras cumplía su condena.

Joe a menudo me hablaba acerca de la Biblia. Como lo respetaba, y tenía interés en su hija, lo escuchaba. A la larga, hasta acepté su invitación de asistir a un grupo de estudio bíblico junto con otros presos.

Joe me intrigaba. Me maravillaba la fuerza silenciosa que transmitía, y podía percibir una paz que emanaba de su interior, a pesar de que estaba en la situación más desesperante de su vida. Solo podía imaginarme cuán difícil resultaba el entorno penitenciario para alguien como Joe. Aun así estaba contento. No sentía una compulsión de seguir comprándose pares de botas o zapatos nuevos, como hacía yo, ni de provocar a los oficiales, como era mi tendencia hacer. Y sin embargo, resultaba asombroso que todos los demás presos parecían respetar a Joe.

Un día Joe me invitó a asistir a un seminario especial en Eglin. El orador sería Chuck Colson, conocido como el encargado de tomar las decisiones desagradables de Nixon, que había ido a la cárcel por la parte que le tocó en el encubrimiento de Watergate. Ahora estaba involucrado en un ministerio conocido como Prison Fellowship [Confraternidad de las Prisiones].

«Sería un gusto asistir», escuché que le decía a Joe, lo cual casi me sorprendió.

Chuck Colson era un vocero poderoso y brillante para el cristianismo. Por causa de su experiencia en la cárcel, parecía tener preocupación y compasión genuinas por los hombres que asistían, y me sentí profundamente conmovido por lo que dijo. Al mismo tiempo, otra fuerza resonó dentro de mí: «Estos cristianos no son otra cosa que debiluchos que necesitan de la religión para poder enfrentarse a sus situaciones. Y algunas de estas personas solo dicen ser cristianos, siendo que en realidad no se diferencian de lo que soy yo.»

Me dije que yo estaba bien, y sin embargo sabía que estaba profundamente involucrado en muchas cosas que estaban mal. No podía negar el tirón que sentía en mi corazón al escuchar hablar a Colson. Cuando hizo la invitación para que pasara al frente todo el que quisiera pedirle a Jesús que entrara a su vida y le perdonara sus pecados, muchos presos respondieron. De repente sentí que me movía hacia adelante junto con ellos. Con denuedo caminé hacia el frente, hablé con algunos de los consejeros, acepté su literatura, e incluso repetí las palabras que me alentaron a orar: la oración del «pecador», como decían ellos.

Pero nada sucedió. Les dije a todos en el seminario que estaba «entregando mi vida a Jesús», pero mi corazón no había cambiado. Seguía siendo la misma persona pecadora que había sido al entrar a esa reunión… quizá un poco peor, porque ahora, además de engañar a todos los demás, estaba intentando timar a Dios… si era que Dios existía.

A pesar de mi duplicidad espiritual, no podía negar que algo me estaba sucediendo. Me sentía bajo convicción, no por mis delitos de la droga, sino por el tipo de persona que era por dentro. Al no comprender esta convicción espiritual, peleé denodadamente en contra de ella. Seguí diciéndome que no había dañado a nadie mediante mi negocio de drogas, que era un tipo bueno, y que con el dinero que ganaba ayudaba a muchas personas al pagar por casas y escuelas y en ocasiones hasta iglesias. Todas esas cosas eliminaban lo malo. Así que, ¿por qué me sentía culpable?

Quizá en un intento de ahogar mi sentido de culpa espiritual, decidí reanudar mi negocio de drogas. Por diversas razones, recientemente había reducido mi nivel de participación en el cartel. Si bien era posible seguir administrando el negocio desde la prisión, hacer los tratos de cocaína a través de mis visitas era ineficiente y a veces engorroso. También había escuchado que Manny Garcés había sido obligado a abandonar el país. Su regreso a Colombia, y posterior procesamiento en EE.UU., habiendo sido acusado de lavado de dinero, había desembocado en el «retiro» de la mayoría de los que habíamos trabajado juntos desde el principio.

Tenía sentido que yo me retirara también, ya que por cierto había acumulado suficiente dinero para vivir cómodamente por el resto de mi vida. Después de ser liberado de la prisión, podía sencillamente concentrarme en lograr que mi negocio ganadero fuera más próspero.

A pesar de eso, me mantuve alerta, buscando la oportunidad adecuada para empezar a edificar otra red de drogas. Permanecía en contacto con Travis White en California, y sabía que con una llamada telefónica, podía volver a hacer entregas de cocaína allí.

La oportunidad se presentó de manera inesperada. Un día en la sala de visitas, un joven me llamó: «Jorge, soy yo, Carlos». Hacía más de cuatro años que no veía a Carlos, que era uno de los muchachos que trabajaba para Sal por allá cuando recién nos iniciábamos en el comercio de la cocaína.

Tras darle un abrazo, Carlos me explicó que estaba visitando a su suegro, un camionero que había sido encarcelado por ingresar una carga de cocaína para otra organización.

—¿Y a qué te dedicas ahora? —le pregunté.

—A lo mismo —me dijo sonriendo—. Pero ahora trabajo por mi cuenta. Así que estoy buscando trabajo.

En mi mente ya se urdía un plan.

—Tengo una fuerte conexión en California —le dije a Carlos. Bosquejé un arreglo para nuestro trabajo conjunto y le prometí un porcentaje de lo que se obtuviera.

Carlos quedó encantado. Llamé a Travis White, y me vino a visitar a Eglin. Le presenté a Carlos, hice algunas llamadas telefónicas... y volvimos a los negocios.

Carlos empezó a hacer entregas regulares a California, y estábamos ganando dinero. Sin embargo, lo que más me interesaba era conseguir más personas para llevar a cabo las operaciones. Estaba decidido a desarrollar mi negocio de cocaína para que fuera algo aun más grande y mejor que antes.

Esta vez no era una cuestión de dinero; era para desquitarme del gobierno.

Durante mi último año en Eglin le propuse matrimonio a Sherry y decidimos casarnos mientras aún seguía preso. Solicité una licencia de fin de semana, un privilegio que se les concedía normalmente a los presidiarios al acercarse la fecha en que serían puestos en libertad, para poder tener una boda y una fiesta «normales». Le dije a Sherry que alquilara un centro de vacaciones cercano e invitara a todos nuestros amigos de cerca y de lejos.

Cuatro días antes de la boda, me llamaron a la oficina del subdirector de la prisión. Había descubierto que pensaba gastar más de treinta mil dólares en nuestra boda. «De ninguna manera permitiré que hagas alarde en mi propia cara de todo ese dinero habido por las drogas», me declaró él. «Tu licencia ha sido cancelada.» No podían impedir que me casara, pero hicieron planes para llevarme a la ciudad a fin de realizar la ceremonia y que luego me escoltara el capellán de regreso a la prisión.

Mantuve una disposición serena, pero el estómago se me revolvía por causa de la frustración.

Más tarde llamé a Sherry y le informé de la noticia desalentadora. Ella estaba sumamente molesta, pero le dije que tenía un plan.

En esa época, las reglas de Eglin para visitantes no restringían la cantidad ni el tipo de comida que se podía traer a los prisioneros. Las únicas condiciones eran que las bebidas debían estar en botellas transparentes de plástico, nada de latas, y se debía permitir que los guardias inspeccionaran los alimentos.

Teniendo esto en mente, pedí a Sherry que llamara a la compañía que habíamos contratado para el servicio de comida. Quería que veinte meseros, vestidos de esmoquin llevando bandejas de plata, entregaran un enorme festín a la sala de visitas de la prisión a las doce en punto del mediodía de nuestro casamiento.

Sherry debió pensar que yo había perdido la razón, pero hizo lo que le pedí.

También hice que uno de mis obreros hiciera un pedido de un pastel helado de un metro ochenta y dos centímetros de altura. Y pedí un cerdo entero, asado estilo luau hawaiano.

Mientras tanto hice correr la noticia entre los demás presidiarios de que el día de mi casamiento, no sería necesario que ningún miembro de la familia les trajese alimentos: habría comida de sobra para todos, como cortesía de mi parte.

La mañana de nuestra boda, hice que me entregaran ropa a la prisión por valor de doce mil dólares para poder elegir lo que me quería poner. Tal como había planeado el subdirector, Sherry y yo nos casamos en la ciudad esa mañana, luego regresamos a la prisión. Al mediodía, tal como lo había planeado *yo*, un ejército de meseros vestidos de esmoquin desfilaron hacia el área de visitas cargando bandejas de plata apiladas de langosta, bistec y todo tipo de delicias. El cerdo asado fue colocado en una mesa, y hasta tenía una manzana en la boca.

El guardia que se encargaba de la sala de visitas llamó al director de la prisión y le dijo: «Tiene que venir a ver lo que está sucediendo. En todos mis años de trabajar aquí, este es el mayor espectáculo que he visto jamás.» Cuando llegaron el

213

director y el subdirector, se quedaron de pie, boquiabiertos, mientras los meseros servían a los presos y a sus familias como si fueran clientes del restaurante más fino del país. También se quedaron mirando cómo permitía que el tentador pastel helado sencillamente se derritiera mientras se les hacía agua la boca.

A diferencia de la mayoría de los prisioneros federales, no se me permitió ser transferido a un centro de reinserción social al aproximarse el fin de mi sentencia. Permanecí en Eglin hasta el 25 de julio de 1984, fecha en la que Sherry me fue a buscar a las seis de la mañana. Otra vez era un hombre libre. Y era hora de volver a trabajar.

VEINTICINCO

VIDA Y MUERTE

Con el fin de festejar mi puesta en libertad, Sherry y yo hicimos una pequeña fiesta en mi hacienda de Clewiston. Lo extraño fue que muchos de mis amigos más cercanos no vinieron. Me di cuenta que otra vez estaba solo. No tenía problema con eso; una vez había levantado mi red de drogas, y podía hacerlo otra vez.

Mi nueva operación de drogas en California estaba funcionando sin dificultades para cuando quedé en libertad. Uno de los miembros clave que había agregado a mi organización era alguien que había conocido estando en Eglin. Ismael, que se lo conocía sencillamente como «el árabe», era un hombre delgado de tez oscura que tenía alrededor de veinticinco años. Parecía tener un agudo sentido para los negocios, y consideraba que la lealtad era una de las mayores virtudes de un hombre: este era de los míos.

Para encargarse de la administración de nuestra operación en la costa oeste, contraté a mi ex asociado en la prisión, Celestino Ruiz, tras su puesta en libertad. En poco tiempo, mi operación se volvió sumamente eficiente. El árabe se ocupaba de toda la cocaína que entraba a Miami, transportándola a California, donde Celestino se aseguraba que fuera distribuida a nuestros contactos allí. Pronto estábamos volcando grandes cantidades de cocaína en California y ganando dinero a montones. A veces iba en avión hasta la costa oeste para buscar los pagos cuando la cantidad era suficientemente grande. A la larga compré mi propio avión King Air, como también mi propio helicóptero y un jet Hawker.

215

Pero el mundo de la droga había cambiado durante los años que estuve en prisión. Un gran influjo de mercadería había producido una caída en los precios. Aun más importante, el negocio se había vuelto mucho más violento. Las personas mataban y eran muertas a diario en el mundo de la droga, siendo a menudo víctimas de asesinatos sin sentido. Era más evidente que nunca que el contrabando de drogas no era el «delito sin víctimas» que yo pensaba que era al iniciarme en el negocio. En esos días Manny me decía con frecuencia: «Hijo, si te hace falta portar un arma para realizar una transacción, esa transacción no vale la pena.» Ahora yo llevaba un arma a todas partes, a pesar de que seguía estando libre bajo palabra y que el gobierno sin duda me tenía vigilado. Incluso dormía con un arma debajo de mi almohada.

Mi ex esposa Luchy se había vuelto a casar y tenía planes de mudarse a España, llevándose con ella a nuestro hijo, pero me opuse a esa posibilidad. Me agradaba el esposo de Luchy y sentía que podía razonar con él, así que di instrucciones a Big Eddie, uno de mis guardaespaldas, de que trajera al esposo de Luchy para que se reuniera conmigo. Le hice una oferta generosa: Si Jorgito se quedaba en Estados Unidos para vivir con Sherry y conmigo, costearía los gastos de viaje para que Luchy volviera a Estados Unidos a fin de visitar a su hijo; pero si ella se llevaba a Jorgito fuera del país, mataría al esposo de Luchy. El hombre entendió la sabiduría de mi plan y Jorgito vino a vivir con Sherry y conmigo. Sherry se esforzó lo más que pudo para ser una buena madrastra para Jorgito, intentando llenar el vacío dejado por la ausencia de su madre.

Compré una casa, una villa de estilo mediterráneo de tres pisos con un atracadero de barco en la parte de atrás, en una comunidad exclusiva y cercada con vigilancia en Miami conocida como L'Hermitage. Hice un trato con los guardias de la puerta de entrada, pagándoles el doble de su salario mensual para asegurarme que nadie que me viniera a visitar fuera anotado en sus registros. También llamé a un genio de

Jorge L. Valdés, Ph.D. con Ken Abraham

la electrónica que había conocido en la prisión y le pagué para que colocara en mi casa lo más actual en equipos de seguridad de alta tecnología. Hice que se construyera un cuarto secreto hermético, con puerta oculta, en caso de que me hiciera falta esconderme mientras la casa era inspeccionada por perros policía. La habitación contaba con una caja fuerte, un refrigerador cargado de alimentos y agua y un tanque de oxígeno.

No escatimé ningún gasto al convertir nuestro hogar en L'Hermitage en la fortaleza más decorada que se pudiera lograr. Solo en el dormitorio se gastó más de cien mil dólares en el trabajo de remodelación.

Para mayor seguridad, nunca usaba mi verdadero nombre en L'Hermitage; mi alias era Roberto Jiménez, el nombre de un oficial militar cuyos papeles de identificación personal había logrado obtener, incluyendo su número de seguro social y números de tarjeta de crédito. A pesar de mis meticulosas medidas de precaución, raramente hablaba por teléfono desde mi casa por temor a que mis líneas estuvieran intervenidas. Establecí la costumbre de hablar con mis socios en el negocio por teléfonos celulares, y aun así solo manteníamos conversaciones breves.

Al llegar la Navidad de 1984, cuando el dinero fluía otra vez libremente, me dio un ataque de compra de automóviles. Me compré un Mercedes diseñado a pedido, blanco con bandas doradas, un Z-28 para Sherry y un Camaro para mi hermana. Cuando salieron a la venta los últimos Corvettes, no podía decidir cuál de tres colores me gustaba más, de modo que compré uno automóvil de cada color. Más tarde me compraría un Porsche que valía doscientos mil dólares, negro descapotable con capota roja e interior de color rojo como manzana acaramelada. También era dueño de una serie de camiones. Una de las decisiones más difíciles que debía tomar cada día era cuál automóvil usar.

Como asistente personal, contraté a un hombre llamado Chifo, una verdadera chispa que medía aproximadamente un metro sesenta y cinco centímetros y pesaba unos ciento trein-

Jorge L. Valdés, Ph.D. con Ken Abraham

ta y seis kilos. Chifo se encargaba de pagar todas mis cuentas, llevar a Jorgito a la escuela, buscar a la mucama y hacer todos los arreglos cuando la engañaba a mi esposa. Cuando tenía ganas de alejarme de Sherry por un tiempo, Chifo reservaba una habitación de hotel, la abastecía de un cajón de mi champaña preferida, un videograbador y una provisión de películas pornográficas.

Después de pasar años en la prisión, estaba otra vez en la cima del mundo. ¿Por qué, entonces, me sentía tan desdichado?

Durante este período de mi vida empecé a hacer lo impensable: usar cocaína en mis fiestas. El dinero, el poder y las mujeres no habían satisfecho el hambre insaciable dentro de mí; lo único que me quedaba por probar eran las drogas.

Era discreto en mi uso de cocaína; sabía que si Manny se enteraba en Colombia que estaba usando nuestro producto, pudiera hacer peligrar tanto mi negocio como nuestra amistad. «Esto es un negocio, no algo para usar nosotros», me decía Manny con frecuencia.

Sin bien Sherry tal vez no comprendiera el alcance de mi comercio de drogas, ella observaba que tenía fácil acceso a la cocaína y la usó junto conmigo. Yo me decía: «Puedo dejar de hacer esto cuando quiera», pero descubrí que era más fácil decirlo que hacerlo.

Hacía fiestas con Sherry los fines de semana, usando cocaína dos o tres fines de semana por mes. La coca había empezado a controlarme, porque una vez que comenzaba a usarla, no podía dejar de hacerlo. Jamás me había controlado nada, pero ahora la maldición que yo había ocasionado a tantas otras personas amenazaba mi vida también, y empecé a asustarme.

Al mismo tiempo, mi obsesión con la pornografía se estaba volviendo más descarada. Ya ni siquiera trataba de ocultarla de Sherry. Yo hacía que un distribuidor de videos me entregara las más recientes películas pornográficas directamente a nuestra casa. Al principio solo las miraba cuando estábamos de fiesta, pero en poco tiempo se convirtieron en algo constante.

Decidí que la entrega de videos podía convertirse en una buena pantalla para mi contrabando de drogas, como también una fuerte oportunidad de ganar dinero. Sabía el tipo de películas que la gente no deseaba ir a buscar a una tienda de videos donde podían ser vistos por otras personas. Cuánto mejor sería si pudiéramos entregarlos directamente a su casa, para luego pasar a buscarlos en la fecha que se debían devolver. Servicio privado y discreto: una cosa segura. Adquirí unas cuantas furgonetas, las equipé con estantes para contener los videos, y me metí en el negocio de películas pornográficas con gran fervor. Por supuesto que también disponíamos de una línea completa de películas populares actuales y videos familiares, pero sabía de dónde provendría el dinero de verdad. Se trataba de otra instancia en la que los negocios de drogas y pornografía iban de la mano.

Una extraña tristeza me invadió cuando me enteré que más del setenta por ciento de nuestros alquileres de películas pornográficas se hacían a amas de casa. Pero, ¿con qué derecho podía yo atreverme a juzgar a cualquier otro, siendo que tal perversidad dominaba mi propia vida?

Empecé a buscar estrellas de películas pornográficas con quienes poder salir de parranda durante mis frecuentes viajes a California, y una de ellas me pidió cierta vez que financiara una película titulada *If Mother Only Knew* [Si Mamá Supiera]. Con lo depravado que me había vuelto, consideré hacerlo, hasta pensé en la posibilidad de participar en la película. Quizá el título hizo que me echara atrás; solo podía imaginarme de qué manera mi participación en una cosa tal llegaría a destruir a mi propia madre si alguna vez llegaba a descubrirlo.

A medida que me hundía más en la vida disipada, Sherry de repente se volcó a lo espiritual. Había crecido en una familia cristiana, pero desde las etapas más tempranas de nuestra relación, ella había comprometido sus creencias por mí. Ahora, en los momentos más extraños, ella regresaba a sus raíces espirituales.

Había comprado una casa en la playa en Fort Myers Beach, con vista al Golfo de México. Un día estaba acostado allí en nuestro jacuzzi, mirando una película pornográfica, cuando salió Sherry con una Biblia en la mano. Se quedó allí parada, leyéndomela. Yo había estado en estado de intoxicación todo el día, bebiendo champaña y aspirando cocaína, pero extrañamente, cuando Sherry empezó a leer la Biblia, de repente me puse sobrio. «¡Aleja ese libro de mí!», le grité airado.

Sherry mantuvo su Biblia escondida para que yo no se la botara, pero con frecuencia siguió leyéndola y hablándome de ella. En ese momento, eso solo me parecía hostigamiento... pero por alguna razón inexplicable, me sentía culpable cada vez que lo hacía.

A fines de la primavera de 1985, recibimos la noticia de que Sherry estaba embarazada. A fin de proteger al bebé, Sherry inmediatamente dejó de usar cocaína y también se negó a beber alcohol. Vi cómo mi esposa de veinte años de edad, que antes había sido una parrandera, de pronto se tornaba en virtuosa. Como yo no tenía intención alguna de abandonar mi vida de parranda, sus decisiones crearon tensión en nuestra relación.

A fin de igualar mi fortuna en el negocio de la droga, procuré fama en el mundo de los caballos de exposición. A principios de 1985 el árabe y yo decidimos comprar un buen semental como caballo fuerte para cría en la hacienda. Decidimos que podíamos gastar cien mil dólares en el animal, y viajamos a Texas buscando el animal indicado. Un día estábamos almorzando con un preparador de caballos en una pequeña ciudad al norte de Dallas, y mencionó que sabía de un buen negocio de un semental que estaba disponible en el extremo norte de Texas.

Pensé: *Mmm... ¿un buen negocio? Eso debe significar cien mil o ciento cincuenta mil dólares.* Mientras comía mi sándwich de carne con salsa de barbacoa, pregunté de manera despreocupada cuánto costaba el caballo.

—Un millón de dólares —respondió el preparador con total naturalidad.

Casi me atraganto con el sándwich.

—¿Lo puedes creer? —le pregunté al árabe—. ¿Un millón de dólares?

Un kilo de coca se vendía en esa época por veinticinco mil dólares y yo medía la mayor parte de mis compras según esa norma.

—¡Cuarenta kilos de coca por un semental!

Girando hacia el preparador, sacudí la cabeza.

—Ningún animal vale un millón de dólares, sea que ande en dos patas o en cuatro.

A pesar de eso quedé intrigado. ¿Por qué se le asignaría a un caballo un valor tan elevado? Le di un codazo al árabe.

—Vayamos a ver este caballo.

Fuimos en avión de Dallas a Amarillo, luego alquilamos un automóvil y lo condujimos... y lo condujimos. Finalmente llegamos a destino a las tres de la mañana. Después de haber recorrido una distancia tan larga, no pensaba quedarme esperando la llegada del amanecer para ver al semental, de modo que golpeamos fuerte la puerta de entrada de la casa del administrador de la hacienda. Al rato estábamos caminando hacia los establos, donde vi por primera vez a Tardee Impressive mientras el hacendado lo conducía hasta fuera de su compartimento. ¡*Imponente* [lo que significa su nombre en inglés] era la palabra indicada! El oscuro caballo de color castaño tenía más de quince manos de altura y parecía pesar unos quinientos noventa kilos. Su disposición era tan atractiva como su físico. Era un animal agradable y juguetón que sería el deleite de cualquier amante de caballos.

Mientras el preparador acercaba el caballo hasta donde estábamos nosotros, no lo pude resistir. «Lo compro», dije en voz alta, agregando para mí solo, *a cualquier precio*.

El árabe se quedó mirándome como si hubiera perdido la razón. Sin embargo, al cabo de unos pocos meses, se concretó la venta a un precio que no estaba lejos del millón de dólares.

Para nuestro aniversario en octubre de 1985, le compré a Sherry un Lincoln Givenchi, que me costó treinta y cinco mil dólares. Traje hasta casa el automóvil para ella y llamé a Sherry para que viniera fuera, ansioso por ver su respuesta ante tal regalo.

«¿Solo eso?», preguntó ella.

Pocas personas podían soñar siquiera ser dueños de un automóvil tan costoso y, sin embargo, no era suficiente para ella; se desilusionó porque no le compré un Jaguar. Su reacción me disgustó.

Cegado por mi propia avaricia, no pude ver que yo había inculcado la actitud de Sherry. No entendía la razón más profunda de mi disgusto: Sherry no podía quedar satisfecha con un Lincoln Givenchi porque Jorge Valdés no hubiera estado satisfecho con un Lincoln Givenchi. Estaba sentado en la cima del mundo, pero mi vida carecía por completo de cualquier gozo o contentamiento verdadero. No había ninguna cantidad de posesiones materiales que me produjera más que una merma momentánea en la ola de insatisfacción que me inundaba la vida.

El único lugar donde encontré puro gozo fue en una experiencia donde menos lo esperaba. El 25 de febrero de 1986, llevé a Sherry de prisa al hospital para que diera a luz a nuestro bebé. Mientras las enfermeras preparaban a Sherry, me quedé allí sentado con un teléfono celular y llamé a varios de mis colegas en el negocio de los caballos. Bromeando, les dije que mi yegua estaba a punto de tener una potranca. Sherry, que no apreciaba mi humor, me echó maldiciones al luchar con cada contracción.

Me puse un camisolín del hospital y entré a la sala de parto con Sherry. Al contemplar el milagro del nacimiento de nuestro hermoso bebé, mi estado de ánimo cambió de frivolidad a asombro absoluto. De repente, había una vida nueva: ¡una hijita! Diez dedos en las manos y en los pies, sus pequeños rasgos ya estaban grabados de manera indeleble en mi corazón y mi mente. La amé desde el momento que la vi. El doctor me alcanzó una tijera y me dijo que cortara el cordón umbilical. Al cortar el cordón que unía a nuestro bebé al cuerpo de Sherry, un vínculo igualmente fuerte me envolvió el corazón.

Nuestra hija era el tesoro de nuestra vida y le pusimos el nombre de Krystle. En ese momento, nunca pudiera haberme imaginado cómo usaría Dios a esta pequeña niña para destruir mi mundo, llevándome al punto de completa angustia y desesperación, y cómo Dios obraría a través de ella para mostrarme lo que verdaderamente importa en la vida y cómo encontrarlo.

Sin embargo, eso todavía estaba en el futuro. La noche antes de que le dieran a Sherry el alta del hospital, vinieron a visitarme unos preparadores de caballos. Cuando se enteraron de la noticia de nuestro bebé, uno de ellos dijo: «¡Celebremos!» Le dije a Big Eddie, mi guardaespaldas, que consiguiera un par de mujeres, y el árabe y yo llevamos a los hombres a un club de desnudos con bar. Estuvimos de juerga unas horas, pero en el fondo de mi mente no dejaba de pensar en mi bebé.

A eso de las tres de la mañana llevé a los preparadores de regreso al hotel, les presenté a las mujeres y luego me fui.

Cuando llegué al hospital para buscar a mi esposa y mi hija para llevarlas a casa estaba eufórico de verlas, sin embargo, al mismo tiempo me sentía sucio por haber estado mirando mujeres desnudas la noche anterior. Al alejarnos del hospital, noté con cuánto amor miraba Sherry a nuestro bebé. *Quizá este bebé nos acerque a Sherry y a mí*, pensé.

Como la conexión de California marchaba viento en popa, yo viajaba en jet a la costa oeste una vez cada tantas semanas para controlar los libros, lidiar con cualquier problema que se presentara y, por supuesto, buscar el dinero de la más reciente entrega de cocaína. Una mañana, justo cuando me disponía a partir para un viaje programado, sentí náuseas intensas. Ya había hecho los arreglos para que mi piloto me pasara a buscar, pero me sentía tan descompuesto que llamé a Big Eddie y le dije que siguiera adelante con el viaje sin mí para controlar los libros y traerme el dinero de regreso.

Más tarde ese día, Big Eddie me llamó desde California. «Todo se ve bien, Jorge. Mañana estaré de regreso.»

Al día siguiente, tres horas después de la hora programada de partida del avión de California, uno de nuestros pilotos me llamó para informarme que Big Eddie no había aparecido. Yo estaba furioso, pensando que había estado de parranda la noche anterior. Le había advertido a Eddie que no usara cocaína cuando atendía los negocios, pero sospechaba que a veces hacía caso omiso de mis advertencias.

Pasaron tres horas más sin recibir palabra de Big Eddie. Empecé a preocuparme. Problemas inesperados eran comunes en el negocio de la droga y a veces requerían de tiempo adicional… pero no seis horas.

Eddie había sido dejado en un hotel la noche anterior, pero nuestros contactos no pudieron encontrar señales de él cuando revisaron el hotel.

Mis asociados y yo nos devanamos los sesos intentando adivinar lo que pudiera haberle sucedido a Eddie. A pesar de los riesgos obvios involucrados en las entregas de drogas de alto nivel, nunca sacrificaba a mi gente en bien de nuestro producto. Trabajábamos arduamente en la programación del más mínimo detalle de nuestras entregas para que nos diera la mejor ventaja posible y para proteger a mi gente de posible arresto o ataque. Ninguno era prescindible.

La esposa de Eddie me llamó repetidamente, y yo le aseguré que él estaba bien y que volvería a casa en un par de días. Pero esa noche no pude dormir preguntándome qué pudiera haberle sucedido a Big Eddie… y al dinero que habría llevado consigo.

A la mañana siguiente, cuando todavía no habíamos recibido palabra de él, contraté a un investigador para que encontrara a Big Eddie.

Luego de tres días llamó el investigador. Había un cuerpo que concordaba con la descripción de Big Eddie que aguardaba ser identificado en una morgue de California. Big Eddie había sido encontrado a la vera de un camino, con un disparo que le atravesaba la cabeza.

Las ideas se me agolpaban en la mente: *¿Quién lo asesinó? ¿Y por qué? ¿Qué había salido mal?*

Sentado en el servicio fúnebre de Big Eddie ni siquiera podía mirar al féretro. Me quedé sentado con la mirada perdida en el espacio como si estuviera en trance, ya haciendo en la mente planes para desquitarme de sus asesinos.

Solo la dulce voz de la hijita de Eddie me trajo de regreso a la realidad. Mirándome con toda la inocencia de la niñez, dijo: «Mi papi se fue a estar con Jesús.»

Sus palabras me atravesaron como electricidad corriéndome por las venas. No podía evitar preguntarme si algún día Krystle o Jorge estaría mirando a los ojos de un desconocido, preguntando con ansia y ruego dónde estaba su papi. ¿Cuánto tiempo pasaría antes de que una bala relacionada con las drogas me astillara el cráneo, separándome para siempre de mis hijos?

Un día, poco después del funeral de Big Eddie, Jorgito me preguntó:

—Papá, ¿dónde está Eddie?

—Pues, hijo —le respondí—, Eddie murió.

Jorgito se veía disgustado.

—Le dije que no tomara ningún atajo, papá.

Las palabras de Jorgito me provocaron una sonrisa agridulce en el rostro. Uno de los héroes de Jorgito era Hulk Hogan, el luchador profesional que constantemente recordaba a sus admiradores: «No tomen ningún atajo, tomen sus vitaminas, y hagan sus oraciones.» Por algún motivo, el lema había hecho impacto en Jorgito, así que le reiteraba con frecuencia las palabras de Hulk... o al menos la parte referida a no tomar atajos.

Ahora, cuando Jorgito me recordó las palabras de Hulk, pensé para mis adentros: *¿Cuántos atajos estoy tomando yo en la vida? ¿Cuántos atajos estoy tomando con la vida de otras personas? ¿Y cuándo llegará un atajo a significar el fin de mi vida?*

La muerte de Eddie me destruyó. Día tras día intentaba encontrarle el sentido, revisando mentalmente los pocos detalles que teníamos. No estábamos seguros de quién había apretado el gatillo, pero parecía poco probable que hubiera estado involucrado un rival o un vándalo traficante de drogas; era alguien de mi propia organización.

¿Cómo pudo alguien en el que yo confiaba, uno de los nuestros, haber perpetrado la ejecución de uno de mis mejores amigos al estilo del hampa? ¿Por qué? ¿Por dinero? No, no pudo haber sido por dinero únicamente.

Luego me golpeó la devastadora verdad: *Esa bala estaba dirigida hacia mí. De haber ido yo según los planes, el muerto sería yo, no Eddie. Yo era el único que sabía cuánto dinero se debía. Al matarme a mí, hubieran podido salirse con el asesinato, el dinero y el robo de la cocaína.*

Tenía la mente aturdida y el estómago revuelto. No podía lidiar con la idea de que Eddie había sido muerto en mi lugar y que por algún motivo se me había perdonado la vida.

Por otro lado, ¿por qué escandalizarme ante lo sucedido? ¿Por qué sorprenderme ante la muerte y el engaño? ¿Acaso no eran inevitables en el mundo en el que había escogido vivir?

VEINTISÉIS

APRIETA LA MUERTE

Después de la muerte de Big Eddie cerré nuestra oficina en California. Ya no quería tener nada que ver con ella. Pero seguimos expandiendo nuestra distribución de cocaína por Miami, que daba la impresión de ser más rentable para nosotros a la larga.

Ahora estábamos ingresando cocaína al país por una nueva ruta a través de Alabama. El árabe me había presentado a Bill Grist, un hombre con el que había trabajado en las Bahamas. Bill tenía unas conexiones tremendas mediante las que podía traer aviones cargados de cocaína directo de Colombia a Alabama, después de reabastecerse de combustible en Belize en Centroamérica. La coca luego se transportaba desde Alabama a Miami por vía terrestre.

Entramos a una nueva dimensión para nuestra organización, al recibir cantidades mucho mayores de cocaína por vez. También estaba tratando con nuevos contactos en Colombia. Manny acababa de salir de prisión pero estaba esperando ser extraditado a Estados Unidos. No se estaba involucrando en ningún negocio nuevo por el momento, aunque su influencia y prominencia en el cartel y el mundo de la droga continuaría por mucho tiempo. Mis contactos nuevos no tenían la misma aversión a la violencia que teníamos Manny y yo. Entre los líderes del nuevo régimen estaban Pablo Escobar, un poderoso barón de la droga por derecho propio, y Gacha, un hombre con una reputación particularmente despiadada. A Gacha se lo conocía también como «el mexicano» por causa de su afición por los sombreros mexicanos.

Otro de mis nuevos contactos, Víctor, era uno de los colombianos más temidos de todos, un hombre que, según se decía, había matado a cientos de personas. Víctor había crecido en las calles de uno de los vecindarios peores de Colombia. Su norma general era «Lastima a otras personas antes de que te lastimen a ti». La bala era el juez supremo entre el bien y el mal. Víctor era un hombre sin dobleces; cumplía con lo que prometía, sea que fuere para beneficio… o para perjuicio.

Aprendí mucho de Víctor. Como los oficiales encargados de hacer cumplir la ley se habían vuelto mucho más conscientes de cómo se llevaban a cabo las transacciones de drogas, Víctor me ayudó a establecer un sistema de entrega casi imposible de frustrar.

Rápidamente supe por qué todos los miembros del cartel querían que Víctor fuera su distribuidor en Florida: Se trataba de un hombre que tenía gran fe en la preparación. Cuando venía a mi oficina, llevaba un aparato de radio de emisión y recepción con el que se mantenía en contacto con dos otros automóviles en la zona. Un conductor estaba sentado inmediatamente afuera de mi oficina con el motor en marcha, listo para una rápida fuga; el otro automóvil daba vueltas por el área para informar a Víctor si alguien estaba vigilando o si se acercaba alguna amenaza potencial.

Al prepararnos para completar nuestra primera transacción, Víctor me dio las llaves de dos automóviles distintos. Cada automóvil contenía compartimentos secretos en el baúl. Cargábamos la cocaína en los compartimentos y entregábamos los vehículos a un centro de compras cercano. Luego pasábamos a buscar a nuestros choferes, dejando los automóviles en el lugar. A la hora determinada por Víctor, sus conductores venían con sus propias llaves, abrían los automóviles de entrega y se iban manejándolos. Era un plan de entrega seguro y sin complicaciones.

La estrategia de Víctor formaba la base de mi propio sistema, aunque perfeccioné y adapté los detalles. Nuestro procedimiento en Miami se apoyaba en automóviles con compartimentos ocultos y copias de llaves, automóviles de vigilancia para cerciorarse de que no hubiera problemas, constante comunicación por radio de doble vía y puntos de entrega y recepción escalonados en áreas de tránsito pesado. Mediante este método redujimos nuestros riesgos a un mínimo. El cliente nunca sabía cuándo ni dónde se haría la entrega de cocaína, y si surgía algún problema en cualquier etapa de la entrega, nuestros hombres podían fácilmente abortar el proceso.

Con el tiempo mi organización llegó a operar con tal eficiencia que a veces entregábamos grandes partidas de cocaína bajo las narices de agentes federales o de la policía local, y sin embargo nunca nos detuvieron ni siquiera por una infracción de tránsito. Realizábamos la mayor parte de nuestras operaciones a plena luz del día durante «horario de banquero».

El árabe y yo ahora estábamos sacando una ganancia de más de un millón cada uno por lote. Ingresábamos un lote por mes, aunque una vez entregamos tres lotes en una semana… con el único fin de probar que lo podíamos hacer. Pero entre los otros miembros del cartel era sabido que solo nos quedábamos con los dos tercios de nuestras ganancias. El otro tercio se lo mandaba a Manny en Colombia. Frecuentemente me cuestionaban esto. «¿Qué puede hacer él por ti?», me decían. «Él no está haciendo ninguna transacción.» Al parecer, les ofendía que yo siguiera mostrando respeto hacia Manny a pesar de que ellos hubieran crecido hasta ocupar el liderazgo en el cartel. Para mí era una cuestión de integridad personal y lealtad. Manny Garcés me había ayudado a iniciarme, lo quería como si fuera mi propio padre y quería devolverle una porción de la prosperidad económica que había cosechado por causa de él.

Hacia mediados de 1986, la conexión de Alabama estaba empezando a dar señales de tensión. Ese otoño, al hacer un viaje a Texas para ver unos caballos, me reuní con un ex oficial militar colombiano que Manny me había sugerido que contactara. El oficial quería hablarme acerca de la posibilidad de traer cocaína de Colombia a Estados Unidos a través de México, donde él había estado viviendo. El oficial afirmaba que su socio, un hombre llamado Aurelio, tenía vínculos estrechos con los militares en la región de Juárez de México.

En ese momento, a pesar de que los mexicanos vendían mucha mariguana, ningún importante barón de la droga estaba usando México como ruta para la cocaína. Eso me entusiasmaba aun más: me agradaban los desafíos nuevos.

Unas pocas semanas después, me volví a reunir con el oficial militar colombiano. Esta vez se nos unió su socio. Aurelio tenía aproximadamente mi edad y había estado involucrado en el negocio de la droga en Colombia antes de mudarse a México. Me gustaba su propuesta y en especial su precio: apenas dos mil dólares por kilo, costando el flete otros mil quinientos dólares por kilo. A tres mil quinientos dólares por kilo, resultaba ser mil quinientos dólares más barata que la coca que ingresábamos por Alabama, una diferencia significativa en una partida de seiscientos o setecientos kilos. Mejor aun, se podía usar un avión más grande para traer la coca desde Colombia a México, lo cual significaba que podíamos ingresar mil o posiblemente hasta dos mil kilos por viaje. Al pensar en ingresar una tonelada de cocaína se me hacía agua la boca.

Tras obtener el visto bueno de otros miembros de confianza del cartel sobre este cambio les entregué a mis dos nuevos socios cien mil dólares para que compraran una hacienda en México e iniciaran nuestras operaciones.

A medida que mi negocio de drogas llegaba al punto de casi autoperpetuarse, volqué mi atención cada vez más a levantar mi negocio de caballos. Ahora que era dueño de Tardee Impressive, el mejor semental del país, quería adquirir una manada de yeguas que fueran dignas de él. Crucé el país de ida y de vuelta llevando un millón de dólares en una maleta, viajando a haciendas de caballos y comprando las mejores yeguas de todos… a un precio de hasta ciento veinticinco mil dólares cada una.

Cuando el árabe y yo asistimos a varias de las exposiciones de caballos hacia fines de 1985, haciendo ostentación extravagante de dinero frente a otros propietarios, ellos nos miraban arqueando las cejas. Ahora todos querían hacer negocios con nosotros.

En octubre de 1986, participé de una exhibición de caballos por primera vez en el Congreso Nacional de Caballos de Cuarto de Milla, la exhibición de caballos más grande y de más prestigio del país. Más de tres mil caballos competían en este acontecimiento de dos semanas de duración en Columbus, Ohio.

La competencia fue feroz, pero cuando se hizo el recuento de los votos finales de los jueces, mis dos caballos ocupaban las primeras posiciones de la lista: primera vez en la historia del Congreso que caballos de un solo dueño obtenían los dos primeros puestos. En círculos ecuestres, esto equivalía a ser dueño de ambos equipos que juegan el «Super Bowl» [la final del campeonato de fútbol americano].

Hicimos una gran fiesta para celebrar, donde gastamos más de quince mil dólares en champaña y un servicio de bufé. Vinieron montones de personas a nuestras suites de hotel durante toda la noche y el asunto estuvo un tanto alocado.

Sherry me había acompañado a Columbus, pero acabábamos de enterarnos que estaba embarazada de nuestro segundo bebé. Estaba esforzándose todo lo posible por ser sociable, pero me daba cuenta que estaba cansada y que rápidamente se le estaban acabando las fuerzas. Mientras ambos recorríamos la habitación haciendo relaciones públicas, cada tanto nos mirábamos. Luego desviaba la vista con rapidez.

Al cruzar entre la multitud, una bella joven se me acercó y me dijo: «¿Por qué no me llevas a la cama?»

Al salir de la habitación con ella alcancé a ver a Sherry que sonreía y se mostraba amable con todos. Intentando sobreponerme a la inesperada sensación de culpa, fui hasta el cuarto de la joven y tomé un trago con ella. Al quitarse ella la ropa, la culpa me seguía carcomiendo. Pensé, *no lo puedo hacer*. Me levanté, salí de allí, y regresé a la fiesta.

Al aproximarse el nacimiento de nuestro segundo bebé, Sherry y yo nos mudamos a una casa diferente en Miami, donde otra vez mandé una cuadrilla de trabajo a construir una habitación secreta semejante a la que tenía en L'Hermitage. Y otra vez instalé una batería de equipos de vigilancia de alta tecnología dentro y alrededor de la casa. Como esta casa era más abierta que L'Hermitage, compré varias casas en el barrio y mudé allí a algunos de mis empleados para que las habitaran. Compré dos perros pastores alemanes para que fueran guardianes, además de los guardaespaldas que patrullaban constantemente la propiedad. Hice instalar barras en las ventanas e hice que bloquearan la ventana que estaba detrás de nuestra cama con cemento reforzado con barras de acero. Cada vez estaba más paranoico por la seguridad.

Al mismo tiempo, la relación entre Sherry y yo seguía tirante. A mi parecer, ya era hora de que ella volviera a parrandear otra vez... al fin y al cabo, nuestro primer bebé había nacido saludable. Pero Sherry ni siquiera había bebido un trago durante los meses que amamantó a Krystle, mucho menos ahora que estaba embarazada otra vez. Intenté ganarme su favor levantándome de noche para atender a Krystle, pero incluso eso se convirtió en mi pretexto retorcido para quedarme despierto toda la noche mirando películas pornográficas.

Estaba usando cocaína en forma más frecuente los fines de semana, lo suficiente para hacerle la vida imposible a Sherry. La cocaína hacía que mi paranoia fuera aun más pronunciada. Me quedaba despierto durante varios días seguidos, mirando fijamente los monitores de seguridad, esperando que alguna persona se metiera e intentara matarme. Cuando finalmente me quedaba dormido, lo hacía con un arma de nueve milímetros debajo de la almohada y un Uzi junto a la cama. A menudo me despertaba gritándole a Sherry: «¡Alguien está oculto entre los árboles!» Salía a investigar llevando mi metralleta cargada.

Los guardaespaldas de Jorgito lo llevaban a la escuela y se quedaban todo el día sentados en automóviles estacionados fuera de la escuela observando para descubrir algo fuera de lo común. Por supuesto que, por lo general, lo único fuera de lo común que había en la escuela era el automóvil lleno de guardaespaldas armados que estaba frente a la misma. Sherry se quejó de que Jorgito ni siquiera podía nadar en la piscina sin que los guardaespaldas patrullaran el área con metralletas.

Cuando no estaba pegado a las cámaras de seguridad, miraba uno de los dos televisores que tenía en el cuarto. Uno tenía sintonizados los canales que eran solo para adultos; el otro estaba conectado a una videograbadora cargada de películas solo para adultos. Mientras Sherry estaba en la cama leyendo su Biblia yo me acostaba a su lado mirando pornografía.

Algunas noches iba a una habitación de hotel y me encontraba con dos o tres muchachas. Otras veces, sencillamente daba vueltas por Miami, solo, en automóvil durante horas en medio de la noche, pasando de un bar de semidesnudos a otro. Llevaba puesto ciento cincuenta mil dólares en joyas y llevaba hasta cuarenta mil dólares en efectivo en los bolsillos. Era un fajo de billetes andante en una época en que los maleantes no tendrían reparo en matar a alguno al robar cincuenta dólares de una tienda. Hubiera sido sencillo que me siguiera cualquier atracador que estuviera holgazaneando alrededor de esos clubes nocturnos, me robara y me matara, concretando así el mayor robo de su vida. Sin embargo, nadie me tocó. Al parecer, el Dios que no existía estaba cuidando de mí.

Mi claridad mental disminuía cada vez más, a la vez que aumentaba mi estado de confusión. Cuando mis amigos me preguntaban: «¿Cómo te va?», a veces respondía: «Infeliz. Odio cada instante de mi vida y no sé por qué.»

Ellos pensaban que bromeaba, así que se reían de mí. Sin embargo, a veces, alguno se daba cuenta que no era mi intención ser gracioso.

«¿Cómo puedes decir eso?», me preguntaban. «Tienes todo lo que quiere todo el mundo. ¿Qué más quieres?»

No sabía la respuesta. La lucha bramaba dentro de mí, una tortura interna mucho peor que cualquier cosa vivida en Panamá.

Tal como había hecho tantas veces antes busqué solaz en los brazos de otra mujer, esta vez una de las amigas de Sherry. Por causa de mi obsesión por la seguridad, no permitía que Sherry saliera sola, ni siquiera para que la peinaran o para hacer compras, y ella detestaba la intromisión de que la acompañara un guardaespaldas. De modo que me agradó que Sherry contratara a una atractiva manicura llamada Margaret para que viniera a casa para arreglarle las uñas.

Margaret tenía una personalidad efervescente, positiva y ocurrente. Siendo de ascendencia brasileña, en ella se combinaban una delicada belleza latina y una sensualidad llamativa. Al forjarse una estrecha amistad entre Margaret y Sherry, le dijo a Sherry que acababa de mudarse a Miami desde Michigan y que necesitaba todo el trabajo que pudiera conseguir.

Un día Sherry me dijo que Margaret necesitaba ocho mil dólares para evitar que le quitaran el automóvil. Le dije a Sherry que hiciera que Margaret pasara por mi oficina. Cuando Margaret me vino a ver me explicó su predicamento. Bromeando, le pregunté: «¿De qué manera me lo retribuirás?» No se lo preguntaba en serio, pero Margaret interpretó mal mis motivos.

Sonrió de manera seductora. «Haría *cualquier cosa* por retribuírtelo.»

Capté el mensaje. Invité a Margaret a cenar esa noche y ella aceptó. Le instruí a Chifo, mi asistente personal, que reservara una suite de hotel y ordenara una cena privada preparada en la habitación, incluyendo una botella de champaña. Esa noche no llevé a Margaret a casa hasta las dos de la mañana.

Margaret siguió arreglándole las uñas a Sherry sin que ella tuviera noción de lo que estaba sucediendo. A decir verdad, Sherry le confiaba cada vez más cosas y Margaret usaba la información íntima para debilitar aun más la relación entre

Sherry y yo. Margaret me transmitía el grado de descontento que sentía Sherry para conmigo, insinuando de manera sutil: «¿Qué más quiere esa mujer?»

Exactamente lo que pensaba yo. Los comentarios de Margaret me proporcionaron toda la lógica que necesitaba para permitir que la relación con mi esposa se enfriara aun más.

En cierto modo, mi aventura con Margaret parecía ser parte de un espíritu de destrucción aun mayor que obraba dentro de mí. Daba la sensación de que la muerte estuviera apretando como una profecía que acarreaba su propio cumplimiento.

El árabe y yo hicimos otro viaje a Texas y, en el trayecto, a cada rato les hacía bromas a nuestros pilotos: «No nos maten; si lo hacen, se quedarán sin trabajo.» Permanecimos durante una semana en Texas viendo caballos y reuniéndonos con Aurelio, nuestra conexión mexicana. Salimos de juerga con algunas participantes de un concurso de belleza y luego regresamos a Miami. En el viaje de regreso le pedí a Ed, uno de mis pilotos, que en unos días volviera a reunirse conmigo en Miami para llevar en avión a mi esposa e hijos a Walt Disney World. Mientras tanto, le dije a Ed que se llevara el avión y fuera a visitar a su hija y a su nieto.

El día señalado tuve a mi familia lista para el vuelo a Orlando, pero Ed no apareció. Llamé a su casa y una mujer que después se identificó como la suegra de Ed contestó el teléfono.

—¿Quién es? —respondió ella cuando pedí hablar con Ed.

—Soy Jorge Valdés, el jefe de Ed.

—¿Entonces no se enteró? —preguntó ella.

—¿Enterarme de qué? No, ¿qué pasó?

La suegra de Ed rompió en llanto al decir:

—Ed murió en un accidente de avión.

Casi se me cayó el receptor. Mientras lloraba, la mujer se esforzó cuanto pudo por explicar lo sucedido. Al intentar aterrizar en el mismo aeropuerto en Ohio donde había aprendido a volar siendo un muchacho de dieciséis años, el avión de Ed se topó con un viento cruzado y chocó.

Parecía que todos los que me rodeaban se estaban muriendo. En alguna época todo lo que yo tocaba se convertía en oro; ahora todo lo que tocaba parecía desvanecerse como cenizas al viento.

Al apenarme ante la pérdida de otro asociado me pregunté: *¿Cuándo me tocará a mí?*

VEINTISIETE

NUNCA, NUNCA MÁS

Apesar de que mi negocio de cocaína prosperaba y el dinero fluía, para el año 1987 todo parecía ser irrelevante. Ni siquiera el dinero me despertaba el interés. Un día mientras trabajaba al escritorio en mi oficina, le di un golpe a mi localizador y se me cayó detrás del sofá. Al meter la mano detrás del sofá toqué una bolsa. Saqué la bolsa, la abrí y encontré setecientos mil dólares. La había escondido allí varias semanas antes y ni siquiera me había dado cuenta que me faltaba.

Por mucho que me esforzara por recuperar el sentido de propósito, o al menos de diversión, seguía deprimido y descorazonado. Mi matrimonio se estaba derrumbando y no me importaba en absoluto. Los únicos puntos luminosos en mi vida eran mis hijos.

Incluso mi deseo de venganza contra el gobierno de Estados Unidos había empezado a menguar. Ya no me quedaba nada por demostrar. Había reconstruido mi imperio de la droga de la nada después de que me soltaran de la prisión. Había desatado una ventisca de cocaína que ahora cubría la nación. Había probado que podía salirme con la mía, a menudo haciendo alarde de mi habilidad de ingresar cocaína propiamente bajo las narices de las autoridades sin que me atraparan. Todo se trataba de un juego y yo había vencido.

¿Por qué, entonces, no sentía deseos de festejar?

Una noche, estando acostado en la cama mirando TV con Sherry, sentí de repente como si abandonara mi cuerpo. Tenía la seguridad de estar muriendo, podía ver que me alejaba flotando. Me esforzaba por hablarle a Sherry, intentando lograr que ella me despertara de esta pesadilla. Cuando reaccioné, estaba bañado en sudor.

«¡Jorge! ¿Qué pasa?», exclamó Sherry.

«No lo sé, pero creo que acabo de tener un infarto.»

Al día siguiente fui a ver a un cardiólogo en Miami, un especialista tan solicitado que tuve que donar veinte mil dólares a la Escuela de Cardiología de la Universidad de Miami para poder obtener una cita con él. Después de hacerme una serie de pruebas concluyó que había sufrido un leve ataque cardíaco... a los treinta y un años de edad.

Aunque peor que la invasión de la muerte era mi sensación de estar siempre sucio. A veces cuando Krystle se despertaba de noche sentía la necesidad de lavarme las manos con energía antes de correr hasta su cuna. Era como si me tocara protagonizar una mala versión de *Macbeth*; aunque me lavara no podía quitarme la culpa de las manos. Aun cuando le hablaba a Krystle me sentía sucio. Ella era tan pura y yo era tan... tan completamente depravado.

Al mirar a mi hija angelical mientras dormía no podía comprender por qué me resultaba imposible darle a mi vida un giro positivo. ¿Por qué estaba tan desesperanzado? A Krystle le encantaba seguirme por toda la casa en su andador y cada tanto me detenía solo para observarla. Ella y Jorgito eran los amores de mi vida y, sin embargo, estaba arriesgando el futuro de ellos.

Un día mientras me preparaba para ir a la hacienda el fin de semana, llamó Margaret para hablar con Sherry.

Sherry había ido a una fiesta en homenaje a nuestro bebé que nacería en unas pocas semanas, pero le mentí a Margaret.

—Sherry me dejó —dije y le comenté que estaba deprimido.

»¿Quieres pasar el fin de semana conmigo en la casa de la playa? —y agregué rápidamente—: ¿Solo como amigos?

Margaret ahora trabajaba como azafata y dijo que dos de sus compañeras de trabajo se estaban quedando con ella por el fin de semana.

—¿Te importaría que vinieran mis amigas?

—Ningún problema —le respondí.

Pasé un agradable fin de semana con Margaret y sus amigas, parrandeando en Fort Myers Beach y holgazaneando alrededor de la piscina de nuestra casa de playa. El domingo almorzamos en mi bote antes de llevar a las amigas de Margaret al aeropuerto. Convencí a Margaret de que me acompañara en el viaje de regreso a Miami, así que volvimos a la casa de la playa para buscar mis cosas antes de partir.

Mientras Margaret se arreglaba el maquillaje en el baño, yo estaba sentado en la cama hablando por teléfono con mi preparador de caballos. De repente una piedra rompió uno de los cristales de la puerta ventana que conducía al dormitorio. Ante el estallido, me levanté de la cama de un salto, agarré mi pistola y la amartillé a medias. Saqué apenas la cabeza por la puerta. Cuando me disponía a disparar, vi quién era mi atacante. Era Sherry.

Empecé a gritarle. Me inquietaba darme cuenta cuán cerca había estado de pegarle un tiro a mi esposa. Para recuperar la compostura, salí para sentarme cerca de la piscina. Sherry empezó a gritarme aseverando que yo estaba teniendo una aventura con otra mujer.

«No», dije. «¡No estoy teniendo una aventura!»

Sherry me dio una bofetada tan fuerte que me tiró las gafas a la piscina. Mientras seguía gritando, empezó a golpear y patearme en la ingle. Yo también le grité, amenazando con dejarla inconsciente y tirarla en la piscina.

Margaret, mientras tanto, había intentado darse a la fuga, pero se había topado con la madre de Sherry, que había estado esperando en silencio al frente de la casa. Ella la llevó a Margaret de regreso al lugar donde estábamos nosotros, y al acercarse escuché que Margaret lloraba diciendo: «Lo siento, Sherry. ¡No hice nada!»

Sherry le echó una mirada a Margaret y luego se dio cuenta de que no solo estaba su esposo con otra mujer, sino que la mujer era una de sus mejores amigas. Sintiéndose apabullada, se desplomó llorando.

Le dije a Sherry que no había sucedido nada, que Margaret y yo solo éramos amigos, pero mis palabras solo sirvieron para reavivar el fuego de Sherry. Le dio una bofetada a Margaret, la arrastró del cabello y la echó de la casa. Luego volvió a gritarme. «Te entregaré al oficial encargado de vigilar tu libertad condicional», me amenazó. «¡Te quitaré todo lo que tienes!»

Al día siguiente, Sherry me llamó a la hacienda para decirme que iniciaría los trámites de divorcio.

«Está bien», le respondí.

Durante los siguientes meses Margaret y yo fuimos amantes. Mientras tanto, Sherry estaba haciendo todo lo que pudiera para que me sintiera aun más culpable de lo que ya me sentía. En medio de la noche, cuando Krystle se despertaba llorando, Sherry me llamaba para decir: «¡Mira lo que has hecho! Tu querida hijita está llorando por ti.»

Estaba sufriendo una muerte lenta y horrible. Buscando alivio, salí de juerga aun más, pero eso solo me hacía sentir peor.

Sherry y yo nos vimos envueltos en la típica danza de parejas que se divorcian, llevando a nuestros hijos de ida y de vuelta entre una casa y la otra. Cada semana hacía el viaje hasta Fort Walton Beach para buscar a Krystle y traerla hasta la hacienda para pasar el fin de semana con Jorgito y conmigo. Krystle ahora tenía casi dos años de edad y era el deleite de mi vida escuchar cómo me llamaba: «¡Papi! ¡Paaa-pi!»

Un día de mayo de 1987, Sherry me llamó para decirme que estaba a punto de dar a luz a nuestro segundo hijo. A pesar de nuestra separación, me subí a un avión esa mañana y llegué al hospital a tiempo para el nacimiento de otra preciosa bebita, a quien le pusimos el nombre de Jade, mi segunda joya. Por causa de nuestro distanciamiento, el hecho de que Sherry y yo estuviéramos juntos en un momento tan íntimo resultaba incómodo, pero nada podía disminuir el sentido de sobrecogimiento y asombro que sentía al sostener en mis brazos a mi preciosa hija recién nacida.

Pasé esa noche en una habitación de hotel con Krystle preguntándome: *¿Cuál es el rumbo de mi vida? ¿Cómo puedo relacionarme con este nuevo bebé?* Ahora tenía dos hijitas cuyas sonrisas extrañaría todos los días, hijas para las cuales era probable que no estuviera presente en los momentos importantes de su vida. A juzgar por el rumbo que estaba tomando mi vida, era probable que no viviera lo suficiente para ver que se graduaran de la secundaria.

Las palabras de la hija de Big Eddie me perseguían. «Mi papi se fue a estar con Jesús.» Me preguntaba: *¿Cuándo ocurrirá que Krystle o Jade miren a los ojos de un desconocido y le digan algo similar? O peor aun, ¿acaso le dirán a alguien que su padre se ha ido al infierno?*

Durante el Congreso de Caballos de Cuarto de Milla de 1986 realizado el otoño anterior en el que mis caballos habían terminado en los dos primeros puestos, un joven se me acercó para ver si tenía interés en comprar su caballo. «Tengo un lindo potro de un año», dijo. En realidad no me interesaba; solo quería los mejores caballos del país. De manera amable rechacé la oferta del muchacho, pero él insistió. Me gustó su empuje, de modo que finalmente le pregunté cuánto pedía por el caballo.

«Diez mil dólares.»

«Muy bien», dije. «Te comunicaré mi decisión en un par de días.»

Después del Congreso, persuadí a mi padre para que comprara el caballo y accedió.

Mientras tanto le entregué a mi preparador cuatrocientos mil dólares y le indiqué que hiciera un sondeo de todo el país y comprara los dos mejores caballos de dos años de edad que pudiera encontrar para prepararnos para la temporada de exposiciones de 1987. Para la primavera de ese año había comprado cinco caballos de primera. Es lamentable, pero para fines del verano los cinco caballos (uno de ellos costó más de doscientos cincuenta mil dólares) resultaron estar lisiados o rengos. No había forma de que compitieran, pero había estado haciendo alarde de que volveríamos a ganar el Congreso.

Con mi madre y padre
en Cuba 1956

Mi madre, María, J.C.
yo y mi padre en Cuba

MI primera comunión.
Pronto Dios no significaría
nada para mi.

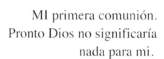

Con mi hermano,
J.C. quien jamás me
abandono y siempre
a estado a mi lado.

1965 el año antes
de salir de Cuba.

J.C. y yo en los Boys Scouts
cuando llegamos de Cuba.

Mi padre.

Mi madre a los
18 años de edad.

A la edad de 17 años
trabajando par el Banco
de la Reserva Federal.

Con Harold Rosenthal
poco antes de que
el avión cayera.

Descansando en el barco
bananero en Stockton.

Con un trabajador en
Bolivia preparando el avión
para transportar la cocaína.

De los archivos del DEA:
una foto del Queen Air
cuando aterrizo.

Jorge "Lino" Latines cuando
nos interrogo en su oficina
de Panama. Esta foto también
de los archivos del DEA.

Foto de los archivos del DEA
con la cocaína que encontraron
en el avión.

Trabajando en la
clínica dental en Eglin.
No tomo mucho
tiempo en conseguir
lo que quería en
la prisión.

El dia que me
case con Sherry en
Eglin. 1983.

Con mi hijo Jorgito a los 6 años
visitándome en la prisión.

Con Jorgito y mi madre
acabado de salir de la prisión.

Mi Porsche que me esperaba
al salir de la prisión.

Fotos lo que creemos es la buena vida,
sin embargo, mi vida no valía nada.

Jorge L. Valdés, Ph.D. con Ken Abraham

Montando a caballo
con Krystle.

Krystle era muy joven
para saber que Dios la
usaría para cambiar mi vida.

Con mi profesor de Karate,
Tim Brooks, y su bella
esposa Teruko.

Con mi mentor el Dr. Walter Elwell.

El regalo mayor que Dios me dio, mi bella esposa Sujey.

Mas evidencia de la gracia de Dios, mi hijo Estevan nacio en Marzo del 1999 con Krystle, Jade y Alex

Mis precios hijos, Jorgito, Krytle (izquierda), Alex y Jade.

En el parque de los Bravos de Atlanta para ver a mi gran amigo, Julio Franco, jugar.

Isabela y Estevan competiendo
en Ironkids, el dia antes que Sujey
y yo cometiéramos en nuestro primer
Ironman en Orlando, Florida.

MI hija Krystle izquierda,
my nieto mayor Kai Leo,
su padre Jorgito, yo, Isabela y
Estevan en Disney.

Toda mi familia con mi querido
amigo Max Paul Franklin
(a la izquierda) que Dios usaría
poderosamente para ayudarme a
salvar mi matrimonio.

Estos son triatletas profesionales y jóvenes.
miembros de nuestra Fundación Tres Hermanos
Programa que mi hija Isabela comenzó en
cozumel llamado: Digo no a las drogas
Obesidad y violencia.

Mi bella esposa Sujey
y nuestro hijo Estevan.

Celebrando la graduación de
Estevan en el British Open.

En Venecia con Sujey,
Estevan y Isabela.

Poco antes de morir mi madre Teresa con mi hermano y hermana Maria.

Con mi hija Jade
graduándose de abogada
de la Universidad
de Miami.

Mi bella hija Isabela.

MI bella Isabela foto de su
graduación de High School.

Con mi bella esposa Sujey y dos bellas hijas.

Con mi nieta mas joven,
Ana Catherine, hija de mi
hijo Alex y su bella
esposa Victoria.

Con mi nieta Ryen y Danielah
hijas de Krystel y Jason.

El mayor honor de mi vida a sido construir a Virgen de Guadalupe dentro de la penitenciaria de Angola en Louisiana una vez la mas sangrienta prisión en Los Estados Unidos.

El Papa Francisco bendise la capilla

Mi esposa Sujey viendo el show MAYA de Cirque de Soleil en Mexico.

Le pregunté a nuestro preparador lo que debíamos hacer.

«Pues», respondió, «el único caballo que tenemos que está listo para competir es el que tu padre le compró a ese muchacho el año pasado.»

«Registrémoslo», dije yo. «Si es malo para la exhibición, siempre existe la posibilidad de sacarlo y decir que cojeaba, y así al menos no quedamos mal.»

Sin embargo, para cuando había terminado la temporada, ese caballo barato había ganado el Congreso de 1987 y todas las demás exhibiciones de importancia. Fue el caballo de dos años que más ganó en el país. Su nombre lo decía todo: Heaven Sent [Envío del Cielo].

Para fines de 1987, estaba luchando con una seria pérdida de pasión por el negocio de la cocaína. La emoción ya no estaba más. Constantemente presentaba excusas a los miembros del cartel en Colombia y a otros contactos de por qué no era un buen momento para ingresar la cocaína. Por lo general les decía que estaba bajo vigilancia: una aseveración que fácilmente se podía suponer era cierta.

Para agravar las cosas, Sherry informó a mi oficial de libertad bajo palabra que yo tenía un jet privado en el que estaba viajando por todo el país y cada viaje que salía del estado representaba una violación a mi libertad bajo palabra. Pero Sherry no reveló que yo estaba involucrado en actividades de drogas.

Mi oficial de libertad bajo palabra empezó a hacerme la vida imposible. Sin previo aviso me llamaba y me exigía que me presentara a su oficina en un lapso de noventa minutos. El hecho de llegar tarde o faltar a una cita tenía el potencial de ser penado con un regreso a la prisión para completar mi sentencia de quince años. Cuando llamaba mi oficial, soltaba lo que estaba haciendo y salía corriendo.

Esto siguió durante varios meses. Finalmente me había hartado. La siguiente vez que llamó mi oficial de libertad bajo palabra, fui hasta su oficina llevando un bolso con algunas prendas de ropa y le dije: «Enciérreme. Ya no soporto esto. La detesto a usted y detesto a mi esposa. Enciérreme ya.»

La oficial pensó que estaba loco. «Haré un trato con usted», me dijo ella. «Si acepta ver a un siquiatra, lo dejaré en paz hasta que él me presente un informe.»

Acepté. El siquiatra que me mandaron a ver era un cristiano llamado Fred Percetti y, a pesar de resultarme incómodo, empecé a ser franco con él con respecto a mi vida. No tenía intención de admitir mi participación en nada que fuera ilegal, pero le insinué bastante con respecto a mi estilo de vida inmoral y el sentido de culpa que había empezado a experimentar. Esto representaba una grieta importante en mi coraza y me causaba mucha consternación. *Esto constituye debilidad suprema*, pensé, *el hecho de necesitar que alguien me diga cómo enderezar mi vida.* Todos los que estaban en mi mundo querían ser como yo; por lo tanto, ¿qué era lo que andaba mal en mí?

Visitaba a mi madre y mi padre con frecuencia durante este tiempo, tanto que mis guardaespaldas se preocuparon porque mi programa de actividades se estaba volviendo demasiado previsible para cualquier enemigo que pudiera estar observando. Mamá y papá seguían viviendo en la casa que yo los había ayudado a comprar en forma secreta. No aceptaban ninguna de mis ofertas de mudarlos a una casa más grande y más agradable, pues no querían tener nada que ver con dinero manchado por las drogas. No tenía sentido alguno que intentara ocultarles nada, en especial a mi mamá que había estado presente en cada momento de mi juicio.

Mi papá me advertía con frecuencia acerca de la pendiente resbaladiza en la que estaba viajando. «Hijo», me imploraba, «si vuelves a la prisión, nos matarás.»

No le negué que estuviera involucrado otra vez en el negocio de las drogas, pero le aseguré que estaba muy alejado de manejar la mercadería en forma directa. El negocio se había vuelto tan sofisticado a estas alturas que lo único que tenía que hacer era levantar el teléfono y decirles a los colombianos que enviaran la coca. Mis subordinados se encargaban de todo a partir de allí. Seguía ganando millones de dólares, pero con menor riesgo. Al menos eso pensaba.

Si bien mi exposición a ser atrapado era cada vez menor, igualmente empecé a estudiar cómo poder poner fin a mi participación en el negocio de la droga: algo que pocos individuos a mi nivel habían hecho jamás. Nadie se distanciaba del dinero o del poder. Pero yo estaba desencantado con ambos.

Solo podía encontrar tres motivos para permanecer con vida: Jade, Krystle y Jorgito. Mi hijo ahora se acercaba a la adolescencia y quería estar presente para él cuando pasara por esos años turbulentos. Me sentí especialmente apenado por Jorgito cuando Sherry se alejó de nuestra vida. Sherry y Jorgito habían desarrollado una relación particularmente estrecha. Ahora que ella ya no estaba, me preguntaba qué pensaba mi hijo de mí. No solo me había divorciado de su madre, sino que ahora también había puesto fin a mi relación con su madrastra.

Mi apetito por la pornografía y la perversión se incrementó de manera extraordinaria después de la partida de Sherry. Una semana en la que tenía a dos mujeres de parranda conmigo en la hacienda, Sherry decidió de manera inesperada dejar a Krystle conmigo para pasar la noche. Después de que Krystle se durmiera, las mujeres y yo seguimos con nuestros tragos antes de acabar juntos en la cama.

Me desperté a eso de la una y media pensando que había escuchado un golpe a la puerta del dormitorio. Al principio pasé por alto el ruido.

Tap, tap, tap. Lo escuché otra vez. Levanté la cabeza de la almohada y escuché con atención. En ese momento, escuché un sonido que me persigue hasta el día de hoy.

—Papi. ¿Paaa-pi?

Instintivamente, de un tirón me envolví el cuerpo desnudo con una sábana. Las mujeres se movieron junto a mí.

—¿Papi? Soy Krystle —escuché que decía su vocecita.

Sacudí a las mujeres con violencia, despertándolas de un susto.

—Váyanse —les dije en forma seca—. ¡Váyanse ya!

—¿Por qué? ¿Qué pasa, Jorge?

—¡Cállense y vayan! —susurré con rudeza.

Rápidamente las mujeres juntaron su ropa y se dirigieron hacia la puerta.

—¡No, no salgan por allí! Salgan por la ventana.

—Jorge, esto es ridículo.

—¡Váyanse! —chillé roncamente, mientras les dirigía una mirada hostil que con claridad las convenció de que debían obedecer.

Mientras las mujeres se apresuraban a salir por la ventana, envolviéndose todavía en su ropa, me tapé con el cubrecama hasta el cuello.

Otra vez la voz angelical me llamaba a través de la puerta.

—¡Papi! Papi, soy Krystle. Por favor abre la puerta. ¡Paaa-pi! ¡Por favor!

Sentí como si hubiera tocado los extremos de un cable eléctrico con corriente. Empecé a sudar copiosamente; mi cuerpo temblaba. Cuanto más me llamaba mi hijita, más sudaba y me sacudía.

Cerré con fuerza los ojos, como si al bloquear la visión pudiera de alguna manera bloquear el sonido. Pero así como había experimentado al deslizarse el avión hacia la tierra en Panamá, mi vida me pasó delante de los ojos. Parpadeé con fuerza. No lo quería ver.

¿Será este el fin de mi vida?

Poco a poco la voz de Krystle disminuyó de ser un clamor agudo a ser un aullido conmovedor hasta ser un gimoteo con sollozos. Todo ese tiempo seguía agarrándome del cubrecama que me rodeaba, como si la ropa de cama pudiera cubrir mi vergüenza.

¿Cómo podía hacerle esto a mi bebita? *Jamás se me ha sometido a nada tan horrible como lo que le estoy haciendo a mi preciosa hija en este momento.* ¿Cómo podía ser tan malvado? ¿Qué era lo que me había consumido? De haber tenido a mano mis armas de fuego, me habría disparado sin vacilar.

Finalmente, ya no escuché ningún sonido de Krystle fuera de mi puerta.

Recién entonces dejé de estremecerme. Con lentitud y gran silencio, me levanté de la cama. Yo mismo me repugnaba, pero no era el sudor que brillaba sobre mi piel lo que me hacía sentir tan repulsivo. Parecía emanar suciedad desde lo profundo de mi ser, filtrándose, llegando hasta la superficie de manera inexorable.

Quería ver cómo estaba Krystle, pero estaba demasiado sucio. Quería correr hasta donde estaba ella, abrazarla con fuerza, pero me sentía muy mugriento. Ella era tan pura... y yo tan corrupto, tan vil. Si tocaba siquiera a mi hija, la mancharía para siempre.

Trastabillando me dirigí a la ducha, dejé correr el agua lo más caliente que pude soportar e intenté mediante el baño quitar mi contaminación. Frotando mi cuerpo con aspereza, una y otra vez, hasta que la piel me quedó al rojo vivo, permanecí en la ducha hasta sentir que mi propia piel se iba por la tubería.

Finalmente cerré la llave de paso del agua y me envolví en una gruesa bata de toalla.

Abrí la puerta del dormitorio y la imagen que observé quedó grabada para siempre en mi memoria. Mi preciosa bebita estaba acostada en el piso llorando, con la cara presionada contra el umbral de la puerta. Parecía que intentaba captar cualquier atisbo de su padre.

Levantó la vista y me miró con ojos llenos de lágrimas.

—¡Papi! —exclamó.

Me arrodillé junto a Krystle y la abracé. Una revolución cataclísmica de emoción me recorrió el cuerpo. Sostuve a Krystle en un apretado abrazo y le prometí:

—¡Nunca, nunca más! Nunca más te haré pasar por algo así.

A esas alturas eran las tres de la madrugada, pero igualmente llamé a mi madre. Enseguida disipé los temores que le surgieron ante mi llamada telefónica temprana. Teniendo a Krystle en mi falda aún, le dije:

—Mamá, se acabó. He terminado con este tipo de vida.

No hizo falta que dijera nada más. Mamá sabía exactamente a lo que me refería, y por el tono de mi voz, podía darse cuenta de que hablaba con seriedad.

Intenté hablarle, pero las palabras se me atascaron en la garganta. No tenía importancia. Mamá no necesitaba que le diera detalles. A través de sus lágrimas, sencillamente seguía agradeciendo a Dios, una y otra vez por haber contestado sus oraciones.

Colgué el teléfono y de repente me di cuenta de que por primera vez en la vida sentía paz en el corazón. No tenía idea de lo que sucedería, pero sabía que tenía que hacer un corte definitivo con mis socios comerciales colombianos. No podía hacer las cosas a medias. Instintivamente supe que para que este cambio tuviera alguna oportunidad haría falta una acción drástica: todo o nada.

No es que mi ausencia fuera en ningún momento un impedimento para los negocios del cartel. Tampoco me preocupaba una represalia. Si querían matarme, que me hicieran lo peor. No podían lastimarme.

Jorge Valdés, el rey de la cocaína, ya estaba muerto.

CUARTA PARTE

1987 - 1995

———

Tim dio un paso y se acercó más. Se plantó con firmeza frente a mí, cuadró su cuerpo peligroso y me puso la cara a menos de tres centímetros de la mía. Podía ver fuego en sus ojos y determinación en la posición de su mandíbula…

—Permíteme que te diga algo —dijo él—. El dinero que tienes no alcanza para comprar lo que tengo para darte.

VEINTIOCHO

LO QUE EL DINERO NO PUEDE COMPRAR

La luz de la mañana siguiente no modificó mi decisión. Le había dado mi palabra a Krystle y a mi mamá… y si nunca faltaba a una promesa hecha a traficantes de drogas, por cierto que no pensaba echarme atrás en una promesa a miembros de mi familia que me habían amado de manera tan profunda e incondicional.

Llamé a Manny y le dije que había perdido mi voluntad; ya no tenía el valor para seguir en mi negocio. Ya no lo soportaba y quería salir.

A pesar de que Manny lamentaba mi deseo de salir, respetaba mi decisión. Sabía que nunca había comprometido mi lealtad al cartel. Había sido torturado en Panamá y había ido a la prisión por ellos; había pasado por todo sin haber delatado jamás a nadie. Nadie había pasado ni un día en la prisión por causa de información que hubiera ofrecido yo. Yo no había matado a ninguno de los familiares ni amigos cercanos del cartel, tampoco había muerto ninguno por directiva mía. Manny sabía que nadie tenía nada en mi contra.

Sherry se mudó de nuevo a Miami mientras yo vivía en la hacienda. A veces, hablábamos por teléfono y pasábamos tiempo juntos en su casa cuando iba a buscar a las niñas. Mi socio, el árabe, me animó a que intentara restaurar mi matrimonio y poco a poco me permití considerar la posibilidad de reconciliación con Sherry.

Sin embargo, Margaret pasaba los fines de semana conmigo mientras intentaba superar mi depresión. Con su ayuda, había dejado de aspirar cocaína. Después de unas pocas semanas al principio en las que pegaba un salto cada vez que alguien daba un portazo, se apaciguó mi paranoia, y en poco tiempo dejé de preocuparme por la idea de que alguien intentara matarme.

Seguí teniendo mis sesiones de consejería con Fred, ahora más que nunca me hacía falta su sabiduría. Así que en noviembre, cuando Sherry sugirió que le diéramos otra oportunidad a nuestro matrimonio por el bien de nuestros hijos, ambos empezamos a visitar la oficina de Fred para consejería. Para cuando llegó el Año Nuevo, de vez en cuando pernoctaba con Sherry en su casa.

A principios de 1998, le dije a Margaret que iba a reconciliarme con Sherry. Esto le produjo una gran angustia a Margaret, pero sabía que debía hacerlo. Sherry y yo habíamos estado separados por más de siete meses, pero seguía siendo la madre de dos de mis hijos y, por el bien de ella, de mis hijos y mío también, era mi deber dar a nuestro matrimonio una nueva oportunidad.

Sherry vino a vivir conmigo a la hacienda. Seguíamos visitando al consejero dos veces por semana y en ocasiones pensé que progresábamos mucho. Otras veces me sentía convencido de que las sesiones eran una completa pérdida de tiempo. No podía entender por qué Sherry no podía sencillamente perdonar, olvidar y seguir avanzando. No tenía noción de cuánto dolor y resentimiento no resueltos seguía llevando ella en su interior. Ni me interesaba entenderlo. Si bien una lenta metamorfosis se había iniciado en mi vida, seguía viviendo en un mundo donde todo giraba en torno a mí. Otras personas solo eran importantes según lo que podían hacer por mí; quería que ellos entendieran mis necesidades y las atendieran. Eso era lo único que importaba. Una noche Sherry y yo estábamos mirando una película de karate por televisión cuando dije:

«¿Por qué no contratamos un instructor para que nos enseñe karate?» A Sherry le agradó la idea y pronto visitamos un estudio de karate en Fort Myers, donde conocimos a Tim Brooks y a su esposa, Teruko. Tim, que tenía alrededor de cuarenta y cinco años, era de aspecto rudo y sólido como una roca, y cargaba ciento trece kilos en su estructura de un metro ochenta centímetros de estatura. Era oriundo de Ohio, pero se había criado en Japón donde sus padres eran misioneros. Allí conoció a Teruko y se enamoró de ella.

Sherry y yo observamos una de las clases de Tim. Resultaba obvio que sabía de karate. Tim era un *shihan*, un maestro con cinturón negro de séptimo rango. Le dije a Tim que quería instalar un estudio de karate en mi casa y le pregunté si consideraría darnos clases privadas a Sherry y a mí. Tim aceptó venir a la hacienda para echar una mirada.

Después de que Tim me diera instrucciones sobre cómo edificar y equipar el estudio de karate, aceptó venir cada día hábil. Ofrecí pagarle ciento cincuenta dólares por cada lección de dos horas.

Sherry no se sentía bien el día que vino Tim para nuestra primera lección, así que me reuní con él en el estudio a solas, vestido en mi nuevo *ghi*, el uniforme blanco de karate. Él también estaba vestido en su *ghi* y llevaba puesto su cinturón negro de séptimo rango.

Ansioso por comenzar, empecé a hacer extensiones y precalentamiento para mi primera lección.

—Antes de que empecemos, Jorge —dijo Tim, metiendo la mano en su bolso de gimnasia—, quiero enseñarte acerca de la espada.

Pensé que Tim había traído algún tipo de espada compacta, algún arma que al presionar un botón o al apretarla se extendía hasta ser de tamaño normal. Casi no me aguantaba hasta ver lo que sacaba del bolso. En lugar de la espada estilo navaja automática que me había imaginado, Tim sacó una Biblia.

Me recorrió una corriente de ira al quedarme mirando el libro.

—Mira —le dije—, permíteme que te explique algo. No creo en Dios. Si de veras quieres saber la verdad, yo *soy* Dios, y te estoy pagando bastante dinero para que me enseñes karate, así que mañana deja en casa esta "espada".

Tim dio un paso y se acercó más. Se plantó con firmeza frente a mí, cuadró su cuerpo peligroso, y me puso la cara a menos de tres centímetros de la mía. Podía ver fuego en sus ojos y determinación en la posición de su mandíbula.

Aun más, era innegable que carecía por completo de temor... algo que no había visto desde hacía años, ya que la mayoría de mis subordinados y socios me guardaban gran temor y respeto. Tim hablaba con calma pero con poder e intensidad.

—Permíteme que te diga algo —dijo él—. El dinero que tienes no alcanza para comprar lo que tengo para darte.

Era evidente que Tim no pensaba retroceder ante una pelea. Sentí deseos de reprocharme por haberlo hecho enojar... justo a este hombre de cinturón negro de séptimo rango, que podía vencerme y lanzarme por las ventanas. Al mismo tiempo, me recorrió una corriente de euforia. Este tipo no me temía y tampoco intentaba elevarme. Y tenía fe en algo.

Decidí tratar de bajar el nivel de tensión introduciendo un poco de frivolidad.

—¿Quiere decir usted que esto no me va a costar nada? ¿Esto no forma parte de mi tiempo de lección?

Tim se relajó levemente, pero ni siquiera esbozó una sonrisa.

—No —respondió él.

—Está bien —le dije—. Haré un trato con usted. Cuando hayamos terminado nuestra lección de karate y estemos esperando que se caliente el baño de vapor, usted podrá hablarme todo lo que quiera sobre esa Biblia.

—Trato hecho —dijo sonriendo y, extendiendo la mano, apretó la mía.

Tal cual me lo había imaginado, Tim no solo era un experto karateca sino que también era un excelente maestro. Y sin embargo era un enigma para mí. ¿Por qué estaba dispuesto a arriesgarse a perder setecientos cincuenta dólares por semana por unas pocas horas de trabajo solo por tener la convicción de que debía hablarme de la Biblia? Estaba desconcertado y empezaba a sentirme un poco asustado.

Después de la lección, Tim me contó acerca de la Biblia y de cómo había surgido su relación con Jesucristo. A la larga me contó también la razón por la que insistía tanto en hablar de este Jesús al que servía.

El karate ya era el amor de su vida cuando un día, poco después de que Tim y Teruko se casaran, se acercó a una vía de ferrocarril al volver a su casa en automóvil. Vio que un tren venía a toda velocidad directamente hacia donde estaba él, pero pensó que podía ganarle al tren. Tim hundió el acelerador hasta el piso. El pequeño Honda pasó de un salto la primera vía pero no logró cruzar la segunda. El tren enganchó su automóvil y lo cortó por la mitad, lanzando a Tim por el aire a unos treinta metros de distancia.

Para cuando llegó su esposa al hospital, los médicos habían perdido la esperanza de salvarle la vida a Tim. Le dijeron que aunque viviera sería un vegetal por el resto de su vida.

Teruko se negó a aceptar el pronóstico que le daban. Alertó a los familiares de ellos y a sus amigos cristianos, los cuales formaron una vigilia de oración pidiendo a Dios que obrara un milagro. Teruko le dijo al médico: «No solo vivirá mi esposo, sino que saldrá de aquí caminando y seguirá enseñando karate.»

Luego oró: «Señor, te prometo que si salvas a mi esposo, él hablará de Jesús a todas las personas a las que les enseñe karate.» Dios le concedió el pedido, y Tim cumplió la promesa de Teruko.

Estando sentados en el baño de vapor, Tim me miró y dijo: «Y así es, Jorge, que tengo que hablarle de Jesús, sea que me quiera escuchar o no.»

No dije mucho, pero en algún lugar escondido en lo profundo de mi corazón, supe que una de las razones por las que

Dios había obrado un milagro para Teruko y Tim era para que Tim me comunicara el evangelio de Jesucristo a mí.

No es que le facilitara las cosas. Al principio de nuestra relación, yo hacía todo lo posible por probar a Tim, para ver cuál era el grado de sinceridad de su convicción. Le mostré mi colección de películas pornográficas y le dije que muchas de las actrices eran amigas mías. Tim nunca me dijo: «¡Te irás al infierno si sigues mirando esas cosas!» Solo me seguía hablando de Jesús y, por sobre todo, me permitía ver a Jesús a través de él.

Tim y Teruko empezaron a visitarnos a Sherry y a mí con frecuencia en nuestra casa de la playa. Hacíamos cosas entretenidas normales: holgazaneábamos alrededor de la piscina o en el Jacuzzi, salíamos a andar en motos acuáticas o paseábamos en nuestros botes. A Tim le encantaba el océano, y cuando él y Teruko nos visitaban, él y yo nos levantábamos temprano por la mañana para practicar karate en la playa al salir el sol.

La influencia de Tim y Teruko empezó a tener un impacto dramático sobre mi vida. Estaba más saludable; casi no bebía alcohol y ya no me drogaba para nada. Me levantaba temprano por la mañana para hacer dos horas de karate. También empecé a prestar más atención a los negocios de la hacienda.

Si bien Sherry y yo hacíamos grandes avances en nuestro karate, el progreso en nuestra relación de matrimonio era inexistente. Dormíamos en la misma cama, pero no teníamos intimidad, ni siquiera nos tocábamos.

Mientras tanto, seguí observando a Tim y Teruko Brooks preguntándome cómo podían ser tan felices. Al parecer se amaban y apreciaban muchísimo. Noté las cositas que hacían el uno para el otro: las caricias que se daban, la forma que Tim miraba a su esposa con inmensa admiración y la manera de hablarse uno al otro con gran respeto, a pesar de haber estado casados por espacio de quince años. Pensé: *¿Cómo es po-*

sible esto? A veces me preguntaba si estaban drogados. O se drogaban o bien era una fachada que montaban para mí.

Ese verano, su familia y la nuestra desarrollamos todo tipo de actividades juntos. Me agradaba salir de cámping con ellos y hacer otras cosas especiales, pero noté que su emoción y contentamiento no parecían provenir de lo que hacían o del lugar donde se encontraban. Ellos podían divertirse juntos solo tomando bebidas sin alcohol. No tenían necesidad de sexo, alcohol ni drogas. Cuanto más observaba la familia de Tim y Teruko en situaciones cotidianas, más me obsesionaba descubrir lo que impulsaba a estas personas.

Tim me presentó a Jeff Pate, otro simpatizante entusiasta del karate. Jeff era hijo de un adinerado hombre de negocios de Fort Myers. Se había criado en un hogar destrozado y se había ido a estudiar a Boston, donde llevó la vida de un playboy. Siendo joven, Jeff se volvió alcohólico. Pero luego empezó a tomar lecciones de karate con Tim, quien le habló acerca de Jesús. Jeff se convirtió en creyente. Conoció a Elaine y se casó con ella, que también era cristiana, y juntos constituyeron una de las parejas más amorosas que había visto jamás.

Observé a Jeff y Elaine con el mismo interés con que contemplaba a Tim y Teruko, intentando decidir si estas personas eran sinceras de verdad. Eran completamente coherentes. Cuando Jeff vino a mi hacienda para mirar un acontecimiento deportivo conmigo, trajo su cerveza no alcohólica y se divirtió tanto como los demás.

Estas personas me desconcertaban. *Yo sé que dicen ser cristianos, pero tiene que haber alguna otra explicación*, pensaba yo. Me invadía una sensación que no había sentido desde la niñez: envidia. Me producía envidia que estas personas pudieran tener paz y contentamiento sin tener todo el dinero ni el poder que tenía yo.

Me invitaron a su iglesia, de modo que Sherry y yo íbamos ocasionalmente. Por lo general inventaba pretextos para no asistir. A pesar de estar intrigado por el estilo de vida de estas parejas, no quería tener nada que ver con la iglesia.

Seguía sospechando que ellos estaban haciendo teatro. Sin embargo no podía negar que Tim y Teruko, Jeff y Elaine, y sus otros amigos cristianos eran diferentes. Se comportaban de manera diferente y hablaban de modo diferente. Y sus valores eran diferentes de los de la mayoría de las personas que conocía… aunque era llamativo cuánto se asemejaban a los valores de mi mamá.

Al acercarse el final del verano, decidimos asistir juntos a un certamen de karate en Seattle. Mis amigos hicieron nuestras reservaciones de vuelo y cuando Sherry y yo llegamos al aeropuerto, me sorprendió descubrir que todos nuestros asientos estaban en la sección de la clase turista. En ese momento, representaba un gran ajuste en mi vida el simple hecho de volar en primera clase en una aerolínea en lugar de hacerlo en mi jet privado. No queriendo ser descortés, ocupé mi asiento junto con los demás. Al rato, estábamos pasando un tiempo fantástico; Tim convenció a las azafatas de que nos dieran unas manzanas, que rápidamente destruimos con golpes de karate. Nos reímos durante todo el trayecto a Seattle. Casi sin quererlo, pasaba un rato agradable.

También descubrí que no se requería de mucho dinero para que estas personas se sintieran felices. Realizamos una travesía en balsa por aguas rápidas y muchas otras actividades sencillas… y siempre la pasamos estupendo.

Nunca fueron opresivos ni groseros mis nuevos amigos cristianos al intentar convertirme, pero no vacilaban en hablarme de su fe. Sus conversaciones acerca de Dios no parecían afectadas. Cuando decían que una relación con Jesús es más que mera religión, casi parecía ser un acto reflejo para ellos. A veces su conversación sobre lo que Dios había hecho en su vida me parecía demasiado densa, de modo que me disculpaba y salía de la habitación. Sin embargo, por lo general, escuchaba lo que decían, preguntándome si pudiera ser verdad, mientras intentaba analizar a cada uno de mis amigos en busca de su punto débil.

Yo los voy a pescar, decía para mí. *No podrán engañarme para siempre.* Tarde o temprano, bajarían la guardia y yo descubriría lo que sucedía de verdad.

A continuación de los sucesos del certamen, salimos a pasar una velada agradable. Cenamos, bailamos y nos reímos. Aunque parezca raro, ninguno esperaba que yo pagara por todo, lo cual yo hubiera hecho con gusto. Al fin y al cabo, estos eran mis buenos amigos y yo tenía por costumbre pagar para que las personas que me rodeaban pasaran un rato entretenido.

Sin embargo, estas parejas querían pagar su propia cuenta. Casi me daba vergüenza ver cómo las parejas estudiaban detenidamente la cuenta del restaurante, intentando sacar la cuenta de lo que debía cada uno y lanzando sus billetes de diez y de veinte sobre el centro de la mesa. A pesar de mi incomodidad, me causó impacto. No estaba acostumbrado a las personas que querían que estuviera presente por otro motivo que no fuera mi dinero.

Esa noche, al regresar a nuestra habitación, Sherry y yo estuvimos particularmente afectuosos. Hacía tiempo que no había intimidad entre nosotros dos, pero como resultado de esa noche especial, nuestro precioso hijo, Alex, nació nueve meses después.

Ahora que estaba usando mi visión para los negocios de manera legítima, mi negocio de caballos prosperó. Tardee Impressive prácticamente se pagó solo con las enormes tarifas por monta que exigía. Mamá y papá finalmente habían aceptado pasar más tiempo conmigo en la hacienda, de modo que edifiqué una casa para ellos allí, al lado de la mía. Disfrutaba de tener cerca a mamá y papá, y pasamos juntos muchas veladas, sencillamente conversando o mirando películas.

Fue necesario que recortara gastos; ya no me entraban los millones en efectivo y no me había llevado mucho tiempo gastar el efectivo que tenía a mano cuando dejé el negocio de la droga. Tenía millones de dólares en bienes, pero ya no podía darme el lujo de gastar treinta mil a cuarenta mil dólares en un paseo de compras, como solía hacer en mis días de la droga.

Sin embargo, me sentía mucho más feliz de lo que estuve en años. Tenía un renovado deseo de vivir, al levantarme temprano por la mañana, trabajar todo el día y administrar mi negocio. Mi negocio de cría de caballos produjo muchos clientes nuevos. Dedicaba largas horas a mantenerme al día con el trabajo, pero no me molestaba. Disfrutaba de saber que estaba haciendo que algo prosperara de manera legítima, un negocio que daba a otras personas un sentido de orgullo y logro en lugar de la muerte blanca que antes había traficado.

La mejor parte de mi día de trabajo ocurría cada tarde cuando, como un reloj, sonaba el teléfono de mi oficina privada a las tres de la tarde. Sin levantar el receptor sabía quién estaba en la línea.

«¡Papi, caballito, caballito!», decía Krystle. Eso significaba que era hora de pasear con los niños. Dejaba todo lo que estaba haciendo y me encontraba con Jorgito, Krystle y Jade en los establos para salir a andar a caballo. Jorgito era ahora un consumado jinete y podía llevar consigo a una de las niñas, mientras mi otra hija andaba conmigo. Luego de pasear durante una hora por toda la hacienda, regresábamos los caballos al establo y juntos íbamos a nadar. Era nuestro ritual de todas las tardes y sentía que cada día se estrechaban más los lazos entre mis hijos y yo.

Aunque no podía decir lo mismo de mi relación con Sherry.

VEINTINUEVE

DESINTEGRACIÓN

Sherry y yo seguimos asistiendo a nuestras sesiones de consejería con Fred, pero era escaso el progreso que lográbamos. Yo criticaba a Sherry constantemente, encontrando fallas en casi todo lo que ella hacía. Nunca le pedí perdón por haber tenido una aventura amorosa con su amiga, tampoco intenté ser amable y compasivo con ella ni me esforcé por comprender el dolor que había sufrido por mi causa. En mi mente, sentía que yo había vuelto a ella, que yo había hecho una importante concesión al consentir siquiera en volver a juntarnos.

No sabía cómo expresar amor, tampoco bondad y atención de la manera que quería Sherry. Toda mi vida había usado a las mujeres como juguetes con el único fin de satisfacer mi propia conveniencia, apariencia y placer disipado. No estaba acostumbrado a dar amor. En mi anterior oficio, no era posible que una persona sobreviviera por mucho tiempo si era blando y pastoso.

Por mucho que lo intentara, en realidad no tenía la capacidad propia de enderezar mi vida ni mi matrimonio. Podía cambiar las circunstancias externas, pero mi persona interna seguía siendo endurecida y egocéntrica.

Un día durante una sesión de consejería, Fred dijo:

—Quiero hacerles una prueba de confianza.

Sherry y yo nos paramos de cara a la pared y Fred se puso detrás de mí.

—Ahora, déjate caer hacia atrás con los ojos cerrados —me indicó.

Me dejé caer hacia atrás y Fred rápidamente me agarró. Luego le indicó a Sherry que hiciera lo mismo y ella también se dejó caer hacia atrás en los brazos extendidos de Fred.

A continuación, Fred me pidió que me parara detrás de Sherry y la atrapara cuando se cayera. Me ubiqué detrás de ella, pero Sherry no se dejaba caer.

—Muy bien —instruyó Fred—. Sherry, ponte detrás de Jorge y agárralo cuando se caiga.

Me quedé allí parado durante un momento, sabiendo que si me caía hacia atrás, podía ocurrir que Sherry no me agarrara ya sea por no querer o por no poder hacerlo. Me di vuelta.

—No, no creo que sea una buena idea —dije yo.

Volvimos a sentarnos, Sherry a un lado del escritorio de Fred y yo del otro.

—Les dije cuando vinieron a verme que intentaría ayudarlos a reconciliarse y restaurar la confianza en su matrimonio. Pero a veces…

—No quiero reconciliarme —interrumpió de pronto Sherry—. ¡Solo quiero castigarlo!

Su comentario me tomó desprevenido. Dentro de mí surgió ira y me asaltaron deseos de extenderme hasta el otro lado del escritorio de Fred, agarrar a Sherry y sacudirla… con fuerza. Al fin y al cabo, me esforzaba por ser un mejor esposo. Estaba tratando de enderezar mi vida, desbaratando mi programa de actividades para asistir a un consejero dos veces por semana. ¿Y esta mujer quería castigarme?

Seguimos hablando y Sherry y yo decidimos que aguantaríamos hasta fin de año. Si nuestra relación no mejoraba para ese entonces, nos divorciaríamos.

Más tarde ese otoño, durante un viaje de negocios a Oklahoma, compré una Chevy Suburban equipada con televisión, sistema de estéreo de primera calidad y asientos que se transformaban en cama. Llamé a casa y le conté a Sherry que volvería conduciendo la Suburban, en lugar de volver en avión.

«¿Cuándo estarás de vuelta en casa?», preguntó Sherry.

Jorge L. Valdés, Ph.D. con Ken Abraham

«Me llevará unos tres días completar la travesía.»

Esa noche, mientras me preparaba para el viaje, el administrador de la hacienda me dijo que su esposa había llamado desde Florida para decirle que Sherry había estado en mi oficina todo el día, haciendo fotocopias de documentos. Esta noticia no era buena. Sherry raramente iba a mi oficina estando yo en casa, mucho menos estando yo fuera. Sabía que nada de lo que había en la oficina podía incriminarme, pero decidí no correr ningún riesgo.

Le dije al administrador de mi hacienda: «Vuelve tú en la Suburban. Voy a tomar un vuelo de regreso a casa, pero no se lo digas a nadie.»

Volví en avión a Florida y tomé un taxi del aeropuerto de Fort Myers hasta la hacienda. Cuando llegué, Sherry no estaba, de modo que enseguida me puse a registrar la casa. No se veía nada extraño ni fuera de lugar. Empecé a pensar que quizá había reaccionado de manera exagerada, hasta que abrí un ropero y encontré una bolsa llena de copias de documentos. Rápidamente revisé el montón de papeles.

Sherry le había escrito una carta al fiscal de Estados Unidos contándole todo lo que sabía acerca de mí. Si bien su información, en el mejor de los casos, era superficial y llena de conjeturas, estaba informando al gobierno sobre mi padrino colombiano, Manny Garcés, mis aviones y los muchos personajes cuestionables que me rodeaban. Sherry escribió que sospechaba que estaba muy metido en narcóticos.

Me invadieron furia y temor al leer las peligrosas revelaciones contenidas en su carta; no necesariamente temor por mí, sino por mis hijos y por toda mi familia. Pensé: *¿Cómo puedes ser tan estúpida, mujer? No solo me estás destruyendo a mí; ¿acaso no te das cuenta que si esta carta alguna vez sale a la luz, eres persona muerta?* No había manera de que la protegiera por completo de las personas que ella estaba comprometiendo, algunos de los cuales eran asesinos despiadados. Por causa de su necio intento de derrotarme, ponía en peligro la vida de sus hijos, sus padres y de ella misma.

Caminé por la casa juntando al mismo tiempo todas mis armas de fuego. Las puse en una gran bolsa y las llevé a la esposa del administrador de mi hacienda. «Solo guarde estas», dije yo, «porque no sé lo que puedo llegar a hacer si en este momento tengo un arma.»

Cuando Sherry llegó hasta la casa en la hacienda, la agarré de la mano y la halé hacia adentro. Levantando la bolsa llena de fotocopias de documentos, se la tiré y dije rugiendo: «¡Sal de esta casa antes de que te mate!»

Ella lloró y me gritó. No podía comprender su dolor, ni me importaba hacerlo. Me había traicionado y sabía que si se quedaba mucho tiempo más, quizá yo haría algo de lo que me lamentaría para siempre.

Sherry se fue de la casa, buscó a los niños en la escuela y se fue al hotel del otro lado de la carretera. Cuando llamó más tarde esa noche, le dije que alquilara un camión, consiguiera a alguien que la ayudara a embalar sus cosas y que se fuera de mi vida para siempre.

Detestaba hacer que mis hijas pasaran por esto. Jade aún era muy pequeña, pero Krystle tenía edad suficiente para recordar nuestro tiempo previo de separación. Me esforcé por ser fuerte, pero cada vez que veía llorar a mi hija, me preguntaba lo que le pasaba por la mente.

Sherry llamaba con frecuencia para discutir diversos detalles de nuestro divorcio. Por mucho que nos esforzáramos ambos por proteger a nuestros hijos de la fealdad del asunto, estoy seguro de que escucharon cosas que siempre desearé que no hubieran escuchado.

Mis amigos karatecas cristianos, Tim y Teruko, vinieron hasta la hacienda para ofrecerme consuelo. Les dije que me sentía traicionado, pero no entré en detalles. No tomaron partido por Sherry ni por mí, ni trataron de responder a mis preguntas ni de quitarme el dolor; sencillamente se ofrecieron para orar conmigo. Yo no tenía un estado de ánimo apto para la oración. Sentía que la oración era inútil en este punto y que el Dios al que ellos servían en realidad no debía existir. Al fin y al cabo, había estado intentando poner mi vida en orden y, a pesar de eso, mi relación con Sherry de todos modos se desintegró. ¿Dónde estaba Dios en todo eso?

En realidad, mi intento de enderezarme fue a medias, en el mejor de los casos. A pesar de reconocer que estaba sucediendo algo «espiritual» en mi vida, algo que Tim y Teruko y los demás atribuían a Dios, yo seguía siendo tan pecador como siempre. A menudo me sentía bajo convicción de lo malvado que era, pero otras veces seguía disfrutando de ver mis películas pornográficas y me seguía gustando la parranda.

No, no se podía decir que le hubiera dado a Dios mucha oportunidad de cambiar mi vida. Había hecho un esfuerzo simbólico, pero no había puesto mi fe en Dios y, por cierto, que no me había comprometido a ser un seguidor de Jesucristo sea lo que fuere eso.

Al reconocer cuán desorientada se había vuelto mi vida, mi hermano, J.C., empezó a realizar viajes frecuentes a la hacienda haciendo un esfuerzo por alentarme. J.C. había luchado contra el alcoholismo desde mi encarcelamiento en Panamá. Se culpaba por no haber podido rescatarme de la tortura que había soportado allí. J.C. bebía en un vano intento de olvidar y escapar a los demonios que lo acosaban.

Un día, mientras conducía desde Miami a la hacienda estando un tanto ebrio, J.C. tuvo un severo accidente automovilístico. Sobrevivió al choque y finalmente reconoció que necesitaba ayuda. Fue a un centro de rehabilitación de alcoholismo y con la ayuda de ellos y una fe vehemente en el Señor, J.C. pudo romper el control que ejercía el alcohol sobre su vida. Vino a trabajar a la hacienda y con el tiempo se hizo cargo de las finanzas. J.C. pronto redujo nuestros gastos de manera drástica, incrementando nuestros márgenes de ganancia y de verdad transformó la hacienda para que en lugar de ser un pasatiempo costoso fuera una máquina de hacer dinero.

En contraste, mi vida era vacía y desdichada. Ahora tenía dos hogares destruidos y estaba separado de mis hijos.

En julio de 1989, entramos al tribunal del Condado de Hendry para finalizar nuestro divorcio. En ese medio deprimente vi por primera vez a nuestro hijo Alex, que había nacido en abril. Alex era guapo, pero ni siquiera quería mirarlo. Se activó mi mecanismo de defensa y, para no sufrir más dolor por la separación, me obligué a no encariñarme con mi bebito.

Por extraño que parezca, al regresar a casa después del trámite de divorcio, no tenía la sensación de haber quedado libre de una mala relación. Por algún motivo, tenía la sensación de estar en prisión, cautivo de alguna fuerza invisible.

Pasé la mayor parte de mi tiempo libre yendo a la playa, visitando a Tim y Teruko Brooks y practicando karate. A la larga obtuve mi cinturón negro en karate. Durante ese período, Tim y Teruko con Jeff y Elaine Pate siguieron hablándome de cuestiones espirituales, sin empujar demasiado. Solo vivían de manera cristiana frente a mí, brindándome amor y apoyo por medio de su aliento. Pero todavía no estaba dispuesto a ceder.

En septiembre de ese año, pesqué una gripe fea. Usé la enfermedad como una excusa para llamar a Margaret. Su respuesta me sorprendió: «Jorge, no puedo creer que me estés llamando otra vez», dijo ella con furia. «¡Apenas he logrado superar el dolor que me causaste!» Luego colgó el teléfono.

La volví a llamar e insistí en que viniera si deseaba verme una última vez, ya que me estaba muriendo. La gripe hacía que sonara débil y consumido, lo cual en parte era cierto. Sea que me creyera o no, Margaret vino a la hacienda más tarde ese día. Antes de que nos diéramos cuenta volvimos a estar uno en brazos del otro. Le pedí perdón por el dolor que le había causado y le dije que ahora era diferente, que ya no bebía ni me drogaba.

En verdad, Margaret parecía estar feliz por mí. Empezó a venir los fines de semana y la presenté a Tim y Teruko.

En diciembre, menos de seis meses después de haberme divorciado de Sherry, le di a Margaret un anillo de compromiso. El mes siguiente fuimos a esquiar a Colorado, luego visitamos Santa Fe, Nuevo México. Allí, de manera inesperada, conocimos a Amado Peña, un famoso artista del sudoeste cuyas pinturas le gustaron de manera especial a Margaret y, por casualidad, él resultó ser admirador de mi caballo, Tardee Impressive.

Nunca había escuchado de Amado Peña, pero la belleza de su obra de ricos colores me impresionó. En sus retratos me produjo un fuerte impacto ver que era obvio que Peña creía que una persona era la suma de su entorno. Ninguna persona podía separarse de su familia, de la tierra ni de la obra de sus manos. Las personas representadas en las pinturas de Peña eran producto de sus culturas, su sudor y en ocasiones su sangre. Peña había escogido fusionar los rasgos humanos en figuras que representaban la lucha humana universal y ubicarlas sobre un asombroso fondo de paisajes del sudoeste.

Amado irradiaba calidez y sinceridad como también interés y compasión por el pueblo de México y del sudoeste de Estados Unidos. Rápidamente comprendí por qué tantas de sus pinturas representaban un poder y un patetismo increíbles. Hablamos durante horas y le compré cuatro piezas de arte.

Al enterarme que tenía planes de venir pronto a Miami para presentar una exhibición de sus obras, invité a Amado a nuestra hacienda para ver a Tardee Impressive. Aceptó de buen grado y, cuando vino, resultó obvio que Amado se sentía tan cómodo cuidando de caballos como se sentía en un estudio creando obras maestras.

Amado y yo no tratamos temas espirituales, pero fue un ejemplo de muchos de los rasgos de carácter propugnados por mis amigos cristianos. Su moralidad y su interés en las personas indefensas parecían penetrar todo lo que hacía. A pesar de que su obra se exhibía de manera prominente en salones de junta de diversas empresas grandes como también en museos, Amado no daba lugar a ninguna actitud ostentosa. Esto me intrigaba. He aquí un hombre con el que me podía identificar, ya que había trepado hasta la cima en el campo de acción que había escogido. Amado era fabulosamente rico y sus pares lo tenían en alta estima. Sin embargo, era un hombre humilde y gentil. La vida de Amado me mostró que uno no tiene por qué hacer alarde de su éxito. Por medio de Amado, junto con el ejemplo de Tim, Dios me estaba mostrando un estilo de vida completamente nuevo.

Compré numerosas piezas de su obra y Amado me regaló unas cuantas más, de tal modo que literalmente tuve una galería de su obra en la hacienda. A la larga entendí que todo lo que significaba la vida de Amado, toda la belleza y la cultura que representaba en el lienzo, era lo que yo había estado destruyendo. Había agredido a mi tierra, mi familia, mis hijos y mi herencia, dando en cambio prioridad a mi búsqueda insaciable de dinero y poder.

TREINTA

CONDENADO

Aproximadamente dos meses después de mi viaje con Margaret a Santa Fe, estaba sentado a solas en mi habitación. La acumulación de dolor, desesperación y desdicha de mi vida parecía envolverme como una mortaja. Sin que hubiera un motivo evidente empecé a llorar. Pensé en Dios y en las muchas cosas que Tim y mis otros amigos cristianos me habían contado acerca de su relación con Jesucristo. No dejaba de pensar en la felicidad que poseían ellos.

Estaba rodeado de riqueza y pronto me casaría... ¿por qué, entonces, me sentía tan desdichado?

Pensé en mis dulces e inocentes hijos y los extrañaba horriblemente. Pensé en el dolor que les había causado a mis padres y en cómo había envejecido mi madre. Pensé en la angustia que le había ocasionado a mi hermano. Y pensé en las muchas personas de fuera de mi círculo familiar cuyas vidas yo había afectado de manera negativa.

Al considerar los círculos concéntricos de vidas destruidas a mi alrededor, se profundizó el dolor en mi alma. En poco tiempo, estaba llorando de manera incontrolable.

Estaba bajo convicción, una fuerte convicción que llegaba hasta el centro mismo de mi ser, de que Jorge Valdés no era Dios. No era más que un frágil ser humano, perdido y naufragando en un mar carente de sentido, necesitado de un Salvador. Al mismo tiempo, me sentía bajo convicción por lo que veía en mis amigos cristianos. Si Jesús en su bondad podía hacer más por ellos que todo mi dinero, poder, alcohol, cocaína y promiscuidad, ¡con seguridad debía ser un Dios asombroso! Pero también estaba convencido de que como él era tan bueno y yo tan malvado, era escasa mi posibilidad de llegar al cielo.

En total desesperación, caí de rodillas junto a mi cama y miré hacia el cielo. Corriéndome lágrimas por la cara, exclamé: «Jesús, no sé si existes. No sé si lo que me ha estado diciendo Tim es verdad. Y sé que si de verdad existes, quizá me mires y pienses que he llevado una vida tan sórdida que no quieres recibirme.

»Pero Jesús, estos cristianos tienen algo que yo quiero. Quiero la paz y la tranquilidad que ellos poseen, y si me aceptas, y si me ayudas a cambiar y me das esta paz y tranquilidad, yo te entregaré todo mi corazón, y te serviré. Y del modo que he vivido por el diablo en el pasado, haré diez veces más por ti, sea cual fuere el precio o el lugar.»

No fue una oración elegante. No estaba repleta de teología... pero era un genuino pedido de ayuda.

Y Dios escuchó mi clamor.

Un torrente de paz me recorrió el cuerpo, la mente y el espíritu. Estaba efervescente. Me sentía como una boya que flotaba pacíficamente en el océano, con el viento soplando con suavidad sobre mi rostro, secándome las lágrimas. No lo podía explicar; no lo podía cuantificar. Nada de lo que había vivido ni había experimentado me había preparado para una sensación así. Mi sensación de tranquilidad era profunda e insondable.

Me sentía renovado. Y quizá lo más extraño de todo fuera que... ¡me sentía *limpio*! Me sentía limpio por dentro, como si toda la suciedad de mi vida de repente había sido quitada con un lavado poderoso.

Mi oración no transformó mi vida de la noche a la mañana, pero sí noté cambios sutiles casi de inmediato.

Con una fe que comenzaba a florecer en mi corazón, empecé a creer en Dios con una maravillosa ingenuidad espiritual, a pesar de mi manera generalmente analítica de abordar la vida. Un día Tim y yo estábamos atendiendo un caballo enfermo. El animal no había respondido a la medicación, de manera que Tim y yo hicimos algo que parecía tonto: Le impusimos las manos al caballo y oramos pidiendo que Dios lo tocara y lo sanara. El caballo dio un giro sorprendente y se recuperó.

Otra consecuencia de mi conversión fue que empecé a sentirme culpable por dormir con Margaret. Intenté racionalizar nuestra relación por el hecho de que estábamos comprometidos para casarnos y que la ceremonia de enlace era una simple formalidad. Sin embargo, en lo profundo de mi ser sabía que no estaba bien tener relaciones sexuales extramatrimoniales.

También me sentía culpable por mi manera de hablar. En mi estilo de vida, los improperios salpicaban casi todas las conversaciones. Ahora, sin embargo, me sobrevenía una sensación de vergüenza cuando ocasionalmente me detenía y me daba cuenta que mi lenguaje era un indicador de la suciedad con la que durante tanto tiempo había llenado mi vida. Me sentía especialmente sensible ante el nombre de Jesús. Si Jesús era quien afirmaba ser y había muerto por mí, ¿cómo podía usar su nombre como maldición?

Por otro lado, creía que Jesús me aceptaba tal como era, así que le hablé del modo en que le hablaría a cualquier amigo cercano. «Jesús», le dije yo, «si hay algo en mí que no está bien, te ruego que me ayudes a cambiarlo, porque no lo puedo cambiar yo solo.» Sabía que de haber podido cambiar mi vida interior por mi propio esfuerzo, mediante algún programa de mejora personal, entonces no me hacía falta Jesús. Sin embargo, la verdad era que no podía cambiar las actitudes de mi corazón y allí era donde Cristo estaba haciendo la obra más profunda dentro de mí.

Creció cada vez más mi conciencia del precio que pagó Cristo por mi salvación. Como hombre de negocios, entendía de costos; entendía de sacrificio; y entendía de comprar en baja y vender en alza. Pero Jesús puso mi sistema de contabilidad patas para arriba. ¿Por qué él, el ser supremo, había sufrido una muerte atroz en una cruz por mí, el más bajo?

Seguí luchando con las cuestiones difíciles que habían retorcido mi perspectiva de Dios en el pasado. ¿Por qué había permitido Dios que mi familia experimentara tal sufrimiento cuando debimos huir de nuestro hogar en Cuba? ¿Por qué permitía tanta hambre y tanto sufrimiento en el mundo?

Tim se mantuvo firme ante mi andanada de preguntas. Cuando no tenía una respuesta para darme, no la inventaba. En lugar de eso me alentaba a seguir escudriñando las Escrituras, a seguir buscando al Señor de todo corazón y a pasar tiempo en oración, hablando con Dios. «Él revelará, a su debido tiempo, lo que sea que necesites saber», me aseguraba mi amigo.

Mis padres, mientras tanto, rebosaban de alegría ante la noticia de mi conversión. Mi padre me escribió una carta conmovedora, expresando cuán gozosos estaban él y mamá de que yo hallara a Dios. Me recordó que la fe era lo único que necesitaba el hombre para sobrevivir. El leer su carta me ayudó a comprender cómo la presencia de Dios había sostenido a mis padres durante todos los años de sufrimiento después de haber salido de Cuba. Me di cuenta de que solo Dios había dado a mis padres la fortaleza para soportar el dolor y la vergüenza de mi condena y mis cinco años en la prisión.

En junio de 1990, asistí a mi audiencia de libertad bajo palabra. Lo habitual era que para ese entonces se pusiera fin a mi libertad condicional en forma automática. Sin embargo, se me dijo que, por causa de una investigación en curso en Nueva Orleans, se extendía mi libertad condicional. Era necesario que siguiera reportándome a las autoridades federales hasta nuevo aviso.

Me fastidió el inconveniente, pero no me preocupaba estar implicado en la investigación de Nueva Orleans porque nunca había hecho negocios allí.

Jorge L. Valdés, Ph.D. con Ken Abraham

Margaret y yo hicimos planes de casarnos en la hacienda a principios de septiembre. Dos semanas antes de la fecha de boda (después de haber mandado todas las participaciones y de haber pedido una enorme tienda para el casamiento, además de toda la comida, las bebidas y un enorme pastel de bodas), Margaret y yo tuvimos una gran pelea y amenacé con cancelar el casamiento. Su padre me llamó y me animó a reconsiderar la decisión, asegurándome que Margaret sencillamente había perdido los estribos, que en realidad me amaba.

Yo no estaba tan seguro, pero decidí seguir adelante con la boda. Fue un grave error. El casamiento fue bueno, pero en lo profundo de mi ser tenía una sensación inquietante.

Después del casamiento, pasamos la noche en la hacienda, luego viajamos a California para la luna de miel. De California viajamos a Detroit para visitar al hermano de Margaret. Allí tuvimos otra fuerte discusión. Nos gritamos el uno al otro, y maldije el día que me había casado con esta mujer. Hacía menos de una semana que estábamos casados y ya lo lamentaba.

Si bien Margaret estaba feliz ante mi nueva fe y la diferencia que obraba en mi vida, yo luchaba con un sentido de culpa por causa del comienzo pecaminoso que había tenido nuestra relación. A Margaret, también, le costaba olvidarse de que estábamos juntos porque yo había engañado a Sherry. Cuando las tensiones eran intensas, sacaba a relucir mi historia pasada. Nuestra vida en común se estaba convirtiendo en una lucha constante.

Desde Detroit fuimos a la primera gran exposición de caballos de la temporada, en Springfield, Illinois. Al conducir desde Chicago a Springfield, miré en mi espejo retrovisor y vi luces rojas destellantes.

No me pareció que había estado excediendo el límite de velocidad. *¡Ah no! ¿Y ahora qué?* El policía estatal me hizo salir hacia un costado, me pidió mi licencia, luego nos ordenó que bajáramos del automóvil.

Sin darnos explicación alguna, me cateó y luego cateó a Margaret. Volvió a su automóvil y en cuestión de minutos nos rodearon cinco patrulleros más, incluyendo una unidad canina. Los oficiales nos obligaron a abrir las maletas, mientras que los perros olfateaban el interior de nuestro automóvil y todas nuestras pertenencias. Los oficiales inspeccionaron cada prenda de ropa que teníamos, extendiéndolas sobre la calle, pieza por pieza.

Sintiéndome sumamente irritado ante esta interrupción de nuestro viaje, no dejaba de preguntar: «¿Hicimos algo malo? ¿Buscan algo en particular? Quizá los pueda ayudar.»

Los agentes solo gruñían y se negaban a darnos cualquier información. Nos obligaron a permanecer parados junto a la carretera durante varias horas antes de decirnos finalmente que nos podíamos ir.

Antes de partir, nos volvieron a preguntar hacia dónde íbamos.

«A una exposición de caballos en Springfield», contesté otra vez.

Más tarde esa noche, cuando llegamos a la exposición de caballos, le expliqué al administrador de mi hacienda por qué habíamos llegado tan tarde. Él sugirió que volviéramos a la hacienda de inmediato, pero resté importancia a su preocupación. Nunca hubiera sido tan ingenuo en mis días de traficar drogas. En aquel entonces, si hubiera tenido un encuentro tan cercano con las autoridades, al día siguiente habría salido del país. Sin embargo, como llevaba varios años de estar retirado del cartel, tenía la guardia baja. Además, ahora era cristiano. Era una persona nueva; ¿por qué habría de preocuparme?

No obstante, le dije a mi administrador que volvería a casa la tarde siguiente en lugar de quedarme otro par de días en Springfield, como había sido mi intención original. Margaret y yo habíamos estado de viaje casi veinte días, la mayor parte de los cuales habíamos pasado discutiendo. Ahora que estábamos casados, a Margaret de repente le desagradaban las exposiciones de caballos y las personas que asistían a ellas. A decir verdad, desde el casamiento, estaba viendo muchos aspectos de la personalidad de Margaret que rozaban contra la mía.

A la mañana siguiente, Margaret permaneció en nuestra habitación de hotel mientras fui a la exposición con amigos. Noté que varias personas me miraban fijamente, personas que no parecían ser criadores de caballos, que al parecer tenían poco interés en los caballos. Le resté importancia diciéndome que estaba siendo paranoico por causa de nuestro tropiezo con los agentes estatales.

Nuestra yegua ganó la exposición, y cuando me dirigía a los establos con algunos amigos, recibiendo en el trayecto elogios de personas que me deseaban éxito, alguien me dio un golpecito en el hombro. Me di vuelta y me encontré con un hombre vestido de pantalón vaquero y botas.

—¿Es usted Jorge Valdés? —me preguntó.

—¿Quién me lo pregunta?

El hombre sacó una insignia y dijo:

—Alguacil de Estados Unidos. Queda usted arrestado.

—¿Por qué? —le pregunté—. No he hecho nada.

El alguacil no respondió, sino que sencillamente me encajó unas esposas.

—No es necesario que haga eso —le dije—. Lo acompañaré pacíficamente.

—Procedimiento de rutina —respondió el oficial. Mis amigos permanecieron parados donde estaban, boquiabiertos. Me dirigí a ellos—. Por favor llamen a Margaret en el hotel y díganle que estoy bien, para que ella no se ponga nerviosa.

Sin embargo, yo no estaba bien. *¿Cómo puede estar sucediendo esto?* Le había entregado mi vida a Cristo y no había hecho nada ilegal desde hacía años.

—¿Por qué se me arresta? —le pregunté al agente.

—No se lo puedo decir —me respondió—, pero en menos de una hora comparecerá ante un juez y estoy seguro de que se enterará.

Poco después, en una sala de espera en la cárcel del Condado de Sangamon en Springfield, algunos oficiales me preguntaron si quería decir algo.

—No tengo idea de lo que están hablando —les respondí—. No tengo noción alguna del motivo de mi arresto. ¿Puedo hacer una llamada telefónica?

Me llevaron a un teléfono, desde donde llamé a mi madre. Mientras esperaba que entrara la llamada, pensé en lo que había escuchado en mi audiencia de libertad bajo palabra en el mes de junio respecto a una investigación en Nueva Orleans. Sabía que algunas de las personas en el tráfico de cocaína en Louisiana estaban trabajando para Dickie Lynn, un hombre que había desarrollado para nosotros la conexión de Alabama. Me había asociado con Dickie después de conocerlo en la época que ambos estuvimos presos en Eglin.

Hablé brevemente con mi mamá, y le dije que obviamente se había cometido un error. Podía percibir la preocupación en su voz, pero ella trataba de ser fuerte. También hablé con J.C. y le pedí que me conectara con el árabe. Como no sabía si me estaban grabando, cuando el árabe apareció en la línea le hablé de manera cortante: «Me han arrestado y creo que tiene algo que ver con Dickie.» Luego colgué rápidamente el teléfono.

A pedido mío, mi familia se puso en contacto con Alan Ross, el joven abogado de Miami que había representado a Oscar Núñez en nuestro juicio por drogas en Macon. Alan me había causado una gran impresión en aquel entonces; todavía me maravillaba de cómo había podido lograr que dejaran en libertad a Oscar a pesar de haber sido acusado de venderme cocaína, siendo que a mí me condenaron y me enviaron a la prisión. Al pasar los años, había permanecido en contacto con Alan y le había recomendado varios otros clientes potenciales. La pequeña oficina de Alan había crecido y se había convertido en uno de los principales abogados penalistas del país.

Alan me envió un abogado local de Springfield para que me acompañara durante la audiencia inicial. El abogado me dijo que había cargos pendientes en mi contra en Mobile, Alabama, por confabulación para importar narcóticos. Comparecimos ante el juez y renuncié a una audiencia de extradición, luego me llevaron de vuelta a la cárcel hasta poder ser trasladado a Mobile.

La llamé a Margaret que estaba en estado de shock. Aparentemente la DEA había entrado a su habitación de hotel sin previo aviso y había revisado todo. No encontraron nada sospechoso, pero fue suficiente para traumatizar a Margaret. Me vino a ver más tarde ese día y le entregué mis alhajas y mi billetera. «Toma esto y vete a casa», le dije. «Yo estaré bien.»

Dos días después me llevaron a la Penitenciaría de Atlanta en viaje de regreso a Mobile. En Atlanta me encontré con otro abogado que había investigado los cargos en mi contra.

—Jorge —dijo él—, se enfrenta a quince sentencias de cadena perpetua sin posibilidad de libertad condicional.

Si alguien me hubiera golpeado en la cara con una pala, no me habría sorprendido más.

—¿Conoce usted a Dickie Lynn? —preguntó el abogado.

—Sí.

—Pues a él le dieron ocho sentencias de cadena perpetua y, por lo que alcanzo a entender, solo era un obrero.

Tragué saliva. Volví a mi celda, me acosté en la litera de arriba y me quedé mirando el cielo raso fijamente. «Señor, no comprendo todo esto», oré, «pero te di mi palabra que viviría para ti. Solo te pido dos cosas: Por favor, salva a mis hijos, y dame, por favor, la fortaleza para seguir avanzando. Tú sabes que me aparté del negocio de la droga por mi propia voluntad, así que te ruego que me ayudes.»

Nunca cuestioné a Dios. Nunca le pregunté: «¿Por qué permites que me pase esto?» Sabía que yo solo me lo había buscado.

Y sabía en mi corazón que Dios me había perdonado. Tim Brooks me había señalado las escrituras que muestran cómo Dios es el Dios de la segunda oportunidad, cómo Jesús restaura la vida de una persona, cómo todo llegaría a ser diferente, todo sería mejor. Pero no recordaba haber leído en ningún lugar de la Biblia que se borrarían las consecuencias de mis pecados.

Así que no le pedí a Dios que me librara de esta prueba; sabía que era culpable y sabía que de alguna manera debía pagar por mis delitos. Y de verdad quería hacerlo porque quería tener cuentas claras.

A pesar de haber experimentado el perdón de Dios, día y noche me perseguía un abrumador y horrendo sentido de culpa por causa de mi comercio de drogas. Me sentía profundamente atribulado al pensar en todo el daño que había causado a las personas por haber traído toneladas de cocaína a Estados Unidos.

Sí, Dios me había perdonado, pero algunas personas estaban muertas por mi causa. ¿Cuántos miles o incluso millones de vidas habían sido dañadas o destruidas por mi causa? ¿Sus años más productivos desperdiciados en su búsqueda insaciable del polvo blanco que yo había traficado? Los efectos de mis ventas de cocaína habían destruido números indecibles de matrimonios. Y quizá lo más devastador de todo, incontables números de jóvenes, adolescentes e incluso bebés habían sido robados de su infancia por causa de su adicción o la adicción de sus padres a la cocaína.

Y en cuanto a mi racionalización de que yo sencillamente proporcionaba placer a adultos que lo escogían por voluntad propia, que yo no le hacía daño a nadie, que mi negocio no era vender droga a los niños… se trataba de una mentira. Había sido la mentira del diablo desde un principio y yo me la había tragado. Con facilidad había justificado la maldad y el pecado en mi vida, pero ahora que finalmente había establecido una relación con Dios, era como si alguien hubiera encendido un reflector en mi corazón. Empecé a ver cosas que nunca supe que estaban allí. Y mucho de lo que veía me asqueaba.

Esa noche en Atlanta, di vueltas y vueltas hasta el amanecer. En mi mente veía a mi papá en su mecedora y escuchaba su voz: «Hijo, si vuelves a la cárcel, nos matarás.» Mi papá tenía ahora sesenta y cuatro años de edad, su salud se estaba deteriorando en una batalla contra el cáncer. Mi madre era una luchadora; sabía que ella se mantendría firme, pero también sabía que este nuevo suplicio la afectaría de manera profunda.

El día siguiente me vinieron a buscar los alguaciles y me transportaron a Mobile. En la prisión allí conocí a algunos tipos que habían sido arrestados por causa de su participación en drogas en el área de Miami. Un hombre joven solo había sido una «mula», una persona a la que personas como yo pagaban para que ingresara drogas al país desde el otro lado de la frontera. Yo sabía que le tocaría pasar mucho tiempo en la prisión. Nuevamente me vinieron a la memoria las ramificaciones de mi negocio de drogas. *¿Cuántos muchachos más están en la prisión por mi culpa? ¿Cuántas mamás y cuántos papás dedican cada poquito de energía que tienen, ni qué hablar de sus recursos económicos, a viajar a las prisiones para ver a sus hijos encarcelados por causa de las drogas cuya venta yo autorizaba?*

Varios de los hombres que estaban en Mobile me dijeron que se habían convertido a Cristo y les confesé que yo también había entregado mi vida a Jesucristo. Era una de las primeras veces que le decía a alguien que no fuera de mi familia ni de mi círculo íntimo de amistades lo que me había sucedido.

Tenía una fe genuina, pero mi corazón y mi mente seguían estando plagadas de preguntas. *Solo tengo treinta y cuatro años, ¿se ha acabado mi vida? ¿Acaso pasaré los años que me quedan en prisión? ¿Se me permitirá alguna vez volver a vivir con mis hijos? ¿Tendré la oportunidad de ser el padrino de bodas de mis hijas?*

También cuestionaba muchas de las cosas que había escuchado acerca del cristianismo. Con sinceridad había puesto mi fe en Jesucristo; creía que había muerto en la cruz para pagar por mis pecados y ciertamente deseaba vivir para él. Y sí, había conocido la paz que supera todo entendimiento. Pero en lugar de que mi vida mejorara, se había vuelto progresivamente peor. Sentía que estaba en el punto más bajo de mi vida.

Sin embargo, en mi momento más oscuro, Dios envió una luz.

Un grupo de hombres y mujeres cristianos vinieron para realizar un culto en la cárcel; lo cual no me producía un entusiasmo particular. En ese momento no estaba de humor para escuchar que alguien me predicara. Aun así, el líder del grupo tenía un espíritu tan contagioso que no podía ser grosero con él. El Espíritu de Dios se irradiaba a través de él. Se presentó como el hermano Emmett Philleau, pastor de Wings of Life [Alas de Vida], un ministerio dirigido a desposeídos, borrachos, drogadictos y prostitutas.

Una de las mujeres que acompañaban al hermano Emmett sirvió de misionera en África y su historia fue de gran inspiración para mí. Al concluir el testimonio de la mujer, el hermano Emmett preguntó si quería acercarme para orar con ellos.

En realidad no deseaba hacerlo. Me revolcaba en mi propia desesperación y me concentraba en mi turbulencia interior. No obstante, por cortesía y respeto hacia el hombre, acepté orar con ellos. Todos oramos, luego regresé a mi asiento. Después, me habló una de las mujeres del grupo. «Joven», dijo ella, «mientras orábamos, el Señor me dijo que usted tendrá un gran ministerio. Producirá un gran impacto en muchas vidas para Cristo.»

Con amabilidad, le di las gracias a la mujer, pero por dentro me reía. Era un hombre de negocios, no un predicador; ¿qué sabía yo de la Biblia? ¿Y acaso al estar tras las rejas no me vería un tanto limitado en el impacto que podía producir? Sin embargo, sus palabras permanecieron en mi corazón. Me sorprendió que alguien me dijera algo así. Al fin y al cabo, ni ella ni ningún otro en la cárcel sabía de mi pasado como barón de la droga y la transformación sorprendente que había ocurrido en mi vida recientemente.

La noche siguiente vino a verme Alan Ross. Debíamos comparecer ante el tribunal al día siguiente para presentar mi declaración de inocencia o culpabilidad. Alan dijo que tenía una buena relación con el agente de la DEA que se ocupaba de mi expediente, de modo que se sentía seguro de que podíamos presentar un caso fuerte.

Sin embargo, ya había decidido en mi corazón que no pelearía este caso. No intentaría declarar mi inocencia; no pensaba presentar excusas ni trataría de encontrar un chivo expiatorio ni una manera legal de evadir el problema. Tampoco trataría de esquivar el castigo por mis delitos. Sentía que no podía confesar ser cristiano y participar deliberadamente en mentiras.

Esta decisión no fue impulsada por una actitud fatalista, sino porque mi vida era en verdad diferente. Dios había iniciado una obra en mí. A pesar de ser joven en la fe, durante solo unos pocos meses crecía en fervor y deseaba hacer lo bueno; lo cual significaba tener cuentas claras con Dios, la sociedad y conmigo mismo.

Alan era un abogado brillante, un hombre recto que tanto fiscales como defensores tenían en alta estima. Tenía la reputación de ser incorruptible. Y no entregaría a un cliente al gobierno; si Alan creía en su caso, lucharía hasta el final… y por lo general ganaba. Yo confiaba en Alan completamente, lo cual sería importante en vista de lo que tenía pensado pedirle que hiciera.

Alan me estaba diciendo que nuestras probabilidades de ganar habían mejorado porque acababa de enterarse que uno de los pilotos que pensaba testificar en mi contra había muerto en un accidente de avión.

—Alan, no creerás lo que te voy a decir —dije sacudiendo la cabeza—. No puedo presentarme ante ese tribunal y decir que soy inocente. Soy culpable. Solo ruego que se me acuse únicamente de lo que fue mi parte en la confabulación.

Alan se quedó pasmado.

—Jorge, necesito explicarte algo —dijo él.

Alan me detalló los cargos en mi contra y me explicó detenidamente por qué eran mucho más serias que los cargos por los que me habían condenado en Macon. Cuando yo estaba en el mundo de la droga, la sentencia máxima que se le podía dictar a un vendedor de drogas convicto eran quince años de cárcel. Esto ahora se conocía como la «antigua ley». Hacia fines de 1987, las leyes cambiaron. Por el tipo de delitos que yo había cometido, la sentencia que ahora se le dictaba a un traficante de drogas era cadena perpetua forzosa sin posibilidad de libertad bajo palabra.

A pesar de que me había retirado antes de que cambiara la ley, Alan me explicó que las personas con las que antes me había «confabulado», es decir, que habíamos negociado juntos, habían seguido en sus actividades más allá de 1987. Por esta causa, todavía se me consideraba como participante en su confabulación y por lo tanto debía ser acusado de acuerdo con la ley actual.

—En pocas palabras —dijo Alan—, en lugar de un máximo de quince años, ahora te enfrentas a una sentencia de cadena perpetua sin posibilidad de libertad bajo palabra por cada cargo que se te imputa… y se te han imputado ocho cargos.

Alan hizo una pausa para permitir que la horrible realidad de sus palabras me penetrara. Ocho sentencias de cadena perpetua prácticamente descartaban la posibilidad de que un juez pudiera ser poco severo.

Me iban a encerrar por muchos, muchos años.

Alan me miró como diciendo: «Muy bien, Jorge; ¿aún quieres hablar de bajar los brazos sin presentar una lucha?»

Aspiré profundamente y dejé escapar el aire con lentitud.

—Alan, no importa lo que deba enfrentar —dije—. He vivido de acuerdo con un principio: Mi palabra es mi obligación. Siempre he creído que aunque podamos no tener control sobre la enfermedad o la salud, sobre el dinero o la falta de dinero, siempre se tiene absoluto control sobre una cosa: nuestra palabra. *Nosotros* determinamos si nuestra palabra tiene significado: si la rompemos o la cumplimos, si somos hombres de palabra o mentirosos.

Había vivido de acuerdo con ese principio aun cuando servía al diablo. Y fue ese principio el que, a la edad de veinte años, permitió que se me confiaran cientos de millones de dólares. Las personas con las que hacía negocios sabían que ese muchacho de veinte años moriría antes de faltar a su palabra.

Había aprendido ese principio de mi padre y mi madre, los cuales lo inculcaron en sus hijos: «Tu palabra es tu obligación. No es necesario que pongas cosas por escrito en contratos y formularios legales. Cuando dices algo, debes vivir y morir de acuerdo con eso».

Este fue el mismo principio que me permitió aguantar en Panamá y soportar la tortura en lugar de implicar a mis socios.

—Alan —seguí—, tal vez no lo entiendas, pero le he hecho una promesa a Dios y no pienso romper ese pacto.

Alan estaba perplejo. Me dijo que pensaba que mi decisión era un error, pero aceptó reunirse con los fiscales y decirles lo que yo quería hacer.

Más tarde ese día, Alan volvió de la reunión que había tenido con ellos.

—Jorge, es muy sencillo —dijo Alan con expresión sombría—. Ellos quieren todo lo que tienes: todo tu dinero, todas tus propiedades, todos tus caballos, todo.

Ese sería el intercambio por la posibilidad de que me redujeran la cantidad de tiempo a pasar en prisión. Mi castigo se reducía a lo siguiente: mucho dinero y menos tiempo o menos dinero y mucho tiempo.

—Alan —le respondí—, estoy dispuesto a ceder todo lo que tengo.

»Ahora —continué—, vivo de acuerdo con un nuevo principio. Di mi palabra de seguir a Jesús, y le prometí que haría todo lo que estuviera a mi alcance para no decir una mentira y llevar una vida diferente. Hasta no haber confesado todo, siento que nunca quedaré limpio del mal que he cometido. Necesito tener cuentas claras y afrontar las consecuencias de mi vida malvada.

»Sé que Dios es el Dios de los nuevos comienzos, pero ese comienzo no empieza hasta confesar todo el pasado, de ese modo quizá me dé la oportunidad de empezar de nuevo. Y si no, me fortalecerá dondequiera que me mande, les contaré a otros por lo que he pasado y que soy una persona diferente.

»Sé que voy a tocar muchas vidas. Tal vez no sea aquí, Alan, ni en las calles ni en la prisión, pero un día tendré que enfrentarme al Salvador, al Dios que entregó su vida por mí. Aunque no hay manera de que haga restitución de todo el mal que cometí en el pasado, de ahora en adelante puedo esforzarme por hacer todo lo posible por vivir lo que él me ha enseñado.

Fue una de las pocas veces desde haberlo conocido que Alan Ross se quedó sin palabras. Se quedó mirándome fijamente, como intentando establecer una conexión entre todo lo que sabía del antiguo Jorge y las palabras que escuchaba brotar del nuevo yo.

Alan era un profesional; era lo mejor de lo mejor. Había escuchado suficientes relatos de conversiones en la cárcel para hartar a un sacerdote. También tenía inteligencia suficiente para saber que la mayoría de los jueces también habían escuchado historias de conversión en la cárcel hasta el hartazgo, y que este enfoque de parte de los reos ya había perdido efectividad desde hacía largo rato… al punto de que ahora se lo consideraba un abordaje poco sabio, contraproducente, por sincero que fuera.

Finalmente, Alan parpadeó con fuerza, sacudió levemente la cabeza y dijo:

—Pues bien, Jorge. Culpable de los cargos imputados. Tendrás cuentas claras.

TREINTA Y UNO

EL QUE ESTÁ AL MANDO

Junto con Alan, pronto me reuní cara a cara con el fiscal federal y el agente de la DEA a cargo de mi caso.

El agente de la DEA era Ed Odom. Alan me había informado que Ed era un cristiano devoto que se tomaba su trabajo en serio y creía firmemente en poner a los traficantes de drogas tras las rejas. Era un buen policía, una persona a la que el juez y el fiscal escuchaban con respeto.

La fiscal federal era Gloria Bedwell, una mujer de belleza llamativa que tenía reputación de ser sumamente inteligente... y extremadamente severa.

Después de terminar las presentaciones de costumbre, Gloria puso manos a la obra. Me cuestionó con respecto a mi declaración de culpabilidad, de modo que le contesté directamente: «Esto es lo más difícil que he hecho en la vida. Es necesario que tenga las cuentas claras con Dios y con las autoridades.»

Gloria me dijo que ya sabía la mayoría de los detalles con respecto a mis operaciones de drogas en las que Alabama se había usado como punto de embarque, porque Bill Grist, nuestro socio, había cooperado plenamente en este caso. Dickie Lynn ya había sido procesado, probándose su culpabilidad, de modo que Gloria no procuraba hacer un trato para obtener información que pudiera incriminar a mis socios.

Me agradó Gloria de inmediato. Era una mujer sensata y eficiente, y sentía que ella y yo podíamos encontrar algunos puntos en común.

También me agradó Ed Odom. Ed me había estado siguiendo el rastro durante varios años y en ese momento quizá sabía más que yo sobre mis negocios de drogas. Era severo, pero era una persona amable y sin dobleces, y no intentó representar el papel de policía malo. Había escuchado que, a pesar de haber jugado un papel preponderante en que Dickie fuera sentenciado a tantas cadenas perpetuas, también era la única persona en todo el proceso que Dickie respetaba. Con el tiempo, debido a que Ed hizo todo lo posible por cumplir su palabra y facilitar mi estadía en Mobile, él y yo llegamos a ser amigos. No percibía a Ed como el enemigo, ni como un agente del gobierno, sino como hermano cristiano.

Les pregunté a mis interrogadores si sabían de cuánto dinero, propiedades y otros bienes disponía, y rápidamente descubrí que su información acerca de mí era increíblemente precisa. «Estoy dispuesto a entregar todo», les dije. No estaba jugando a las escondidas con mis interrogadores. Quería una nueva oportunidad y una nueva vida.

Los fiscales me dejaron saber con claridad que ante el tribunal no recomendarían ninguna sentencia para mí; era responsabilidad del juez decidirlo. «Lo único que puedo hacer», me dijo Gloria, «es pedir que se le dicte sentencia según la antigua ley, lo cual pudiera evitar que se le condenara a cadena perpetua.» Enfatizó que el juez no estaría bajo ninguna obligación legal de respetar ningún acuerdo que el gobierno hiciera conmigo.

Agradecí a Gloria y a Ed por tener la disposición de concederme siquiera eso, luego agregué: «Quiero que sepan que cumpliré todo el tiempo de prisión que Dios disponga. Él los usará a ustedes y lo usará al juez, pero el único que controla mi vida ahora es Dios.»

Esas palabras no eran pura cháchara. Creía plenamente en lo que decía.

Durante los siguientes tres días, Gloria, Ed y sus socios me interrogaron sobre cada aspecto de mi vida en el comercio de la droga.

Mientras tanto, Alan me dijo que había descubierto que también me estaban investigando en Florida por actividades relacionadas con la droga en el área de Clewiston. El jefe de la policía del Condado de Hendry, con el que había hecho un acuerdo en secreto para pasar drogas a través de Clewiston, también estaba bajo investigación. Alan me advirtió que no reportara nada sobre mis actividades de drogas que involucraran a las personas de Clewiston hasta saber el tipo de cargos que presentarían las autoridades de Florida. Seguí el consejo legal de Alan y no mencioné nada acerca del grupo de Clewiston durante la interrogación que me hicieron las autoridades de Alabama.

Una semana después, me volvieron a citar al tribunal del Condado de Mobile, donde me recibió un grupo de oficiales de la ley de Florida, que representaban a la FBI, la DEA, el Servicio de Aduana de EE.UU. y la Dirección General Impositiva. Empezaron a preguntarme por qué no había mencionado nada sobre el hecho de que el sheriff del Condado de Hendry estuviera en mi nómina y por qué no había confesado mis actividades relacionadas con la droga en el área de Clewiston. Alan intercedió y les dijo a los agentes que me había aconsejado que me mantuviera en silencio sobre esas cuestiones.

Varios días después, llamé a casa a la hacienda en Clewiston para hablar con Margaret. Una voz masculina respondió al teléfono.

—Alguacil de Estados Unidos —dijo el hombre de manera cortante.

—Le habla Jorge Valdés —dije—. ¿Se encuentra mi esposa?

—No, no está. Ahora este lugar es nuestro.

Una bomba atómica estalló en mi corazón y mi mente. No podía creer que los agentes del gobierno de Florida fueran tan maquinadores que confiscaran mi propiedad mientras aún estaba haciendo los arreglos con los fiscales de Alabama para ceder de manera voluntaria mi propiedad.

—¿Acaso no puedo hablar con mi esposa? —pregunté, con evidente exasperación en la voz.

—No, llame más tarde, quizá pueda hablar con el agente a cargo.

Clic. El agente colgó el teléfono... ¡Mi teléfono, en mi casa, en mi propiedad, en Estados Unidos de América, la tierra de la libertad!

Estaba furioso. No había ninguna necesidad de tal despliegue de fuerza porque ya había prometido ceder todas mis posesiones.

Con facilidad pude haberme resistido a que el gobierno se apoderara de mi propiedad; yo había comprado la hacienda antes de mi primera encarcelación y el estatuto de limitaciones se había vencido para la confiscación de esa parte de mis posesiones. Pero de mi propia voluntad había ofrecido ceder todo al gobierno sin presentar una lucha. Ahora me sentía traicionado y estafado.

Volví a mi celda en un estado de aturdimiento al haber pasado, casi de la noche a la mañana, de ser un multimillonario a no tener nada. El diablo me atacó la mente: «Ves, te lo dije. No puedes confiar en esta gente. Vuelve al lugar que te corresponde. Puedes pelear este asunto. Puedes volver a ser rico. Con eso verían ellos quién eres, ¿verdad?»

Haciendo caso omiso a las burlas del diablo, oré: «Dios, por favor, dame una palabra o una señal, algo que me permita saber que tú estás al mando.»

Abrí mi Biblia y con indiferencia di vuelta a las páginas. Sin intentarlo de manera consciente, dejé que las páginas se abrieran en Hebreos, capítulo diez. Casi no podía creer lo que veían mis ojos al leer acerca de persecución, confiscación de bienes y perseverancia:

> Recuerden aquellos días pasados cuando ustedes, después de haber sido iluminados, sostuvieron una dura lucha y soportaron mucho sufrimiento. Unas veces se vieron expuestos públicamente al insulto y a la persecución; otras veces se solidarizaron con los que eran tratados de igual manera. También se compadecieron de los encarcelados, y cuando a ustedes les confiscaron sus bie-

nes, lo aceptaron con alegría, conscientes de que tenían un patrimonio mejor y más permanente.

Así que no pierdan la confianza, porque esta será grandemente recompensada. Ustedes necesitan perseverar para que, después de haber cumplido la voluntad de Dios, reciban lo que él ha prometido. Pues dentro de muy poco tiempo, «el que ha de venir vendrá, y no tardará. Pero mi justo vivirá por la fe. Y si se vuelve atrás, no será de mi agrado.» Pero nosotros no somos de los que se vuelven atrás y acaban por perderse, sino de los que tienen fe y preservan su vida.

Hebreos 10:32–39

Me puse de rodillas en esa celda de la cárcel y exclamé: «¡Gracias, Señor!» Las lágrimas me corrieron libremente por el rostro mientras el corazón se me llenaba de gozo. Desde ese momento en adelante supe que Jesús me acompañaría al atravesar esta situación.

Esta fue la confirmación más fuerte que podía imaginarme. Una y otra vez leía las palabras que mencionaban aceptar con alegría la confiscación de bienes y, al hacerlo, empecé de repente a regocijarme, cantando en voz alta: «¡Aleluya! ¡Gloria a Dios!», allí mismo en la cárcel.

Los otros presidiarios me miraban como si hubiera perdido la cordura, pero no me importaba. ¡Estaba libre! Y mi libertad no la limitaban paredes ni barrotes de acero. Ahora tenía una libertad mucho mayor de la que alguna vez había logrado cuando ganaba millones de dólares y tenía abundancia de posesiones, poder y prestigio. Ahora tenía la libertad que provenía de conocer a Jesucristo y de saber que nunca me dejaría ni me abandonaría. No estaba solo. Por oscura, lóbrega y fea que se viera mi celda, tenía el gozo de Cristo.

Estaba anonadado. Tenía que haber sido Dios el que me dirigiera a esos versículos en Hebreos. Al ser un creyente nuevo, no conocía la Biblia lo suficiente para haber encontrado ese pasaje, mucho menos saber lo que contenía. No obstante, Dios dirigió mi atención a palabras que hablaban directamente a mi situación. Algunos años después, escucharía a profesores de la Biblia advertir que no se debía abrir la Biblia de manera displicente y tomar las primeras palabras que se ven como una revelación divina, un mensaje personal. Y quizá sea verdad que Dios no obra de esa manera… pero me consta que lo hizo al menos una vez.

Ed Odom vino a verme y me dijo lo molestos que estaban él y Gloria Bedwell por lo que habían hecho las autoridades de Florida.

«Ed, ya no importa», le dije. Con lágrimas en los ojos, le conté del pasaje en Hebreos y de cómo Dios me había hablado.

Era evidente que Ed estaba conmovido. Él y yo nos abrazamos en la sala del abogado. Qué cuadro debe haber sido ese: dos enemigos acérrimos de toda la vida, el agente de la DEA y el barón de la droga ahora abrazados, unidos por el amor de Jesús.

«Vas a estar bien, Jorge», me dijo Ed secándose una lágrima del ojo.

Cuando Alan Ross se enteró de lo que habían hecho los fiscales de Fort Myers, se enfureció y juró que lucharía contra el embargo.

A la larga, Alan persuadió al grupo de Florida que combinara todos los cargos en mi contra en un solo caso allí en Mobile, a pesar de que mis bienes permanecerían embargados. Al final, la única pieza de propiedad de Valdés que permaneció fue Heaven Sent: el caballo que había comprado mi padre por diez mil dólares y que ganó el congreso de 1987. El caballo no había estado en la hacienda en el momento de la confiscación.

Mi padre cedió voluntariamente la casa que yo había construido para él y para mamá en la hacienda, así como más de quinientos mil dólares de su propio dinero que él había invertido en la hacienda. Legalmente, tenía el derecho de exigir que se le pagara su porción de lo recaudado al vender la hacienda, pero decidió ceder todo, demostrando así su creencia de que el dinero no era nada comparado con la familia y el honor. Papá me habló por teléfono y me recordó: «Vinimos a este país desde Cuba sin un centavo en los bolsillos, pero teníamos nuestra familia y eso era lo único que importaba. Y eso es lo único que importa ahora, hijo. No permitas que el dinero sea un obstáculo para tu libertad.»

Al pensar ese día en mi padre, me pregunté: *¿Cuánto dolor le he causado a este hombre?* Él había trabajado arduamente toda la vida por lo que tenía, pero estaba dispuesto a entregarlo todo por su hijo. Medio millón de dólares no significaba nada comparado con el amor por su hijo.

Con el transcurso de los años a veces había tenido la opinión de que mi padre y mi madre eran perdedores. No podía comprender por qué nunca aceptaban las casas ni los automóviles costosos que les quería comprar, ni cómo podían estar contentos con tan pocas posesiones materiales.

Sin embargo, al hablar ese día por teléfono con mi padre desde la cárcel en Mobile, me di cuenta que él era un verdadero gigante. Mi papá no era un perdedor; tampoco lo era mi madre. Ambos sabían lo que importaba de verdad. Sabían que la familia poseía un valor que superaba ampliamente el de la plata y el oro, y estaban dispuestos a sacrificar cualquier cosa en bien de eso. Me preguntaba: *¿Podré alguna vez llegar a ser siquiera un pequeño porcentaje del tipo de persona que han sido mis padres?*

Mientras aguardaba que se me dictara sentencia en la cárcel del Condado de Mobile, dediqué el tiempo al estudio de la Biblia. Varios predicadores locales visitaban la cárcel, y algunos llegaron a ser particularmente queridos para mí. Uno de ellos era el pastor Kenneth Libby, un predicador rural, anciano, canoso y de la vieja guardia. El hermano Libby me hacía pensar en el comentario de Abraham Lincoln: «¡Me agrada escuchar a un hombre que predica como si estuviera espantando abejas!» Me encantaba escuchar cómo predicaba el hermano Libby y aguardaba con expectativa sus visitas. Llegó a ser un padre espiritual para mí. Hablábamos durante horas y yo le hacía preguntas sobre la Biblia. Él y el hermano Emmett estaban teniendo un profundo impacto sobre mi vida cristiana en desarrollo.

Un día el hermano Emmett me dijo: «Si de veras quieres ser libre, lee veinte capítulos de la Biblia por día». Por sorprendente que parezca, el hermano Emmett apenas podía leer una carta, pero conocía la Biblia al derecho y al revés. Supuse que si el hermano Emmett recomendaba leer veinte capítulos diarios, yo lo mejoraría aun más y leería treinta... al fin y al cabo disponía de bastante tiempo para la lectura. En poco tiempo devoraba la Palabra de Dios. Mandé a pedir una clase de estudio bíblico para hacer por mi cuenta y empecé a tomar lecciones por correspondencia. De manera asombrosa, Dios empezó a renovarme la mente, reemplazando con su Palabra la suciedad que llenó mis pensamientos durante años.

Otro día, el hermano Libby condujo un servicio de bautismo en la cárcel. No disponíamos de una tina que fuera del tamaño adecuado para un bautisterio, así que el hermano Libby me bautizó en la ducha.

A la noche escuchaba el programa *Unshackled* [Libre de Cadenas], uno de los programas radiales cristianos que más tiempo había durado. Cada noche, el programa transmitía otro testimonio emocionante de lo que Cristo había hecho en la vida de alguien, a menudo alguien que había estado involucrado en una vida de delitos antes de conocer al Señor. Yo derivaba gran aliento a partir de las historias de la vida real del poder de Dios para transformar vidas. Este programa llegó a ser una importante fuente de aliento y crecimiento espiritual, ayudándome a superar muchas noches de soledad en las que me preguntaba si alguna vez volvería a vivir en el mundo exterior. Mientras se desarrollaba en mí una lucha interior por saber si Dios me había traído hasta este punto con el fin de castigarme o para disciplinar y prepararme para otra cosa, las historias que se presentaban en *Unshackled* me ayudaron a tener la seguridad de que Dios seguía teniendo un plan para mi vida. No me imaginaba que un día, una de las historias de transformación tomadas de la vida real transmitidas en *Unshackled* sería la mía.

Margaret me visitaba con frecuencia en Mobile durante los primeros meses que estuve allí. En una de sus visitas, salió a cenar con la esposa de uno de mis compañeros presidiarios que llevaba muchos años preso. Más tarde me enteré que Margaret le dijo a la esposa del preso: «Si Jorge va a estar en prisión durante un tiempo prolongado, creo que tendré que seguir adelante con mi vida.»

Me produjo un dolor profundo, pero no me sorprendió su comentario. Había sentido que a la larga Margaret me dejaría, en especial si me daban una sentencia prolongada. Lo peor era que yo no sabía si quería que se quedara o se fuera.

TREINTA Y DOS

HACER LAS PACES

Estar encarcelado siendo cristiano presentaba un desafío muy diferente a ser preso no siendo creyente. En mi experiencia previa, me dirigí tras las rejas con la actitud de hacer todo lo que fuera necesario para sobrevivir: lo cual incluía proporcionar contrabando a los otros presos a cambio de cualquier cosa que me hiciera falta, desafiar a los guardias y hasta salir de la cárcel a hurtadillas cada vez que tuviera la oportunidad de hacerlo. Había aprendido que con suficiente dinero es posible conseguir casi cualquier cosa en la prisión, incluyendo drogas, sexo, alcohol o un lechón asado.

Pero ahora era una persona diferente. Aunque hubiera dispuesto del dinero para ejercer otra vez ese tipo de poder, había cambiado; no así el sistema penitenciario. La vida adentro de la cárcel seguía siendo tan violenta y corrupta como siempre.

Sabía que me tocaría enfrentar muchas situaciones en las que con seguridad sería probada mi nueva fe en Cristo. Jesús dijo: «Pero yo les digo: No resistan al que les haga mal. Si alguien te da una bofetada en la mejilla derecha, vuélvele también la otra» (Mateo 5:39). ¿Cómo aplicar esa declaración en el contexto de una sociedad donde el hombre que no hacía valer sus derechos pronto descubría que se los pisoteaban?

Tenía la convicción de que debía ser un pacificador en la prisión. También había tenido la misma convicción durante mi primer tiempo en la cárcel. Aun así, en aquel entonces mi reputación de barón poderoso de la droga me ayudaba a man-

Jorge L. Valdés, Ph.D. con Ken Abraham

tener la paz. ¿Podía el poder del único y verdadero Señor ser igualmente eficaz?

Estaba a punto de averiguarlo.

Un día estaba limpiando la celda mientras mi compañero de celda, Jimmy, en la sala cercana donde se veía TV, jugaba a las cartas con varios otros presidiarios. Jimmy había entregado su vida al Señor como resultado de haber asistido a un estudio bíblico que yo estaba enseñando en la cárcel. Pero era un muchacho bocón y sabía que un día su boca lo metería en problemas.

Mientras estaba trapeando nuestra celda, escuché pasos que se dirigían apresuradamente hacia donde estaba yo. Instintivamente, calcé un palo de escoba entre la puerta y el marco. En el momento que lo hice, dos tipos que habían estado jugando a las cartas con Jimmy aparecieron ante la puerta de la celda e intentaron empujarme hacia dentro.

Mientras forcejeaba contra los dos hombres que intentaban encerrarme, alcancé a ver lo que causaba el alboroto fuera de mi celda. Un preso que me constaba había sido acusado de cinco asesinatos intentaba lanzar a Jimmy por encima de la baranda: nuestra celda estaba en el segundo piso, desde donde se veía abajo un área común de piso de cemento. Rápidamente me di cuenta que los dos matones intentaban encerrarme para que no pudiera acudir en defensa de Jimmy.

Logré soltarme y, abriéndome paso entre ellos, salí corriendo para socorrer a mi compañero de celda. Dos hombres estaban golpeando a Jimmy en la cara y en la cabeza. Agarré a uno de los tipos y rodeé su cabeza con mis manos, trabándolo con una llave de cabeza.

—¡Valdés, esto no te incumbe! —me gruñó airado.

—Sí me incumbe —respondí gritando—. Jimmy es mi hermano y no permitiré que ustedes dos se abalancen sobre él!

Tenía las manos en una posición que me permitiría romper con facilidad el cuello del tipo, pero él tenía en la mano un cuchillo improvisado que había fabricado con un cepillo de dientes. Tenía las manos libres y podía apuñalarme sin dificultad.

Dos voces se batían a duelo en mi mente y mi corazón. Una voz rugía: «¡Rómpele el cuello! ¡Rómpele el cuello!» La otra voz me frenaba.

En silencio oré: *¡Ayúdame Señor Jesús!* Allí estaba yo, tratando de impedir que mataran a un hombre y ahora fácilmente pudiera ocurrir que se me acusara de homicidio por matar a su atacante.

Un guardia escuchó el alboroto y se dirigió al corredor, pero se detuvo en seco al ver que forcejeaba con los matones.

—¡Ayúdeme! —le grité al guardia.

—¡Ya viene la ayuda! —me dijo a una distancia segura.

—¡Solo déme una mano! —le rogué.

Pero el guardia se mantuvo inmóvil. Oré: *Señor, protégeme por favor.*

Finalmente los guardias irrumpieron en la cárcel, separaron a los que se peleaban, atraparon a los atacantes de Jimmy y los tiraron al piso. Los oficiales esposaron a los presos y los sacaron del bloque de celdas.

Jimmy empezó a llorar mientras me agradecía por haberle salvado la vida.

Para entonces un grupo de presidiarios nos había rodeado.

—Jimmy —dije yo—, cuando de verdad nos entregamos a Jesús y hacemos nuestra confesión, es necesario vivir de manera acorde. No sé si estabas haciendo algo malo en ese juego de cartas, pero una cosa sí te puedo decir: No puedes decir que eres cristiano y comportarte como un incrédulo. Ese es el problema del cristianismo; y es lo que durante muchos años impidió que yo fuera cristiano.

Sabía que mis palabras estaban haciendo impacto no solo en Jimmy, sino también en algunos de los otros que estaban parados allí.

—Si vas a vivir para Cristo —seguí—, es necesario que permitas que la gente vea a Cristo en ti todos los días. Es posible que tú seas la única "Biblia" que alcance a ver una persona.

Después de mi «discurso», la mayoría de los presos se quedaron un tanto silenciosos y poco a poco los hombres se dispersaron volviendo a sus propias celdas.

Esa noche, Jimmy estaba acostado en su litera llorando. Después de un rato bajé de la litera de arriba y le pregunté si deseaba orar. Nos arrodillamos juntos en nuestra celda y oramos pidiendo que Dios pasara a ser una realidad mayor en su vida, que Jesús se revelara a Jimmy del modo que se me había revelado a mí, y que tomara el mando de todos los aspectos de la vida de Jimmy y lo limpiara.

Ed Odom vino a visitarme y me presentó a Ken Cole, el oficial que estaba a cargo de la investigación previa a mi sentencia. Ken también era un fuerte cristiano. Ken y yo hablamos sobre mi caso, pero también hablamos mucho sobre la Biblia y mi nueva relación con Dios. Ken parecía estar convencido de que el cambio obrado en mi vida no solo era un caso de religión adquirida en la cárcel sino una experiencia genuina de conversión. No intentaba impresionar a Ken ni a ningún otro; en realidad no me preocupaba lo que pensaran de mí. Yo sabía que mi relación con Cristo era auténtica. También sabía que lo que Dios había hecho en mi corazón superaba el entendimiento humano, de modo que ni siquiera intentaba darle explicación.

Un día me llamaron para que me presentara en la sala de visitas de los abogados. Cuando entré al lugar, un agente se presentó como David Borah. David me dijo que durante muchos años había estado investigando a Sal y a Willie, mis anteriores socios en Miami. Sabía de mi relación con ellos y quería que le diera información.

Le conté a David que mi familia había sido muy amiga de la familia de Sal desde que vinimos de Cuba y que sus padres eran como mis propios padres. Le conté que Sal y yo habíamos trabajado juntos antes de mi arresto previo, pero que después de quedar en libertad había reconstruido mi negocio a solas, aparte de Sal y Willie. En realidad no tenía nada para decir a David que él no supiera de antemano.

Esta fue la prueba más difícil que debí afrontar en mi nueva fe. Le había dado a Dios mi palabra de confesar todo, de responder con sinceridad cualquier pregunta que se me hiciera. Para cumplir la promesa hecha a Dios era necesario quebrantar la palabra dada a mi buen amigo Sal, algo que nunca antes había hecho... ni siquiera durante la tortura sufrida en Panamá.

David me comunicó que entendía lo difícil que me resultaba hablar de mi pasado con Sal por causa de la anterior relación estrecha que nos unía. Cuando David Borah se fue ese día, sentí que había encontrado un nuevo amigo dentro del sistema de gobierno. Después de un tiempo, escribí una poesía teniendo en mente a David Borah y Ed Odom, y le puse por título: «Mi enemigo se convirtió en mi amigo.»

Dos días después, uno de los abogados de Sal y Willie vino a verme para averiguar qué le había dicho a David Borah. Era evidente que estaban aplicando cada vez más calor a todos los miembros de nuestro ex grupo, especialmente a Sal y Willie, que ya habían sido encausados bajo cargos relacionados con su contrabando de cocaína. Pero era poco lo que yo podía hacer para ayudarlos a ellos o a cualquiera de nuestros antiguos socios. Le había prometido a Dios que no mentiría acerca de mi comercio de drogas. Esa decisión crearía varias situaciones incómodas y pondría a prueba mi carácter y mi fe; en ocasiones hasta pondría mi vida en peligro, pero me negaba a poner en peligro ese compromiso.

Después de mi arresto en septiembre de 1990, perdí todo contacto con mis hijos. Luchy había vuelto al país y Jorgito fue a vivir con ella en Miami. Sherry se había mudado llevando con ella a los niños y no había dejado ninguna manera de comunicarse con ella. Intenté ponerme en contacto con ella por medio de los padres de Sherry, pero se negaban a revelar su paradero.

La situación era casi intolerable. Como había entregado todo mi dinero al gobierno, no tenía los medios para seguir el rastro de Sherry y los niños. Satanás usó esto para atacar mi fe. *¿A qué Dios sirvo que pudiera permitir que perdiera a mis* *hijos! ¿Cómo puede ser que no me permita saber dónde están mis hijos… los mismos hijos para los que antes viajaba doce horas de ida y de vuelta a fin de visitarlos los fines de semana!*

Aun cuando estaba envuelto en el poder del tráfico de drogas, mis hijos tenían fuertemente asido mi corazón. Ahora, por causa de los cambios que Dios había traído a mi vida, tenía un intenso anhelo de ganar tiempo perdido para borrar algunos de los principios sumamente engañosos que mi estilo de vida debe haberles presentado como si fueran verdad. El dolor insoportable de la situación con frecuencia hacía que se me saltaran las lágrimas. Así que luchaba en oración para resistir los ataques incesantes de Satanás y soportar esta prueba de mi fe.

Mi mamá y mi papá me habían enviado fotografías de los niños, y les di algunas de las fotos al pastor Emmett para que le hicieran recordar que orara por ellos y pidiera a Dios que hiciera posible que de alguna manera me comunicara con ellos. El hermano Emmett llevaba las fotografías consigo a todas partes.

Un día, más de un año después de mi arresto, el hermano Emmett me trajo buenas noticias. Había estado predicando en una conferencia cerca de Pensacola y, después del culto, un matrimonio de mediana edad lo había invitado a comer. Durante la comida le hicieron preguntas sobre su ministerio. Les contó de su obra en Mobile, incluyendo su ministerio a los presos. Su comentario despertó el interés de la pareja.

—¿Cree usted de verdad que la cárcel puede rehabilitar a una persona? —le preguntaron a Emmett—. ¿O acaso algunas personas son tan malas que ya no tienen redención?

—El poder de Dios es tan grande que puede cambiar a cualquiera que esté dispuesto —respondió el hermano Emmett.

Les contó que sabía de muchos presos cuyas vidas habían experimentado un cambio genuino.

—¿Hay algún motivo específico por el que les interesa este tema? —les preguntó.

La pareja reveló que su hija había estado casada con alguien que ahora estaba en la cárcel. El hermano Emmett pidió el nombre para poder orar por el ex yerno de la pareja.

—Jorge Valdés —le dijeron ellos.

El hermano Emmett sacó de su billetera las fotos que le había dado y se las mostró a la pareja.

Una mirada de pánico les cruzó por la cara.

—Jorge es un hombre cambiado —les dijo el hermano Emmett a los padres de Sherry.

Les contó que yo estaba dictando unos estudios de la Biblia en la cárcel y tomando clases bíblicas por correspondencia. También les dijo que los dos habíamos estado orando durante más de un año pidiendo que Dios brindara alguna manera para que yo pudiera hablar con mis hijos. El hermano Emmett animó a los padres de Sherry a que hicieran todo lo que estuviera a su alcance para posibilitar la comunicación entre mis hijos y yo.

Poco después, enviaron al hermano Emmett un número telefónico en Houston donde podía comunicarme con Sherry y los niños. Cuando hablé con ellos por primera vez desde mi arresto, Krystle preguntó con inocencia: «Papi, ¿por qué no nos has llamado durante tanto tiempo?» No pude contener las lágrimas. Me golpeó con fuerza otra vez que a pesar de la maravillosa paz que Dios había traído a mi vida y el sentido de satisfacción que encontré por medio de mi relación con Cristo, las consecuencias de mi pecado con seguridad traerían a mi vida torrentes de lágrimas.

Y tendría tiempo de sobra para pensar en eso. Alan Ross ahora me informó que se había completado todo el trabajo legal; había llegado el momento de dictar mi sentencia.

TREINTA Y TRES

¿HASTA CUÁNDO?

No era cuestión de saber si iría a prisión o no. El único asunto era saber hasta cuándo.

Me enfrentaba a la posibilidad de ocho condenas a cadena perpetua y me había declarado culpable sin garantías en lo referente a la cantidad de tiempo en prisión que el juez me exigiría.

No me había declarado culpable ni había cedido todas mis posesiones terrenales con la esperanza de que se me diera una sentencia más leve. Simplemente quería tener cuentas claras delante de Dios y sabía que esto me exigía también poner las cuentas en claro delante de los hombres. Sin embargo, durante todo el tiempo que estuve en la cárcel en Mobile, por algún motivo la cifra de diez años me venía a la mente una y otra vez. Si bien sabía que debía recibir un castigo por mis delitos, había leído las palabras de Jesús en Marcos 11:24: «Crean que ya han recibido todo lo que estén pidiendo en oración, y lo obtendrán». Basándome en ese versículo y otros parecidos, hice mi petición y me atreví a creer que el juez me condenaría únicamente a diez años de prisión.

Al iniciarse mi sesión de sentencia, el juez Charles Butler anunció que rechazaba el acuerdo que había hecho con la fiscalía, y que él no estaba obligado a cumplir con ningún acuerdo que hubiera hecho con el gobierno. El juez Butler dijo que se sentía obligado a condenarme a por lo menos una cadena perpetua.

Alan Ross entró de inmediato en acción, sugiriendo que el juez no tenía la obligación de dictarme la sentencia forzosa.

La sugerencia era absurda, pero el juez pospuso dictar sentencia por espacio de quince días para permitir que Alan presentara evidencia demostrando cómo me sería posible cumplir con los requisitos necesarios para recibir una condena menor.

Ese período de quince días resultó ser una seria prueba para mi fe. Ahora había escuchado de la propia boca del juez que tenía pensado condenarme a cadena perpetua. El diablo fue al ataque, llenándome la mente de dudas: *¿Dónde está Dios cuando se lo necesita? Debieras haberte quedado conmigo; yo nunca hubiera permitido que volvieras a la prisión por el resto de tu vida.* ¿Cómo podía tener la expectativa de recibir una condena que fuera menor que cadena perpetua?

Cuando me venían esos pensamientos, los echaba fuera en el nombre de Jesús. Volvía a recurrir a Marcos 11:24 y lo creía. En cualquier instancia que me sobrevenían dudas o me sentía débil, volvía otra vez a las Escrituras, a las que dedicaba varias horas por día.

Quince días después, cuando regresé a la corte, Alan Ross presentó un caso sólido al juez enfatizando que yo ahora era una persona diferente al Jorge Valdés que cometió los delitos de los que me había declarado culpable. Fue maravilloso estar sentado allí y escuchar cómo mi abogado judío alegaba de manera tan convincente que me había convertido al cristianismo.

Alan también llamó al estrado a los agentes federales Ed Odom y David Borah. Tanto Ed como David testificaron que yo había sido directo, veraz y sincero en mis respuestas durante todos sus interrogatorios, a pesar de que mi admisión de culpabilidad se oponía a todo lo que me había esforzado por lograr durante mis días del comercio de drogas. Ambos agentes testificaron que ellos también creían que yo era un hombre cambiado.

Alan alegó además que nunca había disputado los cargos del gobierno en mi contra y que de manera voluntaria había entregado bienes por valor de millones de dólares, sin retener nada.

Cuando Alan completó su presentación, contuve el aliento al mirarme el juez y prepararse a dictar sentencia.

«Jorge Valdés, lo condeno a diez años.»

El corazón casi me salta del pecho. ¡Diez años! ¡*Solo* diez años! Tal cual había orado y creído. Diez años; ¡no ocho condenas a cadena perpetua ni diez ni quince! Tuve la sensación de estar rodeado de ángeles. Las lágrimas me corrieron por las mejillas y no me preocupé por secarlas. Todavía tendría alrededor de cuarenta y cinco años cuando me soltaran. ¡Imagínese eso! ¡*Sí*, me soltarían!

Abracé a Alan Ross y luego me dirigí al juez y le agradecí. El juez no había cambiado de parecer porque se le pasara dinero a escondidas. Sabía que Dios había obrado un milagro en el corazón del juez Butler. Ciertamente, estaba corriendo un enorme riesgo al tener la disposición de ir contra la norma establecida. Si me hubiera condenado a perpetua, le habría sido fácil ir esa noche a casa sabiendo que había cumplido con su trabajo según la letra de la ley. Los delitos de los que se me acusaba habían ocurrido estando yo en libertad bajo palabra y el juez tenía todo el derecho de castigarme con toda severidad.

Más aun, si salía de la prisión y volvía a mi antiguo estilo de vida, como había hecho después de mi primera encarcelación, el juez Butler quedaría registrado en los anales de los tribunales como el juez federal suficientemente insensato como para permitir que un barón de la droga convicto volviera a la calle. La decisión del juez Butler no solo representaba un riesgo; tenía la posibilidad de convertirse en un error garrafal que pudiera poner fin a su carrera si yo no seguía adelante con mi entrega a Cristo. Le estaré eternamente agradecido a este hombre que tuvo la disposición de mirar más allá de la letra y ver el Espíritu.

En enero de 1992 me transfirieron a la prisión federal en Jesup, Georgia, a unos cuatrocientos kilómetros al sudeste de Atlanta, donde traté de adaptarme con la mayor celeridad posible. Me tocaría estar en ese lugar por mucho tiempo.

Durante la primera temporada que pasé en prisión, nadie se había atrevido a meterse conmigo porque sabían que me pelearía con quien fuera en el momento que fuera. Nunca me echaba atrás. Sin embargo, ¿qué podría suceder ahora si los depredadores en la prisión pensaran que no era capaz de defenderme? En la prisión, los fuertes se aprovechan de los débiles. Como cristiano, ¿qué haría si alguien me robaba? ¿Cómo sería posible mantener mi testimonio cristiano en este ambiente?

Con estas preguntas inquietantes dándome vueltas en la mente, hice lo único que podía hacer: las dejé todas en manos del Señor y me entregué a él. Decidí centrar mi atención en el mandamiento de Cristo de buscar primeramente el reino de Dios y su justicia y en su promesa de que todo lo que necesitaba me sería dado.

¿De veras creía eso? En mis primeros días de cristiano, mientras seguía viviendo como un millonario, era fácil creer que Dios cuidaría de mí. Pero, ¿acaso creía eso mismo estando en este lugar?

Sí, decidí que sí lo creía. Si Dios cuidaba de cada flor y se preocupaba lo suficiente para proporcionar alimento para las aves, también cuidaría de mí. Aun así, no tenía la expectativa de que la vida en la prisión fuera un día de campo de la escuela dominical.

La actitud y la composición de la población penitenciaria habían cambiado notablemente desde mi primera encarcelación. Como los presidiarios ahora cumplían condenas más prolongadas, muchos de ellos sin ninguna posibilidad de acceder a libertad condicional, los guardias disponían de muy pocos elementos con los cuales poder amenazar o incentivar a los convictos. Al fin y al cabo, ¿cuántas cadenas perpetuas puede una persona cumplir? En la época que cumplí mi condena anterior, la mayoría de los presidiarios tenían incentivos para obedecer y comportarse bien. Ahora, reinaba el caos. Muchos presos sencillamente se reían de los intentos disciplinarios de la prisión. La prisión en la década del noventa era un mundo completamente diferente y los problemas tendían a agravarse.

Como Jesup tenía una población hispana creciente y teniendo en cuenta mi formación y educación, me asignaron trabajar en el departamento de educación de la prisión, ayudando a los presos hispanos a pasar las pruebas para obtener su GED [diploma de equivalencia general], lo que otorga el gobierno como equivalencia del diploma de la escuela secundaria.

Mientras tanto, una de las primeras y más duraderas amistades que forjé en Jesup fue con Gene Lawson, un afroamericano de Fort Lauderdale. Gene era inteligente, bien parecido y tenía una gran personalidad, pero había cometido el error de presentar a un conocido a alguien que vendía drogas. Por causa de esa presentación, Gene se veía obligado a cumplir más de seis años de cárcel. Ahora era un cristiano devoto, asistía a los estudios bíblicos conmigo en Jesup y no temía admitir su fe en Cristo a quien fuera. Era un testigo coherente que ponía en práctica lo que creía.

Gene y yo decidimos explorar la posibilidad de tomar cursos universitarios por correspondencia y en poco tiempo nos aceptaron para realizar estudios en la Universidad Bíblica Southeastern. Cada mañana a las cinco y media, nos juntábamos a estudiar durante la última hora de silencio antes de que se levantara la mayoría de los demás presos.

Mi primera clase de Southeastern era sobre el Nuevo Testamento. Estudié con diligencia y cuando obtuve una calificación de cien en el primer examen, experimenté una sensación de júbilo, satisfacción y logro que no había sentido por muchos años. Sabía que Dios me estaba llamando a volver a la escuela. Siempre había sido un buen estudiante y me encantaba mi trabajo de enseñanza en el departamento de educación de la prisión. Reconocí que Dios me había dado un don para alcanzar a las personas que se consideraban difíciles de alcanzar. Este parecía ser el ministerio que Dios me tenía preparado.

Un día el asistente social encargado de mi caso me dijo que se me enviaría a Miami para cumplir con una comparecencia ante el tribunal ordenada por el gobierno. Al no saber lo que estaba ocurriendo, llamé a David Borah, que me explicó que la situación estaba relacionada con el caso de Sal y Willie. El asunto en realidad tenía que ver con Marty Weinberg, que había sido mi abogado en el juicio de Macon muchos años antes y ahora representaba a Sal y Willie. El gobierno estaba tratando de que se destituyera a Marty como el abogado de ellos.

Este giro de los acontecimientos me inquietó en gran manera. El hecho de que me involucrara en el asunto daría la impresión de que yo testificaba por el gobierno, lo cual no era verdad. No quería que se corriera la palabra de que yo estaba testificando, lo cual podía ponerme en una situación de peligro potencial de parte de otros presos. Sin embargo no tenía otra alternativa que ir a Florida para la audiencia.

Cuando regresé a Jesup, las autoridades me preguntaron si deseaba que me pusieran bajo custodia de protección en lugar de estar con la población general.

«De ninguna manera», respondí. «No hice nada malo, tampoco hice nada para lastimar a nadie, así que no tengo por qué temerle a nada.» Sabía que no había hecho nada que comprometiera mi decisión de decir la verdad ni que dañara el caso de Sal y Willie.

Tres semanas después, cuando al fin estaba logrando recuperar la confianza de mis compañeros presidiarios, me citaron a Florida para otra vuelta de audiencias.

Esta vez estaba furioso. Llamé a David Borah y a todos los demás que tal vez tuvieran la capacidad o la disposición de impedir que me involucrara otra vez en el caso. Les dije que mi vida correría peligro si iba. Incluso hablé con el fiscal federal a cargo del caso de Sal y Willie. El fiscal respondió: «¡Usted viene para Miami y se acabó!» Antes de partir, oré mucho sobre el asunto con mi amigo Gene.

Camino a Miami, me llevaron unos días a la penitenciaría federal en Atlanta, donde me di cuenta que Dios estaba haciendo algo. Como los presos debían anotar su nombre en una lista para poder hacer llamadas telefónicas, rápidamente anote mi nombre en la lista en Atlanta para poder llamar a mis hijos mientras estaba allí. Al echarle un vistazo a la lista para ver si reconocía a alguno de los nombres, vi uno que me hizo disparar la presión sanguínea.

¡Monti Cohen! Mi ex abogado, el hombre que me había traicionado, estaba aquí en la penitenciaría de Atlanta.

De repente, me vino a la memoria ese momento ocurrido casi una década antes cuando le dije a Monti que algún día lo mataría. Emociones encendidas se apoderaron de mí, avivadas por pensamientos de cómo Monti había traicionado mi confianza, y del dolor acuciante y prolongado que había sufrido cada miembro de mi familia como resultado de la duplicidad de Monti. Ira, resentimiento y amargura empezaron a envolverme como una espesa niebla.

Luego sentí que el Señor me recordaba con firmeza: «No fue el pecado de Monti Cohen el que acarreó estas consecuencias para ti o para tu familia; fue *tu* pecado.» Rápidamente me arrepentí de mis actitudes. Parecía que el Señor me apuntaba. «Has lastimado a muchas personas y, sin embargo, sabes cuánto te he perdonado. Ahora tú debes perdonar a los que te han lastimado,» Me invadió una gran paz al reconocer la verdad de lo que Dios me decía y tomé la determinación de obedecer.

Averigüé dónde estaba Monti y en la primera oportunidad que se me presentó me dirigí a su celda. Cuando Monti me vio, una expresión de terror le cubrió el rostro.

«¡Monti Cohen!», dije con seriedad simulada. Mi ex abogado y amigo se quedó de pie paralizado mientras caminaba hacia donde estaba él… para luego abrazarlo. Lágrimas de gozo inundaron los ojos de Monti al darse cuenta que no había venido buscando venganza.

Le conté a Monti cómo había conocido a Cristo y que ahora era una persona diferente al Jorge que antes conoció.

«Monti, el pasado pisado», le dije. «Perdonado y olvidado, y sigo siendo tu amigo.»

Ahora sabía que una de las razones de Dios para la realización de este viaje prolongado fuera de Jesup era para permitir que yo perdonara a Monti y le pidiera que me perdonara por la ira que había albergado contra él durante tantos años.

TREINTA Y CUATRO

COMENZAR DE NUEVO

A continuación de mi segunda comparecencia en las audiencias en Miami, me albergaron durante casi un mes en un establecimiento penitenciario cerca de Miami que se conocía como TGK. Aquí, y dondequiera que iba dentro del sistema penitenciario, llevaba mi Biblia conmigo y seguía con mi estudio y con mis enseñanzas de la Palabra de Dios. El Señor me estaba usando para llevar a muchos presidiarios a una relación con Cristo, y empecé a ver en cada encuentro una oportunidad potencial de contarle a alguien acerca de Jesús y su poder para cambiar vidas.

En TGK conocí a un guardia llamado DeMilio que tenía la reputación de ser un tipo duro y también mujeriego.

Un día al pasar junto a su escritorio lo vi leyendo y le dije: «Debieras leer la Biblia; es mucho más informativa que esas revistas y te beneficiará mucho más.»

DeMilio me miró con expresión perpleja. Por causa de mi reputación, estaba dispuesto a escucharme. Me preguntó acerca de mi historia y quería saber por qué había acudido a Cristo siendo que todos sabían que yo era muy mujeriego. Le conté un poco de mi historia y a partir de entonces hablamos con frecuencia. Llegamos a ser amigos, al grado que pueden llegar en la amistad un guardia y un presidiario.

Antes de que me fuera de TGK para volver a Jesup, le dije a DeMilio: «De verdad debieras dar un giro a tu vida y entregarte a Jesús.»

DeMilio sonrió y dijo: «Sigue orando por mí, Jorge, y tal vez lo haga.»

Al volver a Jesup, mi amigo Gene Lawson y yo oramos por DeMilio casi todas las noches después del recuento de las diez de la noche: una de las cuatro veces por día en que se verificaba que estuvieran todos los presos. Cada noche pedía a Dios que se manifestara en la vida de DeMilio, para producir convicción de pecado y para llevarlo a una relación con Cristo.

Cinco meses después, cuando me volvieron a transferir a TGK, volví a ver a DeMilio sentado a su escritorio. Sin embargo, no leía revistas. ¡Leía la Biblia!

Corrió hasta donde estaba yo y me abrazó como si fuera un hermano a quien había perdido de vista desde hace mucho tiempo. «Jorge», dijo él, «después que te fuiste me ocurrió algo sumamente extraño. Tienes que escuchar esta historia.»

Lo escuché atentamente. Me contó que cada noche cuando terminaba su turno en la prisión a las nueve y cuarenta y cinco, empezaba su viaje de regreso a casa, que le llevaba unos veinticinco minutos. «Todas las noches», dijo DeMilio, «me sobrevenía una gran convicción de la necesidad de entregar mi vida a Cristo. Algunas noches luchaba denodadamente contra esa sensación. Otras noches, decía: "Quizá lo haga, pero alguna otra vez". Luego cuando entraba a casa, me olvidaba del asunto… hasta que volvía en automóvil a casa la noche siguiente, cuando volvía a pasar lo mismo.

»Finalmente, una noche al llegar a la puerta de casa, estaba cansado de la agitación. Caí de rodillas y no me pude levantar. Le pedí a Dios que entrara a mi vida y me llenara de su Espíritu.»

DeMilio me contó que después dejó de beber y de acostarse con cualquiera. Se hizo miembro de una iglesia y empezó a socializar con otros cristianos y a leer la Biblia.

«No puedo contener toda la felicidad que está dentro de mí», siguió. «Ahora soy una luz para estos presos que me ven leyendo la Biblia. Ven que soy una persona diferente, y todos lo notan.»

Le conté a DeMilio acerca de las oraciones que hacíamos por él en Jesup, precisamente a la misma hora que todas las noches él experimentaba su gran agitación espiritual, y vi que se le escapaba una lágrima. Qué tremendo gozo ver a este hermano que Dios había transformado de manera tan poderosa. Otra vez recordé: *Él verdaderamente es el Dios de los nuevos comienzos.*

DeMilio preguntó si podíamos estudiar juntos la Biblia, así que cada día, durante los descansos de DeMilio o después de que terminara de trabajar, me reunía con él. ¡Imagínese eso: el guardia y el preso estudiando la Palabra de Dios juntos en la prisión!

Con una sentencia de solo diez años, tenía la esperanza de que Margaret se mantuviera firme en nuestro matrimonio. Sin embargo, a finales de 1993 ambos sabíamos que el matrimonio había llegado a su desenlace. Margaret vino a verme el día de Navidad durante solo diez minutos y quince minutos para Año Nuevo, la cual sería su última visita.

El trámite de divorcio fue superficialmente amigable, pero un frente de batalla en el ámbito espiritual. Me encontré en la necesidad de acudir a Dios repetidamente para arrepentirme de mi enojo hacia Margaret y para buscar su fortaleza a fin de mantenerme firme contra el diablo. Satanás debe haber visto un campo vulnerable en mí porque lanzó un ataque despiadado sobre mi corazón y mi mente, tratando de hacerme volver a mi modo antiguo de proceder, tentándome con ideas horribles de cómo tomar represalias contra Margaret. Sin cesar le presentaba el asunto al Señor y buscaba liberación de actitudes y pensamientos destructivos que se derivaban de nuestro divorcio.

Me mantuve ocupado terminando mis estudios académicos para obtener mi licenciatura en la Universidad Bíblica Southeastern. Fue un momento de gran júbilo cuando recibí mi diploma en 1993, con un promedio perfecto de 4.0. Sin embargo, ese logro solo sirvió para avivar mi apetito de estudios bíblicos superiores. Decidí investigar la posibilidad de tomar estudios de posgrado mientras cumplía el resto de mi condena.

Se me dijo que Wheaton era una de las universidades cristianas de mayor excelencia del país. No sabía mucho de ella, pero después de recibir catálogos de varias casas de estudio, examinar sus programas de maestría y luego orar y preguntarle a Dios dónde deseaba que fuera, tuve la convicción de que Wheaton era el lugar indicado para mí.

Después que me aceptaran en Wheaton, volví a dedicarme a las clases por correspondencia. Mi segunda clase de Wheaton era un curso de teología dictado por el doctor Walter Elwell. Me había registrado para el curso con tremendo entusiasmo, pero mi fervor se disipó rápidamente cuando descubrí que una de las primeras tareas era poner por escrito la historia de mi travesía espiritual, una historia personal que siguiera paso a paso cómo llegué a conocer a Cristo.

Me invadió el pánico. No me sentía tímido de contar mi historia a los presos, pero a partir de haberme familiarizado más con Wheaton, me había enterado que era una casa de estudios de gran excelencia y muy conservadora. ¡Después de todo, Billy Graham se graduó de Wheaton! Temía que si contaba la verdad en mi trabajo práctico sobre mi «travesía espiritual», si estos excelentes cristianos conservadores de Wheaton descubrían mi pasado vergonzoso, podía hacer peligrar mis posibilidades de seguir con mis estudios, en especial mis posibilidades de cumplir mi sueño de llegar un día a ser un estudiante en el campus de Wheaton. ¿Cómo podía alguna vez llegar a convencerlos de que de verdad había sido lavado y salvado por la misma sangre del Cordero que los había salvado a ellos? Sin embargo sabía que debía ser sincero acerca de mi confesión de fe. Al fin y al cabo, mi historia no se trataba de quién era yo, sino de lo que Dios había hecho en la vida de este pecador.

Preparé mi trabajo escrito, horrorizado al ver mi propio pasado por escrito. Pensé en broma que si el apóstol Pablo fuera a escribir sus epístolas hoy, tendría que volver a redactar un versículo para que se leyera: «*Yo Pablo fui el principal pecador...* hasta que apareció Jorge Valdés!» Había cometido casi todos los pecados conocidos excepto homicidio y en esencia también había cometido ese al matar indirectamente a incontables personas a través de las drogas que traje a Estados Unidos; y todo esto sin sentir convicción de pecado, sin remordimientos, ni arrepentimiento, ni siquiera cuando me atraparon. Solo cuando me convertí en cristiano pude arrepentirme.

De la manera más delicada posible describí mi pasado pecaminoso y relaté mi travesía hacia la fe. Oré sobre mi trabajo escrito y lo envié al Dr. Elwell, pensando que esta bien pudiera ser mi última pieza de correspondencia dirigida a la Universidad de Wheaton.

Tres semanas después, el Dr. Elwell me escribió luego de corregir mi trabajo y dijo: «Es maravilloso lo que Dios ha hecho en su vida. ¡Cuán maravilloso es el Salvador que servimos! Llámeme si tiene alguna pregunta, estoy aquí para ayudarlo de cualquier manera que pueda.»

Quedé abrumado y no pude esperar para llamarlo y darle las gracias. El profesor no tenía idea de lo que acababa de hacer para mí. Durante nuestra conversación telefónica inicial, el doctor Elwell fue académico y profesional, pero también cálido y amistoso. Sentí que podía confiar en este hombre, así que empecé a contarle mis temores de ser criticado y rechazado por causa de mi pasado.

El doctor Elwell me interrumpió: «Jorge, cualquiera que haga eso sencillamente no conoce mucho la Biblia. Agradezco a Dios por su vida.»

Una noche, mientras hablaba por teléfono con mis hijos, mi hija de cinco años, Jade, me preguntó qué debía hacer para entregar su vida a Jesús.

Mi sensación de gozo increíble ante el deseo de Jade fue combinado con aprehensión: varios presos estaban en fila detrás de mí, aguardando su turno para usar el teléfono.

—Mi amor —le dije—, cuando colguemos el teléfono, lo único que tienes que hacer es ir a tu cuarto, pedirle a Jesús que entre a tu vida y que sea tu Señor, y agradecerle por haber muerto por ti.

—Papi —respondió Jade—, ¿es necesario que vaya a mi cuarto?

Ella no estaba dispuesta a aceptar respuestas fáciles. Eché una mirada a los demás presos que me rodeaban. Todos parecían estar mirándome.

Se me agolparon las ideas en la mente mientras intentaba encontrar algún modo de poner fin a la conversación y aun así ministrarle a mi hija.

Se me quebró la voz al decirle:

—No, mi niña, no es necesario que vayas a tu cuarto, pero después que cortemos la comunicación puedes pedirle a Jesús que entre a tu vida y sea tu Señor.

—Papi —respondió Jade con insistencia—, ¿acaso no puedo entregar mi vida a Jesús contigo ahora mismo?

No pude contener las lágrimas. Oré con Jade por teléfono y ella le pidió a Jesús que entrara a su vida. De repente, recordé la oración que había hecho tres años antes cuando recién me habían encarcelado siendo cristiano, cuando le pedí a Dios solo dos cosas: que me diera fortaleza para soportar hasta el fin y que salvara a mis hijos. Supe en ese momento que Dios estaba respondiendo ambas oraciones.

Dejé que me corrieran las lágrimas por el rostro y dije en voz alta a los demás presos:

—¡Mi hija acaba de entregar su corazón al Señor! ¡Mi hija se ha salvado e irá al cielo!

TREINTA Y CINCO

MILAGROS

¿Cómo podía yo, un barón de la droga convicto cumpliendo mi segunda temporada de prisión, tener la esperanza de que se me soltara antes de tiempo? Ya era un milagro que estuviera cumpliendo una condena de solo diez años en lugar de perpetua. ¿Debía osarme a pedir menos tiempo? ¿Era posible que creyera que el plan de Dios para mí involucraba una liberación anticipada?

Sí, podía creerlo. Solo Dios podía darme una fe tan audaz... y un abogado increíblemente osado: Alan Ross.

Se me había trasladado a otro establecimiento federal, esta vez en Michigan, donde seguí con mi rutina carcelaria, incluyendo mis estudios hacia mi maestría de Wheaton. Había completado cuatro cursos de extensión de nivel de posgrado obteniendo una calificación de A en las cuatro. No obstante, la política de Wheaton solo permitía que se tomaran cuatro cursos de extensión en su programa de maestría; las asignaturas requeridas restantes se debían cursar en el campus universitario.

Eso representaba un problema para mí, ya que todavía me quedaba la mayor parte de la condena por cumplir. A pesar de eso, tenía la convicción de que era la voluntad de Dios para mí que obtuviera mi maestría. Si bien la junta de libertad bajo palabra ya había negado que se me pusiera en libertad, alenté a Alan Ross para que investigara la posibilidad de hacer que los jueces que me habían impuesto la condena la redujeran.

Este pedido era extravagante, teniendo en cuenta la condena extremadamente leve que me habían dado. Pero a Alan

le encantaban los desafíos y, a decir verdad, se había mantenido en contacto con el fiscal a cargo de mi caso, con la esperanza de lograr que me liberaran en forma anticipada.

La razón fundamental en la que se apoyaba nuestro pedido era que el juez podía reducir mi condena a tiempo cumplido, que se estaba aproximando a los cinco años, sobre la base
de que había sido completamente franco en mis actuaciones
en tribunales, había cedido mis bienes y había mostrado clara
evidencia de rehabilitación.

Con la ayuda de David Borah y Ed Odom, el primer trabajo de Alan era convencer al juez Wilber D. Owens, el juez que
había presidido mi caso original en Macon. Luego el juez
Charles Butler en Mobile tenía que estar de acuerdo también.

A fines de 1994, Alan y David se presentaron ante el juez
Owens a mi favor. Junto con ellos y ofreciendo apoyo decisi-
vo a mi favor estaba Pat Sullivan, procurador de Estados
Unidos, que anteriormente había obtenido una famosa convicción por drogas contra Manuel Noriega de Panamá. Alan
presentó nuestra solicitud de que se redujera mi sentencia a
tiempo cumplido, lo cual no era nada sencillo, ya que el juez
Owens era el hombre que había predicho de manera certera
que no me beneficiaría de los quince años de condena que
dictó en mi primer caso. Después de salir de la prisión, sin
duda volvió a una vida de contrabando de drogas, solo que en
una escala mucho mayor. Ahora Alan debía convencer al
mismo juez de que me merecía una nueva oportunidad.

Lo sorprendente fue que el juez Owens accedió. Agradecí
a Dios por este milagro que apuntaló mi fe para creer que podía darse otro.

A continuación, Alan se presentó ante el juez Butler, que
ya había tomado un riesgo grande al concederme una sentencia de diez años en lugar de cadena perpetua. No me resultaba
difícil imaginar que el juez Butler tomara nuestra solicitud
como si fuera una de las más ridículas que hubiera escuchado
jamás.

Como era un cristiano devoto, el juez Butler estaba muy
consciente de mi colaboración desde el momento de mi arres-

to como también del cambio espiritual operado en mi vida. Sin embargo, muchos jueces se muestran particularmente reacios a modificar condenas basándose en la conversión espiritual de los reos ya que muchos de los que experimentan lo que se da en llamar una «conversión carcelaria» acaban por volver de inmediato a la prisión, dejando al juez mal parado por haber tenido compasión del presidiario.

Sin embargo, Dios posibilita lo impensable. Mientras oraba con fervor y creía a pesar de las contras que Dios haría posible que yo fuera a Wheaton, Alan, junto con mis amigos David Borah y Ed Odom, acudieron en mi defensa ante el juez Butler.

El juez no redujo mi condena a tiempo cumplido, pero sí la redujo a cinco años, lo cual era casi equivalente, ya que solo faltaban nueve meses. Y en la mayoría de los casos, es posible obtener libertad bajo palabra después de cumplir ochenta y cinco por ciento de la condena. ¡La decisión del juez significaba que podía quedar en libertad!

Aun así, el diablo no se da por vencido con facilidad. A pesar de la decisión del juez Butler, la Agencia Penitenciaria se negaba a dejarme en libertad, alegando que se había cometido un error en el cálculo del tiempo que ya había cumplido de mi condena. La agencia sostenía que los dieciséis meses que pasé en la cárcel del Condado de Mobile mientras se debatía mi caso no se contaban como parte del cumplimiento de mi condena federal. La demora era una táctica del enemigo para crear confusión y frustración y el diablo se burlaba de mí con frecuencia: «¡Ja, ja! ¡Pensaste que lograrías salir para estudiar la Biblia! Ni lo sueñes. ¡No irás a ninguna parte!»

Seguí orando y creyendo. Ya bastante difícil es objetar una decisión de cualquier agencia gubernamental, pero que un presidiario dispute una decisión de la Agencia Penitenciaria es comparable a que una hormiga decida cavar un túnel a través de una montaña.

Alan volvió a presentarse ante el juez Butler y le pidió que reconsiderara reducir mi sentencia a tiempo cumplido, lo cual eliminaría el problema. Aun así, el juez Butler se mantuvo firme. Dijo que había modificado mi condena como era debido, ¡y que la Agencia Penitenciaria estaba equivocada!

Ahora estaba atrapado en una batalla entre el tribunal y la prisión. Finalmente, Alan entabló una demanda en mi defensa contra de la Agencia Penitenciaria. Durante tres meses se debatieron los cálculos de mi sentencia. Al fin, se confirmó la decisión del juez Butler. El 5 de marzo de 1995 me dieron la libertad bajo palabra y pude salir de la prisión federal. En total, pasé casi diez años en prisión: un cuarto de mi vida.

Cuando traspuse las puertas de la prisión, me invadió una sensación de libertad. Si bien estaba eufórico de estar en libertad, al mismo tiempo me sentía débil, nervioso y confundido.

Alan y su esposa, Susan, estaban en el vestíbulo de la prisión esperándome. En cuanto pasé por la puerta, todos nos abrazamos, reímos y lloramos.

—¡Gracias, Alan! —le repetía sin cesar, a la vez que me enjugaba las lágrimas de los ojos—. Muchas gracias por lo que has hecho por mí.

Luego, sin la más mínima vacilación, empecé a alabar a Dios por haber usado a Alan para darme libertad.

—¡Estaba seguro de que Jesús usaría otro judío para sacarme de la prisión! —le dije a Alan.

Alan se rió con ganas.

—Sabes, Alan, ahora mi misión es lograr que un día te des cuenta que Jesús es el Mesías que has estado buscando.

—Estaré esperando —me dijo Alan sonriendo con un brillo en los ojos.

Alan y Susan me llevaron en automóvil a la casa de mis padres. A propósito no les había dicho que iba a salir para poder darles una sorpresa. ¡Qué maravillosa y lacrimosa reunión tuvimos! No dejábamos de abrazarnos y llorar. Mamá, por supuesto, había creído en todo momento que Dios no permitiría que me consumiera en la prisión.

Y ahora que me habían soltado, no iba a permitir que perdiera ni un poco más de peso. Enseguida se puso a preparar una enorme comida cubana de arroz y frijoles negros: mis preferidos.

EPILOGO

EN LAS MANOS DE DIOS

En diciembre del 1995, solo nueve meses después de mi liberación de la prisión, me gradué de Wheaton College con una maestría en teología. Cuatro años más tarde completé un doctorado en estudios del Nuevo Testamento de la Universidad de Loyola y en ese año era solo el quinto hispano con un PhD en Biblia.

Mientras estaba en Wheaton, tenia muchísimas dudas de como tomar nuevas decisiones; no sabia si de verdad ir a Wheaton College era la voluntad de Dios o yo me convencí de que si era la voluntad de Dios que yo fuera a Wheaton porque era la universidad cristiana mas prestigiosa. En mi estado de confusión decidí buscar la ayuda de un a cristiano mayor que me pudiera ayudar a tomar las decisiones correctas. Por eso fui a ver a mi mentor el Dr. Elwell y le pedí que me guiara, y él aceptó hacerlo. El Dr. Elwell me animó a no malgastar lo que Dios había hecho en mí, ni a perder de vista lo que Dios quería hacer a través de mí. Le prometí al Dr. Elwell que lo consultaría sobre cualquier decisión importante.

Cada vez que alguien me pedía que fuera a predicar o contar mi historia, remitía la invitación al Dr. Elwell. No quería que nadie explotara mi testimonio; él también conocía bien las tentaciones que enfrenté al volver a contar y revivir algunos de los sórdidos detalles de mi vida sin Cristo.

Durante las primeras veces que conté mi historia, me encontré disfrutando demasiado contar mi historia. Después, una terrible culpa me perseguía. Me sentí obligado a arrepentirme nuevamente, no solo por mi pasado, sino por darle al diablo demasiadas municiones para usar contra otros y contra mí en el recuento de mi viaje espiritual.

En consecuencia, el Dr. Elwell rechazó la mayoría de las invitaciones para que yo hablara, y felizmente cumplí con sus decisiones. "Llegará un momento, Jorge, en el que estarás listo para compartir no solo tu historia pasada si no una nueva gloriosa historia", me dijo. "Y cuando lo hagas, Jesús obtendrá la gloria, no tú, y ciertamente no el enemigo", recuerda mi hijo que el mundo cristiano le encanta desarrollar estrellas, pero mas les gusta cuando esas estrellas caen.

Una noche estaba ocupado estudiando cuando alguien llamó a mi puerta. Fue Jasón, un compañero de estudios, quien preguntó si podía tomar prestado uno de mis libros. Me di cuenta de que estaba desanimado y angustiado, pero me sorprendió cuando dijo: "Jorge, estoy casi listo para graduarme, y ni siquiera estoy seguro de que Dios exista. He crecido en la iglesia toda mi vida, pero todavía me pregunto si las cosas en la Biblia son verdaderas y si Dios realmente se preocupa por mí ".

Mientras escuchaba a Jasón hablar sobre sus preguntas y dudas, yo batallaba con no contar mi historia, solo quería terminar mi maestría e ir a la universidad para mi doctorado sin que nadie supiera de mi pasado, sin embargo, me sentí obligado a decirle lo que Dios había hecho por mí. Comencé a contarle mi historia, cómo Dios me había transformado de un infame narcotraficante en una persona apasionada por servir a Jesucristo. Los ojos de Jasón se abrieron por el momento. Hice hincapié en que no le di mi vida a Cristo porque me atraparon, sino porque descubrí que Jesús era la única verdadera satisfacción en la vida. Cuando terminé, Jasón y yo oramos juntos para que Dios revolucionara su vida y lo usara para señalar a otros a Cristo.

Mientras esperaba que esto fuera alentador para Jasón, para mí se convirtió en un hito en mi caminar cristiano. Por primera vez me di cuenta de que Dios podría usar mi vida como un medio para ayudar no solo a los criminales endurecidos en prisión, sino también a los cristianos endurecidos en las iglesias. Un pasaje de la Escritura me fue particularmente alentador a este respecto. Al narrar su temprana formación espiritual después de su experiencia de salvación, el apóstol Pablo escribió: "Yo era personalmente desconocido para las iglesias de Judea que están en Cristo. Solo escucharon el informe: "El hombre que antes nos perseguía ahora está predicando la fe que una vez intentó destruir". Y alabaron a Dios por mí "(Gálatas 1: 22-24). La última parte de ese pasaje realmente habló a mi corazón. Al estudiar el pasaje en griego, me di cuenta de que Pablo decía: "No fue por lo bueno o lo malo que fui, sino que Dios fue glorificado por el trabajo que había hecho en mí". Este era mi deseo, que El trabajo que Dios había hecho en mi vida le traería honor y gloria.

Aunque no anuncié el hecho de que era un exrecluso y un narcotraficante condenado, no pude evitar recordar mi pasado. Dios me trajo esta verdad a casa de una manera poderosa.

Poco después de ir a Wheaton, en uno de los primeros servicios de la iglesia a la que asistí, el pastor y varios otros miembros de la congregación nos pidieron que oráramos con ellos por un bebé que supuse que tenía unos tres meses. Acepté con gusto, y nos reunimos alrededor de la madre y el niño enfermo. El niño parecía desnutrido, demacrado, y con los ojos fijos en el espacio. Fue entonces cuando me di cuenta de que era un bebé crac, un niño nacido de una madre que había usado cocaína crac, un niño que nunca podría experimentar una vida normal. Rompí a llorar, pidiéndole a Dios que me perdonara. Mientras miraba a ese pequeño bebé, que no le había hecho daño a nadie en la tierra, me di cuenta de que había nacido adicto por los pecados de sus padres y los pecados de Jorge Valdés. No pude evitar preguntarme cuántos niños más yo había afectado de esta manera.

¡Oré en silencio, oh, Dios! ¿Me recordarán las consecuencias de mis pecados por el resto de mi vida? Y creo que la respuesta de Dios a esa oración fue: "Sí. Aunque yo te la perdona, encontrarás muchas consecuencias debido al estilo de tu vida anterior".

Hasta el día de hoy, todavía lucho con preguntas. Rezo, oh, ¡Dios! ¿Por qué has sido tan bueno conmigo? ¿Por qué has salvado a mis hijos y los has protegido cuando he impactado a tantos hijos de otros padres por el mal?

No tengo respuesta, pero sé que Dios es bueno y su gracia es suficiente. Sí, lamentablemente, encontraré recordatorios de mi pasado, pero gracias a lo que Jesús ha hecho por mí, sé que mi pasado ya no define mi futuro. Y sé que, a pesar de la oscuridad de mi pasado, el brillo de mi futuro está en manos de Dios.

En las manos de Dios también aprendí de una manera sorprendente, que había alguien que entraría en mi vida para completar lo que soy hoy, y como la prueba más fuerte para mí de que Dios en su gracia me ha dado un nuevo comienzo, y una nueva oportunidad de compensar todos los años que desperdicié.

Sujey Adarve era una joven estudiante de Wheaton de Medellín, Colombia, a quien conocí mientras le daba clases de griego: yo era el asistente de su profesor. Me impresionó la energía vibrante de Sujey y la pasión que poseía por su país y su herencia hispana. Nos hablamos casi exclusivamente en español, no para ocultar nuestra conversación a nuestros compañeros, sino simplemente porque disfrutamos de poder comunicarnos en nuestra lengua materna.

Sujey estaba con un grupo de mis amigos una noche cuando hablé con ellos durante más de una hora sobre mi pasado. Mi historia no la desanimó; De hecho, parecía genuinamente asombrada y agradecida por lo que el Señor había hecho en mi vida. Viniendo de Medellín, sabía muy bien cómo había explotado la industria de la cocaína en Colombia, y aunque todavía no sabía el alcance de mi participación, sabía que era un milagro que hubiera podido alejarme del cartel y el negocio de la cocaína.

Sujey y yo nos juntamos a menudo para estudiar griego o simplemente para hablar, y en poco tiempo nos hicimos buenos amigos. Pero un domingo después de la iglesia, Sujey me dijo que algunos de sus amigos decían que estaba pasando demasiado tiempo conmigo, especialmente porque tenía casi el doble de edad que ella.

Cuanto más lo pensaba, más me dolía y me enojaba. Vi a Sujey simplemente como una amiga, y pensé que sus otras amigas no debían de injustamente juzgarme, particularmente por mi pasado, después de todo, a principios de ese mismo año todavía estaba en prisión. Pero me sacudí el dolor y le dije a Sujey que no creía que ella y yo debiéramos volver a vernos. Después de decirle adiós esa tarde, honestamente creí que nunca la volvería a ver fuera de clase. Había estado orando por Sujey y mi amistad todos los días durante más de un mes, así que pensé que esta era la forma en que Dios respondía mis oraciones. Tal vez esto fue lo mejor.

A la mañana siguiente, Sujey llamó por teléfono para preguntarme si podía reunirse conmigo una vez más para hablar. Sentí urgencia en su voz, así que acepté llevarla a desayunar esa mañana. Cuando nos sentamos en la cafetería, Sujey fue directo al grano. "Jorge, he estado orando por esto", dijo, haciendo una pausa para limpiar las lágrimas que caían por su rostro. "Yo creo esto . . . Estoy . . . Estoy enamorada de ti y que Dios me ha revelado que me ha puesto en tu vida con un propósito especial ". Sus palabras me golpearon como una bomba. Sujey continuó: "Estoy dispuesto a ver a dónde conduce Dios nuestra relación. Sin embargo, si no se siente cómodo con eso, podemos ir por caminos separados ".

Me quedé atónita, sin saber qué decir. Asombrado como estaba, extendí la mano por encima de la mesa, sostuve las manos de Sujey en la mía, y para mi asombro, me escuché decir: "Está bien, pero quiero hablar con el Dr. Elwell, porque le prometí que no tomaría ninguna decisión critica en mi vida sin correrla por parte de él para que podamos orar por ellas juntos". Pensé para mí mismo, ¡y esta será una decisión crítica!

Me había estado reuniendo regularmente con el Dr. Elwell desde mis primeros días en Wheaton. Además del desafío intelectual, nuestras reuniones semanales fueron una oportunidad para que yo sea responsable ante alguien por mi vida espiritual. El Dr. Elwell siempre escuchó con calma los gritos de mi corazón con respecto a la voluntad de Dios para mi vida y me alentó a seguir buscando a Dios y creyendo que él me tenía en Wheaton con un propósito. Raramente hablábamos de mi vida social, excepto una vez cuando le mencioné que pensaba que podría convertirme en monje. Él sonrió y respondió: "No te preocupes, Jorge. Sabrás lo que Dios quiere que hagas. Mira hasta dónde te ha llevado. También puedes confiar en él para dirigir totalmente tu vida en esta área".

Ahora estaba lleno de anticipación cuando nos encontramos de nuevo. Por lo general, comenzamos nuestras reuniones con oración, pero esta vez el Dr. Elwell dijo: "Jorge, hay algo de lo que necesito hablarte. El otro día, mientras trabajaba en mi patio, escuche la voz de Dios, El Dr. Elwell hizo una pausa y me miró amablemente. "¿Alguna vez has pensado en comenzar una relación con Sujey Adarve?"

Las lágrimas llegaron de inmediato a mis ojos. Estaba asombrado de la dirección de Dios en mi vida. Con la orientación del Dr. Elwell, Sujey y yo elaboramos un plan para nuestra relación. Decidimos que "saldríamos" durante por menos un año mientras continuamos buscando la voluntad de Dios en nuestras vidas. Nos comprometeríamos solo después de que ambos estuviéramos absolutamente seguros de que era la voluntad de Dios, e incluso entonces, fijaríamos una fecha de boda no antes de seis meses después de que comenzara nuestro compromiso. Eso nos daría aproximadamente mas de dos años para permitir que nuestra relación madure, nuestro amor crezca y nuestro compromiso mutuo sea seguro e irrevocable. Y si el proceso duró más, bien. Estábamos comprometidos a tomar todo el tiempo que sea necesario para que Dios nos revele su voluntad.

Mientras tanto, nos prometimos el uno al otro y ante Dios que llevaríamos a cabo nuestra relación con pureza, lo que significaba que no habría contacto sexual ni ninguna otra cosa que pudiera comprometer nuestras vidas espirituales. Sabíamos que no podíamos desobedecer a Dios en estas áreas y aún así esperar su bendición en otras. Nuestro amor debía basarse en el amor de Dios, no simplemente en la mera atracción física. Lo más importante, le pedimos a Dios su sabiduría, su guía y su poder.

Sujey y yo estudiamos juntos constantemente, lo que debido a nuestra carga de clases y horarios de trabajo era el único tiempo que teníamos para pasar juntos. También trabajamos juntos en un ministerio en una iglesia hispana en Wheaton. La mayoría de nuestras fechas giraban en torno a alguna forma de ministerio. Lento pero seguro, nuestro amor se profundizó. La parte más maravillosa del amor que compartimos fue que se originó en Jesucristo. Él estaba en el centro de nuestra relación y, como resultado, desarrollamos un amor incondicional en lugar de un amor basado en lo que Sujey podía hacer por mí o darme o lo que podía proporcionarle. Fue un amor que surgió de la aceptación mutua, basado en la verdad de que Dios nos había aceptado a causa de la sangre de Cristo. Finalmente, encontré el verdadero amor.

Sujey y yo nos comprometimos el Día de Acción de Gracias en 1996, pero los meses previos a nuestra boda fueron agridulces para mi familia. La salud de mi padre se estaba deteriorando rápidamente debido a su lucha contra el cáncer, y se estaba acercando al final del período de tiempo en que los médicos nos dijeron que podríamos esperar que él viviera.

Al mismo tiempo, acepté un puesto en Wheaton College como profesor adjunto, enseñando teología hispana-latina. Una vez más, recordé la gracia y la bondad de Dios hacia mí. Qué Dios servimos, pensé, que puede transformar a un narcotraficante en profesor de teología en las escuelas cristianas más importantes del mundo.

También seguí persiguiendo mi doctorado de la cercana Universidad de Loyola. Parte de mi razón para continuar los estudios académicos mientras mi padre moría era que sabía que mi padre estaba muy orgulloso de mí. Después de perder tanto tiempo, dinero y energía, finalmente estaba cumpliendo el sueño que papá y mamá tenían para mí cuando huyeron de Cuba.

Sujey y yo estábamos juntos en la casa de mis padres en Miami a principios del verano de 1997 cuando sostuve a mi padre en mis brazos mientras él respiraba por última vez. Solo la noche anterior, J.C. y yo habíamos estado junto a su cama, preparándonos para rezar juntos por él, cuando de repente papá habló. "No", dijo con una voz inesperadamente fuerte, "es mi momento de orar". J.C. y yo nos miramos con sorpresa. Nunca en nuestras vidas habíamos escuchado a nuestro padre orar en voz alta, pero ahora lo oímos con la voz de un ángel: "Jesús, si es mi hora de irme por favor recíbeme en Tu reino. Por favor, perdóname por todos mis pecados. Te agradezco la vida que me has dado. Te agradezco por mi esposa e hijos, mi familia y mis amigos. Por favor cuídalos. Amén." Entonces mi padre cerró los ojos y volvió a dormir.

En la mañana mi padre estaba durmiendo mientras J.C. Sujey y Yo veíamos una película, de pronto mi padre despierta y le dice: "Sujey, tráeme un baso de agua," Sujey busco un baso y lo trajo mientras yo levante la cabeza de mi padre. Cuando Sujey le trajo el agua, el empezó a tomarla y mirándome a mis ojos profundamente, tomo su ultimo respiro y falleció en mis manos. ¡Este fue el momento mas doloroso de toda mi vida, ni las torturas ni los mas de diez años en la prisión podrían compararse con el dolor de perder a mi mejor amigo en el mundo!

Ahora, mientras me preparaba para el funeral de papá, le grité a Dios: "¿Por qué te lo llevaste? ¿No podrías haber permitido que mi padre se quedara aquí un poco más para que pudiera verme terminar mi carrera y ver a Sujey y a mí casarnos? En ese momento mi mente volvió a las palabras del ángel a las mujeres en la tumba después de la resurrección de Jesús: "¿Por qué estás buscando a los vivos entre los muertos?" Y en ese momento me di cuenta de que mi padre no estaba muerto, sino que estaba muy vivo en el cielo. ¡Y ya no tenía cáncer! De hecho, me vería obtener mi título y vería a Sujey y a mí casarnos, y tendría la mejor vista de la casa.

Más tarde ese verano, cuando Sujey y yo prometimos nuestros votos matrimoniales, significaba más para mí que cualquier compromiso que hubiera hecho, excepto mi compromiso de seguir a Jesucristo. Cuando le agradecí al Señor por la hermosa y amorosa mujer de Dios que había puesto a mi lado, no pude evitar agradecerle nuevamente por lo lejos que me había llevado.

Sujey también estaba a mi lado en la iglesia de barrio en la sección Blue Island del centro de Chicago la noche en que me dirigí a la ruidosa multitud de miembros de pandillas endurecidos cuando les dije: "Yo era todo lo que siempre han querido ser. . . y nunca lo serán. He tenido todo lo que buscan. He logrado todo lo que han soñado y mucho mas de los que su mente se puede imaginar. Y también he experimentado tus peores pesadillas. Pero hoy mi vida está llena de más amor del que jamás creí posible ".

Después de hablar, docenas de la multitud caminaron hacia adelante para orar. Entre ellos había dos niños de unos diez años, vestidos con chaquetas de pandillas. Estaban tomados de la mano y lloraban más intensamente de lo que había visto llorar a nadie. Otros en la multitud los miraban. Su llanto profundo seguramente sería considerado una señal de debilidad por sus compañeros de pandillas. Arriesgaban el rechazo de la pandilla y quizás incluso sus vidas.

Después de escuchar el dolor del que Dios me había liberado, los niños confesaron entre lágrimas su propia dolorosa falta de significado en la vida. Les dije que Jesús podía proporcionarles ese significado y propósito. Me uní a Sujey en oración con ellos, y le pidieron a Jesús que entrara en sus corazones.

Made in United States
Orlando, FL
24 May 2022

18150270R10192